Uri Orlev

Julek und die Dame mit dem Hut

Uri Orlev

Julek und die Dame mit dem Hut

Roman

Aus dem Hebräischen von Mirjam Pressler

BELTZ & Gelberg

Uri Orlev, geboren 1931 in Warschau, verbrachte einen Teil seiner Kindheit im Warschauer Ghetto. 1943 wurde er mit seinem Bruder und der Tante in das Konzentrationslager Bergen-Belsen deportiert, nach der Befreiung wanderte er nach Israel aus, wo er über zwanzig Jahre lang im Kibbuz lebte. Er hat vier, mittlerweile erwachsene, Kinder und lebt in Jerusalem. Orlev schrieb zahlreiche Geschichten und Romane für Kinder, die mehrfach ausgezeichnet und in viele Sprachen übersetzt wurden, und gehört zu den bedeutendsten Kinderbuchautoren Israels. Außerdem übersetzte er Bücher aus dem Polnischen ins Hebräische, darunter auch die Werke von Janusz Korczak und Stanislav Lem.
Im Programm Beltz & Gelberg erschienen außerdem das Bilderbuch *Das kleine große Mädchen* (Bilder von Jacky Gleich) und als Gulliver Taschenbuch der Roman *Lydia, Königin von Palästina* sowie die autobiographische Erzählung *Das Sandspiel.* Weitere Bücher von Uri Orlev sind in Vorbereitung.

Für sein Gesamtwerk wurde Uri Orlev 1996 mit dem internationalen Hans-Christian-Andersen-Preis, dem »kleinen Nobelpreis«, ausgezeichnet.

Gesetzt nach der neuen Rechtschreibung

Die Originalausgabe erschien 1990 unter dem Titel
The Lady with the Hat bei Keter Publishing House, Jerusalem

Lektorat Frank Griesheimer
Titelbild von Todd Doney
Einbandtypographie Wolfgang Rudelius
Gesamtherstellung
Druckhaus Beltz, 69494 Hemsbach
Printed in Germany
ISBN 3 407 79747 8

1
Nach Hause

Julek verließ den voll gestopften Zug und sprang auf den Bahnsteig. Außer ihm stieg niemand aus. Er stand mit dem Rücken zu den Häusern des Schtetls* und wartete, bis der Zug sich wieder in Bewegung gesetzt hatte und um die Kurve vor dem Wald verschwunden war. Erst als er sicher war allein zu sein, wandte er sich um und betrachtete seinen Geburtsort.

Das Schtetl sah noch genauso aus, wie er es von hier, vom Bahnsteig aus, an dem Tag gesehen hatte, als man sie in die Waggons getrieben und ins Lager gebracht hatte. Nichts hatte sich geändert. Die Häuser schienen etwas kleiner geworden zu sein, vielleicht weil er jetzt schon siebzehn war, aber die Bäume sahen noch so groß aus wie früher, sie waren zusammen mit ihm weitergewachsen. Da und dort fehlte etwas, ein Zaun, ein Schuppen, ein Haus, das vielleicht abgebrannt war, aber anders als beim Anblick der zerstörten Stadt Warschau, wo ihn die Panik erfasst hatte, atmete Julek jetzt erleichtert aus. Vielleicht war wirklich jemand zurückgekommen? Fast zwei Jahre waren seit Kriegsende vergangen, und erst jetzt hatte er beschlossen zurückzufahren und nachzuschauen, jetzt, bevor er nach Palästina auswanderte. Er

* Mit einem Sternchen gekennzeichnete Wörter sind am Ende des Buches kurz erläutert.

hatte auch erst jetzt das Fahrgeld für diese Reise aufbringen können. Das hatte er Robert zu verdanken, natürlich.

Das Haus, in dem er aufgewachsen war, hatte zwei Stockwerke und zwei Seitenflügel, einen großen Hof und einen Pferdestall, der ihnen als Schuppen gedient hatte. Bis zum Tod seines Großvaters waren darin zwei Pferde und ein Wagen untergebracht gewesen. Das Haus hatte den Eltern seines Vaters gehört. Juleks Eltern hatten nach ihrer Heirat im oberen Stockwerk gewohnt.

Julek hatte schon gelernt, dass das Zeitmaß des Lebens nicht der Zeit der Uhr entsprach. An Tagen, an denen in den verschiedenen Lagern, in denen er mit seinem Vater war, Selektionen* stattgefunden hatten, war es ihnen abends vorgekommen, als sei seit dem Morgen nicht ein Tag vergangen, sondern ein ganzer Monat oder sogar ein Jahr. Die Jahre, die seit dem Abtransport mit den Waggons vergangen waren, kamen Julek jetzt wie ein langer Lebensabschnitt in einer anderen Welt vor. Wie etwas, was nicht zum wirklichen Leben gehörte. Sein wirkliches Leben war hier gewesen, mit seinen Eltern, und nun war er an den Ort zurückgekehrt, von dem man sie weggerissen hatte.

Julek ging die löchrige Straße entlang zum Ort. Es war früh am Morgen und noch war niemand unterwegs. Ein paar Hunde fingen an zu bellen. Er ging um die Kirche herum und war nun auf der Hauptstraße. Die Geschäfte waren noch geschlossen. Es waren dieselben Geschäfte, die er kannte, eines wie das andere: die Bäckerei, das Lebensmittelgeschäft, die Apotheke – aber etwas war seltsam. Natürlich, die Schilder, die teilweise auf Jiddisch geschrieben waren, fehlten nun. Eigentlich hatte er das gewusst. Er war Zeuge der Veränderungen gewesen, die gleich nach dem Einmarsch der Deutschen stattgefunden hatten, aber vermutlich hatte er irgendwie gehofft, das Schtetl so wieder zu finden, wie er es aus den Tagen seiner Kindheit in Erinnerung hatte. Er ging langsam die Straße entlang. Er wollte nicht zu schnell dort ankommen. Vielleicht wollte er den Moment der Enttäuschung hinausschieben, den Moment, in dem der Funke kindlicher Hoffnung, den er im Herzen hegte, seit er in Rom in den Zug gestiegen war, und der während der Fahrt zu einem Flämmchen geworden war, erlöschen würde.

»Julek?«

Julek wich zurück. Er blieb stehen und hob den Blick. Es war die Tochter des Bäckers, die kleine Baschka.

»Warte einen Moment!«

Sie schlug das Fenster zu und tauchte kurz darauf auf, in ein breites Tuch gehüllt. Ein großes, schlankes Mädchen stand vor ihm, nicht die Kleine, an die er sich erinnerte. Nur ihr Gesicht war genauso geblieben wie früher. Die gleichen blauen, eng stehenden Augen betrachteten ihn aus dem runden Gesicht, dessen Ausdruck eine Mischung aus Stumpfheit und Gutmütigkeit zeigte.

»Julek, geh nicht nach Hause! Was für ein Glück, dass ich dich gesehen habe. Du hast dich nicht verändert, nur dass du … dass du jetzt ein junger Mann bist.«

Sie lachte. Auch ihr Lachen war wie früher – es hatte etwas vom Lachen eines Mädchens und vom Wiehern eines Pferdes. Sofort wischte sie das Lachen mit einer Handbewegung weg und sagte flüsternd: »Oh, ich werde meine Mutter noch aufwecken.« Und dann fügte sie hinzu: »Er hat lange auf euch gewartet, mit seinem Gewehr. Ich denke, heute glaubt er nicht mehr, dass einer von euch noch auftaucht.«

»Wer ist ›er‹?«

»Du weißt nicht, wer euer Haus genommen hat? Wie dumm ich bin! Natürlich weißt du es nicht. Pitlak, der Waldhüter.«

Julek lächelte in sich hinein. Sie sagte »Pitlak, der Waldhüter« genau wie früher, als sie Kinder waren und seinen Namen flüsterten, bevor sie vor ihm davonrannten.

»Ist er noch immer Waldhüter?«

»Nein, jetzt ist er Parteisekretär. Und noch schlimmer als er früher war. Und er läuft die ganze Zeit mit seinem Gewehr herum. Er sagt, das ist gegen die Wölfe. Und er hat eine neue Frau. Weißt du, dass ihm ein Deutscher die Frau weggenommen hat?«

Wieder lachte sie und wieder hörte sie schnell auf, warf einen ängstlichen Blick zu den Fenstern hinauf.

»Wie dumm ich bin«, fuhr sie fort. »Natürlich weißt

du es nicht. Er hat eine neue Frau, sie haben schon vier Kinder und die Frau ist wieder in anderen Umständen.«

Ein breites Lächeln erschien auf ihrem Gesicht, geheimnistuerisch, aber sie unterdrückte das Strahlen.

»Ich bin nicht gekommen, um das Haus zu nehmen«, sagte Julek. »Vielleicht kann ich es verkaufen …«, fügte er zögernd hinzu.

Schade, dass Robert nicht mitgekommen war. Er hätte einen guten Preis herausgeschlagen, und sie wären mit vollen Taschen weggegangen. Hoffentlich bekomme ich wenigstens genug, um Robert das Fahrgeld zurückzugeben, dachte Julek. Baschka redete noch immer, und dann hörte Julek in ihrem Geplapper wieder den Namen Pitlak.

»Pitlak hat schon vor langer Zeit zu meinem Vater gesagt, dass er jeden Juden umbringt, der herkommt und das Haus will. Und du weißt, dass er ein Mörder ist. Das war es, was er im Krieg gemacht hat. Ich bin so froh, dass ich dich gesehen habe. Ich habe dich sofort erkannt …« Sie lächelte ihn an.

Wenn sie lächelte, ohne ihren großen Mund aufzumachen und ohne ihr Wiehern hören zu lassen, verschwand die Dummheit aus ihrem Gesicht, es strahlte nur noch eine rührende Gutmütigkeit aus. Schon als sie noch Kinder waren, hatte er immer, wenn sie ihn anlächelte, Lust verspürt, ihr über den Kopf zu streicheln.

»Auch von den anderen Familien ist niemand zurückgekommen?«, fragte er.

»Zwei von der Familie des Schneiders. Und der Sohn vom Pferdehändler war auch da. Aber man hat sie weggejagt. Auch der Besitzer vom Lebensmittelgeschäft ist gekommen, mit einem Offizier von der Armee. Man hat ihm für sein Haus und sein Geschäft Geld bezahlen müssen. Was für ein Geschrei hat das gegeben! Ich hatte schon Angst, es würde mit einem Unglück enden, aber sie sind am Schluss verschwunden. Die Juden sollen besser nicht hierher zurückkommen.«

»Aber wenn sie hier doch ein Haus haben, Baschka, was dann?«

»Mein Vater sagt, dass die Häuser denen gehören, denen der Boden gehört. Mein Vater sagt, dass hier polnischer Boden ist, nicht Palästina. Sie haben hier nichts verloren.«

»Ich fahre nach Palästina«, sagte Julek. »Dort werde ich Bauer.«

»Warum denn Bauer? Das ist doch schade, du bist ein kluger Junge. Werde doch Rechtsanwalt oder Arzt oder so.«

»Wir brauchen jetzt Bauern für Palästina.«

»Mein Vater sagt, dass wir uns schon bald nach den Bauern zurücksehnen. Weißt du, man baut hier ein neues Polen.«

»Was sagt dein Vater noch?«

Baschka schaute die Straße entlang, als prüfe sie, ob niemand ihnen zuhörte, dann sagte sie leise: »Mein Vater hasst die Kommunisten. Die Deutschen waren schlimm, aber sie haben wenigstens die Juden vertrieben. Mit den Kommunisten ist es etwas anderes. Sie sind auch schlimm, aber sie helfen den Juden. Mein Vater sagt, die Kommunisten nehmen jetzt überall eine hohe Stellung ein. Bei der Armee und bei der Regierung. Sie sind aus Russland und aus Deutschland zurückgekommen und fangen an, uns zu beherrschen. Die Kommunisten helfen den Juden und die Juden helfen den Kommunisten. Mein Vater sagt, das ist immer so.«

»Ich muss das Haus sehen. Glaubst du wirklich, dass es gefährlich ist?«

»Nein. Das heißt … Er wird dich nicht umbringen. Es ist schon zu viel Zeit vergangen und er ist jetzt Parteisekretär … Es war eine Engländerin hier…« Sie lachte.

»Warum lachst du?«

»Sie hatte einen ganz komischen Hut auf! Sie hat gesagt, dass sie eine Verwandte von euch ist, und sie wollte das Haus sehen …« Sie stockte.

»Eine Engländerin?«, fragte Julek.

»Mein Vater hat gesagt, ich soll es niemandem erzählen«, sagte Baschka. »Sie ist direkt aus Warschau mit einem Offizier im Auto hergekommen. Eine hoch gestellte Frau. Eine Lady. Sie hat gefragt, ob jemand von eurer Familie zurückgekommen ist, und dann hat sie gefragt, ob sie das Haus sehen darf. Man hat ihr das zerstörte Haus von Piotrkowski gezeigt, das frühere Haus der Familie Silberman. Man hat ihr gesagt, ihr hättet euer großes Haus im Krieg verkauft und euch ein kleines gekauft. Und Pitlak hat gesagt, er hätte mit eigenen Augen gesehen, wie ihr alle umgebracht worden seid. Er hat gesagt, man hätte euch in den Wald gebracht und dort ermordet. Alle Juden. Sie haben die Engländerin in den Wald geführt und ihr die Stelle gezeigt, wo man tatsächlich die Juden begraben hat, die in Kociks Scheune geschnappt worden sind. Ihr wart da schon nicht mehr hier. Und sie hat Geld gegeben, damit man einen Grabstein aufstellt.«

»Und? Hat man das getan?«

»Nein. Pitlak hat das Geld für sich behalten. Ein bisschen hat er auch dem Priester gegeben. Mein Vater sagt, es ist verboten, für euch einen Grabstein aufzustellen, weil vielleicht einer von euch noch lebt. Warte einen Moment, ich frage meinen Vater, ob ich dich ins Haus bringen darf, damit du dich wenigstens ein bisschen ausruhen kannst.«

Ohne eine Antwort abzuwarten verschwand sie im Haus.

Eine Engländerin? dachte Julek.

Ganz verschwommen erinnerte er sich an Tante Malka. Wie sie das Gesicht zu ihm herabneigte und ihm ein großes Holzauto in die Hände drückte. Bis heute erinnerte er sich an die Freude, die ihm dieses Geschenk bereitet hatte. Vielleicht war es an seinem Geburtstag gewesen. Wie alt mochte er wohl gewesen sein? Drei? Vielleicht. Oder vier. Er erinnerte sich auch an ihre schlanke Gestalt und ihre energischen Schritte, als sie den Hof überquerte, einen Eimer Wasser in der Hand oder Futter für die Hühner. Vielleicht erinnerte er sich an sie besonders gut, weil die anderen Frauen immer stumm wurden, wenn sein Großvater in der Nähe war. Aber sie benahm sich fast wie die Männer in der Familie. Und dann war sie plötzlich verschwunden.

Ein paar Jahre später, er war inzwischen schon ein großer Junge, sah er neben dem Bett seiner Mutter ein Buch, auf dessen Einband ein merkwürdiges Bild gemalt war, das seine Neugier weckte. Er erinnerte sich genau an dieses Bild. Ein Taucher mit einer Harpune, der auf dem Meeresgrund jagte. Damals dachte er, vielleicht gäbe es auch innen Bilder, und darum blätterte er das Buch durch. Plötzlich entdeckte er zwischen zwei Seiten einen Umschlag mit einer fremden Briefmarke. Er sammelte Briefmarken und erkannte sofort, dass sie den englischen König zeigte, und eine solche Briefmarke hatte er noch nicht in seiner Sammlung. Er beschloss, seine Mutter um diese Marke zu bitten. Er streichelte mit dem Finger über den Umschlag und fühlte etwas Hartes. Er zog einen Brief und ein Foto heraus. Das Foto einer Braut und eines Bräutigams. Die Braut kam ihm bekannt vor. Und der Bräutigam sah prächtig aus, ein fremder Mann mit einem Zylinder. Er betrachtete das Gesicht der Frau, aber es fiel ihm nicht ein, wer sie sein könnte. Vielleicht eine Prinzessin. Er rannte mit dem Briefumschlag in die Küche, zu seiner Mutter, und rief schon von weitem: »Mama! Mama!«

»Was ist passiert?«

Sie kam ihm entgegen, und als sie sah, was er in der Hand hielt, wurde sie blass und machte schnell die Tür zu.

»Hat Großvater dich gesehen, als du hierher gerannt bist?«

»Nein, Mama.« Er erschrak, als er ihr entsetztes Gesicht sah. »Ich will nur die Briefmarke, Mama.«

»Hast du irgendjemandem diesen Brief gezeigt? Einem der Mädchen?«

»Sie sind nicht zu Hause«, sagte Julek verwundert, denn seine beiden Schwestern waren an diesem Nachmittag mit dem Vater weggefahren, um Onkel Jisrael in der Bezirksstadt zu besuchen.

»Stimmt, ich hatte es vergessen«, sagte seine Mutter verwirrt. »Hast du in den Umschlag hineingeschaut?«

»Ja«, sagte Julek. »Es ist ein Bild von einer Braut und einem Bräutigam drin. Sind das ein Prinz und eine Prinzessin? Aber die Braut …« Plötzlich erinnerte er sich und rief laut: »Ja, das ist Tante Malka.«

»Pssst!«, befahl seine Mutter. »Tante Malka ist vor langer Zeit gestorben. Das weißt du.«

Julek wusste es. Er wusste, dass sie ins Ausland gefahren und dort an einer schweren Krankheit gestorben war. Das war die Geschichte, die man seinen großen Schwestern erzählt hatte, und sie hatten sie Julek erzählt.

»Hat sie geheiratet, bevor sie gestorben ist?«

»Ja, aber das ist ein Geheimnis, und niemand darf etwas davon erfahren. Das ist ein sehr alter Brief, den ich als Lesezeichen benutzt habe. Verstehst du?«

»Hat sie einen Goj* geheiratet?«

»Ich werde dir alles erklären, wenn du ein bisschen älter bist. Und jetzt möchte ich, dass du mir versprichst, nicht mehr darüber zu reden. Mit niemandem. Nicht mit den Mädchen und nicht mit Großvater und Großmutter.«

»Und mit Papa?«

»Auch nicht mit Papa.«

»Aber ich möchte die Briefmarke«, sagte Julek.

»Ich gebe sie dir, unter der Bedingung, dass du den Mund hältst und niemandem sagst, was du gesehen hast. Wenn du nur ein Wort sagst, nehme ich sie dir wieder weg.«

»In Ordnung, Mama.«

Vielleicht war es Tante Malka, die ins Schtetl gekommen war und sich nach Verwandten erkundigt hatte, dachte Julek. Und plötzlich, während er da stand und auf Baschka wartete, sah er das Haus seiner Familie vor sich, erfüllt mit Leben. Ich muss das Haus sehen, dachte er. Pitlak hin oder her.

Baschka kam noch immer nicht heraus. Julek hob den Kopf und sah, wie hinter einem der Fenster ein Vorhang bewegt wurde. Sie betrachten mich von dort aus, dachte er.

Er beschloss zu gehen. Wenn sie ihn hätten einladen wollen, wäre Baschka schon längst herausgekommen und hätte ihn gerufen. Pitlak. Robert würde ihn auslachen, wenn er es nicht wenigstens versuchen würde.

Mit energischen Schritten und fest entschlossen setzte Julek seinen Weg fort. Ab und zu ging jemand an ihm vorbei, aber niemand erkannte ihn. Die Gesichter waren ihm nicht fremd, aber meist fiel ihm der dazugehörige Name nicht ein. Er ignorierte sie und ging weiter.

Das Haus sah noch genauso aus wie früher. Einen Moment lang tat Julek, als habe es den Krieg nicht gegeben, als komme er einfach nach Hause zurück, von der Schule oder vom Einkaufen im Lebensmittelgeschäft. Die Illusion war fast perfekt. Er hörte die Tür quietschen, als seine Mutter mit einem Lächeln auf dem Gesicht herauskam, um ihm zu helfen, die schwere Einkaufstasche in die Küche zu tragen.

Die Tür quietschte wirklich, aber es war Pitlak. Er stand da, und das doppelläufige Jagdgewehr hing ihm über der Schulter. Er konnte ihn unmöglich von weitem gesehen haben. Bestimmt hatte Baschkas Vater einen Jungen geschickt, um Pitlak zu warnen. Denn dass er ihn erwartete, daran bestand kein Zweifel.

»Guten Tag, Herr Pitlak«, sagte Julek, wobei er versuchte, seiner Stimme einen energischen und selbstsicheren Ton zu geben.

»Guten Tag, Julek. Wo ist dein Vater?«, fragte Pitlak, und sein Gesicht nahm einen drohenden Ausdruck an.

»Mein Vater ist im Lager umgekommen«, sagte Julek.

»Hör zu, Julek«, sagte der frühere Waldhüter. »Ich bin

jetzt kein Waldhüter mehr, ich bin nun Parteisekretär, verstehst du?« In seiner Stimme lag Stolz. »Polen gehört jetzt den Polen, nur den Polen! Verstehst du? Und dieses Haus gehört uns. Aber wenn du mir das Papier unterschreibst, das ich für alle Fälle vorbereitet habe, gebe ich dir ein bisschen Geld, damit du dorthin zurückfahren kannst, wo du hergekommen bist.«

»In Ordnung«, sagte Julek mit erstickter Stimme.

Pitlak forderte ihn auf einzutreten. Juleks Herz klopfte heftig. Sie hatten die Möbel ein bisschen umgestellt, ein paar Dinge hinzugefügt. Die Küche sah anders aus. Es gab einen anderen Herd. Er überlegte, ob er darum bitten sollte hinaufgehen zu dürfen, und beschloss es nicht zu tun. Pitlak betrachtete ihn prüfend.

»Es hat eine Kiste mit jüdischen Büchern herumgestanden, aber ich habe sie einem Rabbiner gegeben, der nach solchen Sachen gesucht hat«, sagte Pitlak.

Julek nickte. Überall an den Wänden hingen Heiligenbilder und es roch auch anders. Schon beim Betreten des Hauses war ihm Fremdheit entgegengeschlagen, und erst jetzt begriff er, womit dieser Eindruck zusammenhing: Das Haus roch nicht mehr so, wie es früher gerochen hatte.

Pitlak bot ihm einen Stuhl im Esszimmer an. Julek zögerte einen Moment, dann ging er um den Tisch herum und setzte sich auf den Stuhl seines Vaters. Pitlak nickte, als verstehe er, warum Julek am Kopfende des Tisches Platz genommen hatte, dort, wo sonst er selber saß. Er öffnete eine der Schubladen, in denen Juleks Vater früher die laufenden Rechnungen aufbewahrt hatte, und zog eine braune Mappe heraus. Aus dieser Mappe holte er Formulare und legte sie vor Julek hin, zum Lesen und Unterschreiben.

»Der Preis ist so festgesetzt, wie es die Partei beschlossen hat«, sagte er.

»Wer ist das, die Partei?«, fragte Julek gespielt unschuldig.

»Die Partei, das bin ich«, antwortete Pitlak. Seine Stimme wurde lauter.

Nun tat es Julek nicht mehr Leid, dass Robert nicht bei ihm war. Er wollte so schnell wie möglich weg. Er hätte weinen können beim Anblick dieses Hauses, das nicht mehr seines war, nur die Geister seiner Familie schwebten um den Tisch. Ohne zu lesen, was da stand, unterschrieb er die Formulare. Pitlak legte die Mappe zurück und zog ein Päckchen Banknoten aus seiner Tasche. Julek überlegte erstaunt, ob alle Parteisekretäre mit Bündeln von Banknoten in den Taschen herumliefen. Vom Flur und von der Küche war Flüstern zu hören. Erst jetzt bemerkte Julek die Familienmitglieder, die sich dort zusammendrängten, hinter der Trennwand und hinter der Tür. Plötzlich war die laute Stimme eines Kindes zu hören.

»Ist das ein Jude? Ist das ein Jude?«

Eine Frau versuchte, das Kind zum Schweigen zu bringen.

»Ist der Jude gekommen, um uns das Haus wegzunehmen?«, fragte das Kind ängstlich. Und gleich darauf waren seine lautstarken Proteste zu hören, als jemand versuchte es wegzuziehen.

»Ist kein Einziger von meiner Familie hier gewesen, Herr Pitlak?«, fragte Julek plötzlich.

»Nein. Und nachdem so viel Zeit vergangen ist, bist du vermutlich der einzige Besitzer des Hauses. Das heißt, du warst es …« Er lachte. »Du kannst das Geld ruhigen Gewissens nehmen. Es gehört nur dir.«

»Ist kein anderer hergekommen?«, beharrte Julek.

Der Mann betrachtete ihn kurz und sagte: »Nein. Es fällt mir nicht leicht, das zu sagen, aber einen Gefallen haben uns die Deutschen getan. Du weißt, was ich meine. Und jetzt mach, dass du fortkommst.«

Julek stand auf und verließ ohne ein weiteres Wort das Haus. Auf einem Umweg ging er zurück zum Bahnhof, um nicht an Baschkas Haus vorbeizukommen, und auch, um noch einmal, vermutlich zum letzten Mal, die engen Gassen zu sehen, durch die er als kleiner Junge mit seinen Freunden gerannt war. Auch Pitlaks Sohn war damals dabei, ein wilder Junge, genau wie sein Vater, erinnerte sich Julek.

Nichts war so, wie er es zaghaft erhofft hatte, wenn er versuchte, sich Polen »nach dem Krieg« vorzustellen. Da und dort gab es Erscheinungen naiven Glaubens, vor allem unter der begeisterten Jugend, die meinte, ein neues Polen zu bauen. Ein besseres. Ein Polen, in dem die Menschen glücklicher waren. Aber was Julek vor allem begegnete, war unterdrückter Hass auf die Russen und der alte Hass auf die Juden, die am Leben geblieben waren. Junge Juden, die ein Jahr nach dem Krieg nach Italien gekommen waren und sich wie er dem Vorbereitungslager in der Villa bei Rom angeschlossen hatten, erzählten von Pogromen gegen die Juden. Niemand sollte nach Polen zurückkehren, sagten sie. Aber er, Julek, hatte unbedingt mit eigenen Augen das Haus sehen und sich überzeugen müssen, dass niemand aus seiner Familie zurückgekommen war. Er hatte geahnt, dass niemand da sein würde, aber was war eine Ahnung gegen das Sehen, das Fühlen und Riechen? Der fremde Geruch, der das Haus nun füllte, ließ keinen Raum mehr für Träume, und die Illusionen, die ihn seit der Befreiung verfolgt hatten, lösten sich nun in Luft auf. Erst jetzt wusste er tief in seinem Herzen, dass keiner von ihnen zurückkehren würde. Er wusste, dass er allein war. Allein auf der ganzen Welt.

Er musste lange warten. Als endlich ein Zug kam, waren alle Waggons überfüllt. Nur mit Mühe fand er einen Platz zwischen Körben mit Gemüse und Eiern, zwischen gackernden Hühnern und dicken Bäuerinnen mit Schürzen über den bunten Röcken und geblümten Tüchern auf den Köpfen.

Er zog sich die Mütze über den Kopf und stellte sich schlafend. Er dachte an die Zukunft, die verschwommene Zukunft in einem fernen Land. Diesem Erez-Israel* auf der Keren-Kajemet-Dose* seines Großvaters, das Land, dessen Erde man Stück für Stück kaufen musste, Meter um Meter, und alles neu aufbauen. Sie würden es besser machen als die Polen, dachte Julek. Ohne Hass. Und alle Juden, seit zweitausend Jahren verfolgt, könnten kommen und in diesem Land leben. Man musste nur noch die Engländer vertreiben.

Plötzlich waren die Engländer zu Feinden geworden. Dieselben Engländer, die gekommen waren und die Lagertore geöffnet hatten.

An jenen Tag erinnerte sich Julek genau. Ein sonniger Frühlingstag. Sein Vater hatte diesen Tag nicht mehr erlebt. Wie sehr hatte er gehofft, sie würden diesen Tag gemeinsam erleben.

Anfangs war sein Vater der Stärkere gewesen. Er hatte Julek gestützt und ihm Mut zugesprochen. Aber im Lauf der Zeit hatte seine Kraft nachgelassen. Der Hunger und die Misshandlungen durch die Deutschen und die Kapos* zwangen ihn in die Knie, und allmählich übernahm Julek die Rolle des Stützenden und Helfenden. Nachdem sie in das Lager in Deutschland transportiert worden waren, starb sein Vater in einer Nacht, zwei Wochen vor Ankunft der Engländer.

Sie hatten manchmal über die Zeit »nach dem Krieg« gesprochen. Sein Vater hatte immer gesagt, sie müssten nach Polen zurückkehren und nachschauen, ob jemand nach Hause gekommen war, aber dann sollten sie Polen verlassen und nach Erez-Israel gehen. Julek hatte seine

Worte als Auftrag gesehen, und dennoch hatte er die Reise nach Polen Monat um Monat verschoben. Um fast zwei Jahre. Das Vorbereitungslager für Erez-Israel beschäftigte ihn ganz und gar. Die neue Gemeinschaft. Die Einwanderung. Die Vorbereitung auf die schwierige Einwanderung nach Israel. Danach war es der Geldmangel, der ihn von der Fahrt nach Polen abhielt. Bis schließlich Robert ihm seine Hilfe anbot.

In einer der dunklen und hoffnungslosen Nächte, in denen sie beide, er und sein Vater, zitternd vor Kälte auf der Pritsche in der stickigen Baracke lagen, hatte der Vater plötzlich über Tante Malka gesprochen. Und erst da hatte Julek ihm von dem Brief erzählt, den er in dem Buch seiner Mutter gefunden hatte, und von der Briefmarke, die er gegen das Versprechen bekommen hatte, den Mund zu halten.

Sein Vater lachte. Es war vielleicht das letzte Lächeln, das ihm im letzten Monat seines Lebens auf die Lippen kam. Und dann erzählte er Julek von Tante Malka, von ihrem Studium in Warschau und ihrer Fahrt nach London. Dort lernte sie einen jungen Engländer kennen, der um ihre Hand anhielt. Erst nach vielem Hin und Her stellte sich heraus, dass es sich um einen Goj handelte. Viele flehende Briefe gingen von Polen nach London, aber vergeblich. Und da beschloss ihr Vater, mit dem Schiff in das ferne London zu fahren und seine aufsässige Tochter zurückzuholen. Doch seine Reisevorbereitungen fanden ein Ende, als der Brief mit der Heiratsanzeige kam. Juleks Großvater beschloss, diese Tochter aus seinem Herzen zu reißen, als hätte es sie nie gegeben, und verbot allen im Haus, ihren Namen jemals zu erwähnen.

Juleks Vater erzählte, er und Juleks Mutter hätten Tante Malka besonders nahe gestanden, sie waren mit der Entscheidung des Großvaters nicht einverstanden. Sie weigerten sich, den Kontakt mit Tante Malka völlig aufzugeben, und vielleicht war dies das einzige Mal, dass Juleks Vater etwas hinter dem Rücken des Großvaters tat. Einmal im Jahr schrieb die Mutter einen Brief an Tante Malka und erzählte ihr, was zu Hause geschehen war, und einmal im Jahr schrieb Tante Malka einen Brief an sie und erzählte, wie es ihr ging. Juleks Vater schrieb nicht, er las auch nicht Tante Malkas Briefe, wegen des Versprechens, das er seinem Vater gegeben hatte. Aber Juleks Mutter berichtete ihm, was Malka geschrieben hatte, und er sagte ihr, was sie in ihrem Antwortbrief schreiben sollte. Diese Briefe wurden nicht vom Postboten zu ihnen gebracht. Er zwinkerte ihnen nur heimlich zu und sagte, »der Brief« sei gekommen. Dann ging Juleks Mutter zum Postbüro und holte ihn persönlich ab. »Postlagernd« hieß so etwas.

Juleks Vater erinnerte sich weder an die Adresse noch an den Familiennamen ihres Mannes. Er wusste nur, dass Malka in London lebte. Vielleicht fürchtete er schon damals, dass sie niemanden von ihrer großen Familie wieder finden würden, wenn sie nach dem Krieg nach Polen zurückfuhren, und wollte sicher gehen, dass Julek außer ihm wenigstens noch einen Menschen hätte, der ihm nahe stand, egal wie weit entfernt. Vielleicht sogar fühlte er bereits in jener Nacht, dass sein Ende nahe war, und hatte Angst bei dem Gedanken, dass Julek ganz allein auf der Welt bleiben würde. Aber als sie damals im Lager über Tante Malka sprachen, die weit weg in London lebte, hatte das etwas so Unwirkliches, dass Julek die Geschichte nicht sehr ernst nahm und den Familiennamen Tante Malkas vergaß. Nach dem Krieg dann hatte er vergeblich versucht sich daran zu erinnern.

Der Zug hielt in Lodz und Julek stieg aus. Zur Sicherheit ging er noch einmal zur Jüdischen Gemeinde und suchte auf den Listen der Überlebenden nach Namen von Verwandten. Er fand keinen, aber er hatte auch nicht mehr daran geglaubt. Für die Hälfte des Geldes, das er für das Haus bekommen hatte, kaufte er sich eine Uhr, einen Mantel und gute Schuhe. Er setzte sich mit Fluchthelfern in Verbindung und schloss sich einer der Gruppen an, die mit dem Zug nach Sabze fuhren. Noch vor der Abreise wechselte ihm der »Händler« der Gruppe das polnische Geld in Dollars, und Julek nähte sie in seinen neuen Mantel ein. Von Sabze aus fuhren sie weiter zu der tschechischen Grenzstadt Nachod. Zu Juleks Überraschung kannten die Grenzer auf beiden Seiten die Fluchthelfer, vielleicht waren sie ja auch bestochen. Sie unterließen es die Papiere zu prüfen, und stellten auch keine Fragen. Man kontrollierte nur die Koffer und Rucksäcke. Es dauerte nicht lange und sie fuhren weiter nach Bratislava. Dort erwartete sie ein neues Barackenlager, wo sie ein paar Tage blieben.

Juleks Gruppe bestand aus jungen Leuten aus Polen, die gemeinsam zu einem italienischen Vorbereitungslager für die Einwanderung nach Palästina unterwegs waren. Sie erinnerten ihn an die Gruppe, der er sich gleich nach dem Krieg angeschlossen hatte. Er hätte sogar auf einen Julek zeigen können, der alles organisierte, und auf einen Robert, der die Finger nicht von zweifelhaften Geschäften lassen konnte – eben jener, der ihm das Geld gewechselt hatte –, und auf einen, auf den die Mädchen »flogen«. Die Rollen waren ähnlich. Auch bei den Mädchen. Es gab eine »Kameradin«, eine »Gute« und eine »Dumme« und natürlich eine, die immer »ein bisschen Spaß« haben wollte. Aber Julek wurde von der allgemeinen hoffnungsvollen Stimmung der Gruppe nicht angesteckt. Er glaubte, er sei einfach noch deprimiert wegen seiner Reise nach Polen.

In Wien brachte man sie in einem großen Gebäude unter, das aussah wie ein Schloss, im Krieg aber offenbar als Krankenhaus gedient hatte. Man merkte es noch am Geruch und an der Möblierung. Julek ging mit seinen neuen Freunden in die Stadt, und weil die anderen natürlich kein Geld hatten, lud er sie ein. Sie betrachteten ihn als den »Reichen« der Gruppe, und er verriet ihnen nicht, dass sein ganzer Besitz aus dem Verkauf des Hauses in Polen stammte.

Nach einigen Tagen kamen sie in das Übergangslager

Saalfelden, von dort stiegen sie in einer dunklen Nacht in die Berge und gingen zu Fuß nach Italien, über die Grenze am Brenner. Und Julek hatte noch immer das Gefühl, nicht er selbst zu sein. Er war sich bewusst, dass er alles mechanisch tat, wie eine Maschine. Er stand morgens auf, er setzte einen Fuß vor den anderen, er unterhielt sich, aber er war nicht wirklich da. Er wusste genau, was er in jeder Situation zu tun hatte, und er tat es, aber ohne jedes Gefühl. Er war vollkommen gleichgültig. Er erinnerte sich noch an die Aufregung damals, vor anderthalb Jahren, als er zum ersten Mal die Grenze nach Italien überquert hatte. Diesmal tat er einfach nur, was er zu tun hatte. Viele Erwachsene gingen mit ihnen, die viele Gepäckstücke schleppten. Es gab auch einige Familien mit Kindern. Julek half tragen, er streckte an schwierigen Stellen die Hand aus, und am Schluss nahm er ein etwa achtjähriges Mädchen auf den Rücken und trug sie ein paar Stunden. Der Marsch dauerte eine ganze Nacht. Bei Sonnenaufgang erreichten sie ein kleines Dorf, und dort warteten Lastwagen der »Jüdischen Brigade«* auf sie, getarnt als amerikanische Lastwagen. Julek hatte schon Soldaten der Brigade getroffen, aber alle anderen begegneten ihnen zum ersten Mal und waren hingerissen. Plötzlich standen sie wirklich vor ihnen. »Jüdische Soldaten!« Wirkliche, echte Soldaten aus Palästina.

Julek brachte das Mädchen zu ihrer Familie zurück. Die Leute bedankten sich und überfielen ihn mit einem Wortschwall aus Jiddisch und Polnisch.

Die Frau sagte: »Junger Mann, ich werde dich nie vergessen, solange ich lebe, ich werde dich bis zu meinem letzten Tag nicht vergessen ...«

Dann verabschiedeten sie sich von ihm und stiegen auf einen Lastwagen. Julek schaute ihnen aus der Entfernung zu. Erst hoben sie das Mädchen hinauf. Dann stieg die Frau nach und der Mann hielt ihr die Rucksäcke und Päckchen hin. Und plötzlich wusste Julek, was ihm passiert war. Was schuld an der Stimmung war, die ihn seit dem Besuch in seinem Heimatschtetl nicht mehr verlassen hatte. Er trauerte. All die Jahre, die vergangen waren, seit man ihn und seinen Vater von seiner Familie getrennt hatte, war er damit beschäftigt gewesen am Leben zu bleiben, übrig zu bleiben, auch wenn er der Einzige der Familie wäre –, nur damit jemand da wäre, der berichten könnte. Ein Zeuge. Aber der Besuch in seinem Heimatschtetl hatte etwas in ihm verändert. Als sei ein Abschnitt seines Lebens beendet. Und erst jetzt konnte er es sich erlauben zu trauern. Über seine verlorene Kindheit und über den Verlust aller Menschen, die er geliebt hatte, alle, die ihm nahe gestanden hatten.

Die Lastwagen waren mit Planen bedeckt. Nachdem alle aufgestiegen waren, befestigten die Soldaten die hinteren Planen und befahlen völliges Schweigen. Sie fuhren los. Aber Julek hatte nicht vor, bei den anderen zu bleiben. Einen halben Tag später stieg er in einer der Städte aus, durch die sie unterwegs kamen, und ging zum Bahnhof, um »nach Hause« zu fahren.

2
Robert

Noch am selben Tag, gegen Abend, kam er in der Villa an, die er verlassen hatte, um nach Polen zu fahren. Aufgeregt begrüßte er seine Freunde. Riwka empfing ihn mit Tränen in den Augen. Das energische und fleißige junge Mädchen mochte Julek, und weil er auf ihre Werbung nicht reagierte, nutzte sie jede Gelegenheit um gegen ihn zu sticheln, halb im Spaß, halb wütend und vorwurfsvoll.

»Sie hat schon gedacht, du kommst nicht mehr wieder«, sagte Robert und zwinkerte ihm fröhlich zu. Als Antwort nahm Riwka ein Glas Wasser, das auf dem Tisch stand, und schüttete den Inhalt in Roberts Richtung. Doch der hatte den Angriff erwartet, duckte sich und wurde nicht nass.

Wenig später wusste Julek alle Neuigkeiten. Während seiner Abwesenheit waren einige Streitereien ausgebrochen, und niemand war da, um die Gemüter zu beruhigen. Eine neue Gruppe junger Mädchen und Burschen war angekommen, und jetzt war die Villa übervoll, aber die Organisatoren hatten versprochen, sie alle im kommenden Monat in ein Lager am Meer zu bringen und von dort – nach Palästina! Diesmal sollten auch Robert, Julek, Riwka und die Schwestern Bella und Frieda dabei sein.

»Kommst du mit?«, fragte Julek.

Robert zuckte mit den Schultern. »Mal sehen.«

»Glaubst du etwa, du kannst in Erez-Israel keine Geschäfte machen?«

»Doch, das schon. Aber es ist ein armes Land, und die Möglichkeiten sind begrenzt.«

»Stimmt«, sagte Julek. »Aber andererseits kannst du ganz neu anfangen, der Erste sein, der etwas in Bewegung setzt.«

»Vielleicht«, sagte Robert.

»Wir haben einen Journalisten von der Sochnut* hier«, sagte eines der Mädchen, sie sollten den Speisesaal verlassen und mit hinauskommen. Der Ärmste schwitze und keuche, nachdem er den ganzen Weg von der Stadt zur Villa zu Fuß zurückgelegt habe. Er wolle die Gruppe Jugendlicher fotografieren, die sich danach sehne, nach Israel auszuwandern, und diese Fotos weltweit veröffentlichen, um auf das Unrecht hinzuweisen, das die Engländer den Überlebenden zufügten, indem sie ihnen die Einreise nach Palästina verweigerten.

Julek war müde und wollte in sein Zimmer gehen um zu schlafen, aber Riwka schob ihre Hand in seine und wollte ihn mitziehen. Ihre Berührung war Julek angenehm, verursachte ihm aber – wie immer – Schuldgefühle. Einerseits tat es ihm gut, dass es jemanden gab, der ihn liebte, ein junges Mädchen, das ihn verwöhnte und auf ihn wartete, wenn er zum Beispiel mal Grippe hatte und mit Fieber im Bett lag, um ihm hinterher mit doppelter Kraft ihre Liebe und Treue zu zeigen. Riwka sorgte dafür, dass seine Hemden und Hosen immer sauber und tadellos gebügelt waren, und sie berührte ihn bei jeder sich bietenden Gelegenheit. Und er genoss ihre Freundlichkeit und ihre liebevollen Berührungen. Andererseits wusste er jedoch, dass er ihre Liebe nicht erwidern konnte, und fühlte sich schuldig und unbehaglich. Deshalb stieß er sie manchmal zurück, und sie reagierte beleidigt und verließ ihn mit Tränen in den Augen, oder es kam aus irgendeinem lächerlichen, unbedeutenden Grund zum Streit zwischen ihnen. Trotzdem genoss er manchmal ihre Werbung und schob seine Gefühle zur Seite, auch wenn er genau wusste, dass sein Benehmen etwas versprach, was er nicht halten konnte.

Als er jetzt müde von seiner traurigen, enttäuschenden Reise zurückgekommen war, dachte Julek plötzlich, er sei vielleicht zu stur, wenn er ihre Liebe zurückwies. Denn alles, was er jetzt brauchte, waren Liebe und Zärtlichkeit. Julek fügte sich und ging mit ihr hinaus. Sie stellten sich zu einer kleinen Gruppe zusammen und ließen sich in theatralischer Pose fotografieren.

Dann kehrten sie zum Speisesaal zurück, der schon sauber und aufgeräumt war, und setzten sich hin, Julek, Robert, Riwka und die beiden Schwestern. Julek löste das Futter seines Mantels und gab Robert stolz das Geld zurück, das er sich von ihm geliehen hatte. Aber als er den Preis sagte, den er für das Haus bekommen hatte, lächelte Robert spöttisch. Doch er nahm sich zusammen und sagte kein Wort. Es wäre ihm nicht eingefallen, Julek auszulachen, immerhin mochte er ihn ja gerade wegen seiner Naivität. Erst als Julek die ganze Geschichte erzählt hatte, verstand Robert, dass sein Freund froh sein konnte, überhaupt etwas bekommen zu haben. Das war vielleicht nur der neuen, hohen Position dieses Polen zu verdanken, der sich das Haus angeeignet hatte. Robert war sich klar darüber, dass Julek statt Geld auch eine Kugel in den Kopf bekommen haben könnte.

Auch Julek hatte Robert gern, obwohl sie sehr verschieden waren. Julek sagte oft lachend zu seinem Freund, er hätte eigentlich in Sizilien auf die Welt kommen müssen, um dort die Mafia zu leiten. Julek hatte Robert im Lager kennen gelernt, noch vor dem Tod seines Vaters, doch damals waren sie noch keine Freunde gewesen, weil sein Vater ihn vor Robert gewarnt hatte, wegen dessen zweifelhaften Beziehungen zum Kapo, dem Liebling der Deutschen. Aber Roberts Charme ließ in den Augen des Kapos offenbar nach, und eines Abends, ein paar Stunden, bevor Juleks Vater starb, ließ der Kapo ihn verprügeln, weil er nicht schnell genug seine Mütze vom Kopf gerissen hatte, als er vorbeiging. Nach den Schlägen wurde ihm auch noch die Brotration desselben Tages abgenommen. Robert lag auf seiner Pritsche und stöhnte ab und zu, doch Julek achtete auf niemanden, er sah nur seinen sterbenden Vater. Und als er tot war, schloss er ihm die Lider. Erst dann bemerkte er die starren Augen Roberts. Als er dem Blick folgte, sah er, was der andere anstarrte. Schnell tat er etwas, was unter den Lagerbedingungen sehr selten war. Er wickelte die Brotration seines Vaters aus dem Lappen, biss einmal hinein und gab den Rest Robert. In dieser Minute wusste er nicht, dass er damit Roberts Leben gerettet hatte.

Als die Front näher kam, schickten die Deutschen die Häftlinge auf einen sogenannten Evakuierungsmarsch, den die meisten nicht überlebten. Sie starben an der Kälte, an Erschöpfung oder durch die Kugeln der Bewacher. Robert hatte von dem bevorstehenden Todesmarsch von einem anderen Kapo, mit dem er befreundet war, erfahren, und dieser Kapo brachte Robert und Julek in den Keller des Verwaltungsgebäudes und versteckte sie dort. Dort blieben sie, bis die Befreier eintrafen. Julek hatte nie gefragt, welcher Art die Beziehung zwischen ihm und den beiden ukrainischen Kapos gewesen war.

Nach der Befreiung hatte Robert seine Begabung oft genug bewiesen. Als ihn die britische Armee beauftragte, in den Ortschaften der Umgebung Essen für die Überlebenden des Lagers und die Soldaten zu beschlagnahmen, wurde er an den Bestechungsgeldern reich, die er von deutschen Bauern bekam, damit er ihr Vieh und ihre Ernte schonte. Im Gegensatz zu ihm suchte Julek schon bald Verbindung zu den Gesandten aus Erez-Israel und schloss sich einer Gruppe junger Juden und Jüdinnen an, die sich auf die Einwanderung nach Palästina vorbereiteten. Ein Soldat der Jüdischen Brigade brachte ihn mit Leuten in Verbindung, die die illegale Einwanderung organisierten. Doch Julek brauchte dafür Geld. Robert sagte, es sei überhaupt nicht schwierig, Geld zu beschaffen, und erhöhte die Summe, die er von den deutschen Bauern verlangte, damit es für ihn selbst und auch für Juleks Vorhaben reichte.

Dann trennten sich ihre Wege, denn Robert hatte keine Lust, bei der Einwanderung mitzumachen. Er machte lieber Geschäfte auf dem schwarzen Markt zwischen dem Teil Deutschlands, der von den Russen besetzt war, und dem anderen, den die Amerikaner und Engländer besetzt hatten. Julek fuhr mit einer Gruppe junger Juden nach Brüssel. Robert sollte er erst in einem großen Lager der UNRA* in Rom wieder treffen, als er mit seiner Gruppe auf dem Weg zur Villa dort übernachtete.

Robert wurde an diesem Abend von der Polizei verhaftet, weil ihn jemand beschuldigt hatte, er male Zahlen von Konzentrationslagern auf die Arme jüdischer Flüchtlinge, die hofften, dadurch Geld von der UNRA zu bekommen, ohne jemals in einem Konzentrationslager gewesen zu sein. Julek beschloss, ihm Gutes mit Gutem zu vergelten, und gemeinsam mit zwei Freunden gelang es ihm, Robert aus den Händen der italienischen Polizei zu befreien und mit zur Villa zu nehmen.

Robert war sehr dankbar, und bald entstand die alte Freundschaft wieder zwischen ihnen, obwohl sie, was ihre Lebensauffassung und ihre Zukunftsträume betraf, so verschieden waren. Robert verachtete alles – außer

Geld. Er lachte über ihre naiven Träume, das Land Israel aufzubauen. Er verspottete jeden, der bereit war, bei den italienischen Bauern zu arbeiten, um für das zukünftige Leben in einem Kibbuz* etwas von der Landwirtschaft zu lernen. Julek hingegen war durch und durch idealistisch. Er glaubte fest daran, dass sich das Schicksal des jüdischen Volkes zum Besseren ändern werde, und sah sich selbst als einen unter vielen, die arbeiteten um diese Veränderung zu bewirken. Robert gegenüber war er nachsichtig. Er hoffte, dass der Freund, wenn er mit ihnen nach Palästina fuhr, von der allgemeinen Stimmung angesteckt und vielleicht doch für den Aufbau des Landes arbeiten würde.

Nach seiner Befreiung aus den Händen der Polizei war Robert im Vorbereitungslager geblieben, in der Villa, und Julek hatte ihm die Verwaltung der Finanzen übertragen. Obwohl Robert sich noch nicht entschieden hatte, was er in Zukunft tun würde, war doch allen klar, dass die Gruppe von ihm profitierte, auch wenn er, daran zweifelte Julek keine Sekunde, bestimmt dafür sorgen würde, dass er selbst nicht zu kurz kam.

Die Villa war ein großes, dreistöckiges Haus mit etwa dreißig Zimmern. Sie lag oben auf einem Hügel, einige Kilometer von einer malerischen italienischen Kleinstadt entfernt. Die Leute der Einwanderungsorganisation hatten sie für die Gruppen gemietet, die sich auf eine Einwanderung vorbereiteten. Die Gruppen wechselten, aber Julek, der als Sekretär fungierte, blieb lange da und mit ihm blieb Robert. Und damit wurde ihre Villa immer reicher. Am Anfang hatte Robert eine ganz einfache Idee. Jede Gruppe, die sich nach Erez-Israel auf den Weg machte, ließ ihre *index-cards* zurück, Ausweise, die alle Flüchtlinge bekamen und die zum Empfang von Lebensmitteln von der UNRA in Rom berechtigten. So wuchs die Gruppe scheinbar und wurde immer größer, und die Menge an Nahrungsmitteln wuchs gleichermaßen. Was sie nicht brauchten, verkaufte Robert an die Leute in der nahen Stadt, und natürlich hielt er es für richtig, eine gewisse Provision für sich selbst einzubehalten.

Die meisten Jugendlichen arbeiteten bei den Bauern der Umgebung oder in Fabriken in der Stadt. Jeder einzelne versuchte irgendeinen Beruf zu erlernen, und alle legten ihren Lohn in die gemeinsame Kasse. Die meisten Mädchen arbeiteten in der Villa, in der Küche oder beim Saubermachen. Einige wollten lieber außerhalb der Villa arbeiten, aber die meisten zogen die Hausarbeit vor.

Robert blieb also bei ihnen, nicht nur wegen der angenehmen Verdienstmöglichkeiten in der Villa. Er genoss die Kameradschaftlichkeit. Er liebte alle Mädchen und alle Mädchen liebten ihn. Er hatte immer genug Geld, um eine ganze Gruppe in die Stadt einzuladen, ins Kino, und er war nie geizig. Er freundete sich ganz besonders mit Riwka an, auch wenn diese nie aufhörte, Julek zu umwerben und sogar versuchte, ihn mit Roberts Hilfe eifersüchtig zu machen, was ihr aber nicht gelang. Als

Robert schließlich mit Julek sprach und ihm Riwkas Situation erklärte, beschloss dieser, mit dem Mädchen zu reden. Er erklärte ihr, dass er sie gern habe und ihre Freundschaft aufrichtig schätze, aber er könne sich nicht mit Gewalt in sie verlieben. Danach war er nicht sicher, ob dieses Gespräch etwas genützt oder, im Gegenteil, die Sache noch schlimmer gemacht hatte. Vorher hatte Riwka Hoffnungen gehabt. Jetzt war alles aus. Vielleicht war auch das Gegenteil von dem eingetreten, was er gewollt hatte, und Riwka liebte ihn nun, nach dem vertrauten und ehrlichen Gespräch, noch mehr.

»Du bist einfach nur ein Angsthase«, hatte Robert gesagt und ihn ausgelacht. »Komm wenigstens mit mir in die Stadt. Dort gibt es einen gewissen Ort ...«

Julek weigerte sich.

Die Gruppen wechselten, aber sie blieben zu fünft in der Villa. Julek, der Sekretär, und mit ihm Robert, der Kassenwart, Riwka, die zur Hausmutter geworden war, und Bella und Frieda, die ihr zur Hand gingen.

Im Laufe der Zeit wurde Juleks Arbeit zur Routine, und er begann, vielleicht aus Einsamkeit, vielleicht aber auch, um Robert zu beweisen, dass er kein Angsthase war, Bella den Hof zu machen. Es hatte schon ausgesehen, als seien Riwkas Wunden geheilt, doch seine Werbung um Bella drehte das Rad zurück und weckte erneut Riwkas Leidenschaft. Julek ging ein paar Mal mit Bella in die Stadt, ins Kino oder sie machten einen Spaziergang in der Umgebung. Die Landschaft war wunderschön, und Frühling lag in der Luft. Julek versuchte, sich endlich einmal zu verlieben, aber nichts geschah. Es kam nur zu einem großen Streit zwischen Riwka und Bella, die Juleks Werbung ernst genommen hatte und eine ganze Weile mit düsterer Laune herumlief. Julek beschloss, nie mehr einfach nur so einem Mädchen den Hof zu machen, seine Einsamkeit zu akzeptieren und sich mit den gemeinsamen Vergnügungen zufrieden zu geben, um niemandem mehr weh zu tun. Liebe kann man nicht erzwingen, hatte jemand gesagt, eines Tages kommt sie von selbst. Wenn Julek daran dachte, wusste er nicht, wie nahe dieser Tag war.

3

Der Junge auf dem Foto

Melanie saß nachdenklich am Tisch. Das Hausmädchen Mary hatte schon angefangen den Tisch abzuräumen. Der Richter ging hinüber in die Bibliothek. James war gestern Abend nicht mehr dazu gekommen, die Gerichtssitzung heute Morgen vorzubereiten.

Der Winter war mild in diesem Jahr und London summte förmlich von Bauarbeiten. Das Kriegsende lag schon fast zwei Jahre zurück und noch immer wurde eifrig gebaut. Nur James, der, wenigstens wenn es um Politik ging, eine gewisse Weitsicht besaß, hatte kurz nach der Kapitulation Deutschlands etwas traurig zu ihr gesagt: »Den Krieg haben wir gewonnen, aber ich glaube, wir sind dabei, das Imperium zu verlieren.«

Premierminister Attlee hatte schon die Unabhängigkeit Indiens verkündet. Und was würde mit Erez-Israel passieren? Melanie unterhielt sich oft mit ihrem Mann über das, was in Palästina vor sich ging. Sie konnte sich einfach nicht vorstellen, wie sich eine Hand voll jüdischer Pioniere gegen dic massiven Ausschreitungen der palästinensischen Araber auf Dauer zur Wehr setzen könnte, die von arabischen Königen wie König Faruk von Ägypten und König Abd Allah von Jordanien unterstützt wurden. Sie interessierte sich ganz besonders für Palästina, nachdem sie den Namen einer Studienkollegin an der Universität Warschau auf einer Liste mit Überlebenden gefunden hatte und es ihr gelungen war, mit ihr Verbindung aufzunehmen. Die Freundin hatte sich einem Kibbuz in Palästina angeschlossen. Im Gegensatz zu ihr glaubte ihr Mann, aus welchen Gründen auch immer, an die Kraft der jüdischen Siedler in Palästina.

»Ich habe diese Juden ein paar Mal gesehen, als ich dort war, Melanie, und ich glaube, sie werden uns noch überraschen.«

Melanie wollte ihm so gerne glauben, doch in ihrem Herzen sah sie Schlimmes voraus, nach allem, was in Europa geschehen war …

Sie schaute Mary bei der Arbeit zu, während sie noch einen Schluck Kaffee aus ihrer Tasse nahm und rauchte. Solange James am Tisch saß, versuchte sie sich zu beherrschen und steckte sich keine Zigarette an. Ihr Mann hatte in diesem Winter angefangen zu husten, aber der Hausarzt der Familie hatte sie beruhigt. Nur eine Erkältung, hatte er gesagt. Tuberkulose ist nicht mehr die Krankheit, die sie vor dem Krieg war. Man hat neue Medikamente gegen viele gefährliche Krankheiten gefunden.

Melanie hatte den Richter Mitte der dreißiger Jahre kennen gelernt, bei ihrer ersten Auslandsreise. An allem war Joseph Conrad schuld, der polnische Schriftsteller, der als junger Mann seine Heimat verlassen hatte, nachdem sein Vater nach Sibirien verbannt worden und gestorben war. Jahrelang hatte er bei der britischen Handelsmarine Dienst getan, und schließlich war er ein berühmter englischer Schriftsteller geworden. Erst war Melanie sein Buch *Lord Jim* in die Hände gefallen, dann *Victory*, in polnischer Übersetzung natürlich. Ihr Vater erlaubte ihr lange nicht, sich Bücher aus der Bibliothek der Bezirksstadt zu holen, doch als er zugestimmt hatte, dass sie das dortige Gymnasium besuchte, musste er ihr auch erlauben, »ketzerische« Bücher nach Hause zu bringen. Er verlangte nur jedes Buch zu sehen, das sie brachte, doch es fiel ihr nicht schwer, die Bücher zu verstecken, um deren Schicksal sie fürchtete. Damals, nach *Lord Jim* und *Victory*, hatte sie beschlossen Englisch zu lernen, um Joseph Conrad im Original lesen zu können.

Sie bestand das Abitur mit Auszeichnung, und als man ihr den Bräutigam vorstellte, den ihre Eltern, wie es damals üblich war und wie es sich für eine gute jüdische Tochter schickte, für sie ausgesucht hatten, entschied sie sich zu fliehen. Ihr nächster Schritt war, dass sie sich an der Universität Warschau einschrieb, selbstverständlich zum Studium der englischen Sprache und der englischen Literatur. Zu ihrem großen Erstaunen verzieh ihr Vater ihr diesen Schritt nach einiger Zeit und schickte ihr Geld, damit sie nicht gezwungen war, in den Häusern von Gojim zu arbeiten.

Nach drei Jahren Studium entschloss sich Melanie, sich einen lang gehegten Traum zu erfüllen und nach

London zu fahren, der Hauptstadt des britischen Imperiums, und nach einem halben Jahr harter Arbeit hatte sie genug Geld für die Überfahrt zusammen und, wenn sie sparsam war, für einen vierwöchigen Aufenthalt in London. Und dort hatte sie dann James kennen gelernt.

Ihre Begegnung war alles andere als vorherzusehen, um es in kurzen Worten zu sagen. Was hatte eine arme jüdische Studentin aus Polen mit einem der glänzendsten Juristen am höchsten britischen Gericht zu tun? Manchmal, wenn sie an ihr erstes Zusammentreffen dachte, stand Melanie auf, ging zum Spiegel und betrachtete ihr Gesicht genau. Das tat sie jetzt auch. Zweifellos war zu einem großen Teil ihr Aussehen schuld. War sie wirklich so schön, dass ihre Schönheit James dermaßen beeindruckt hatte? Das behauptete er jedenfalls hartnäckig, wenn sie ihn danach fragte, warum er um ihre Hand angehalten hatte.

Obwohl er immer sagte, ihre Schönheit sei unvergänglich, sah sie schon die ersten Falten und in ihren hellen Haaren erschienen die ersten grauen. Sie drehte sich um und ging zum Tisch zurück. Im letzten Moment rettete sie den Aschenbecher und ihre Kaffeetasse aus Marys fleißigen Händen.

»Lady Faulkner, soll ich Ihnen noch etwas Kaffee bringen?«

»Nein danke, Mary. Aber du kannst alles andere abdecken. Und dann schau bitte nach, ob die Zeitungen schon gekommen sind.«

Mary ging und Melanie hörte, wie sie die Stufen hinunterstieg. Etwas fiel in der Bibliothek zu Boden und sie hörte James fluchen. Sie lächelte. Vielleicht erlaubten sie sich im Club solche Ausdrücke. Der Besuch des Clubs war Männern vorbehalten, sie wusste also nicht, ob dort immer nur ein vornehmer Ton herrschte.

Manchmal glaubte sie an Schicksal. Alles stand irgendwo geschrieben und musste genau so geschehen. Deshalb hatte sie James kennen gelernt. Doch der Richter lachte über ihren Aberglauben. Er gab allerhöchstens zu, dass es vielleicht eine Macht gab, die den Menschen die Wahl ließ. Ganz gleich, ob man das Schicksal nannte, wie sie, oder Zufall, wie er. Es ließ sich ja ohnehin nicht nachprüfen.

Sie hatten sich auf der Straße getroffen, als sie eine Buchhandlung verließ, die er gerade betreten wollte. Er schien sehr gut gelaunt zu sein, denn er pfiff vor sich hin und schwenkte seinen Spazierstock. Dieser Spazierstock hing seither in ihrem Schlafzimmer. Bis heute fragte James immer wieder einmal: »War der Schlag wirklich so fest oder hast du nur so getan als ob?«

»Warum hätte ich so tun sollen, James?«

»Es ist doch das Vorrecht der Frauen, empfindsam zu sein, meinst du nicht?«

»Vielleicht, James, aber ich bin außerdem eine freie Frau«, erinnerte sie ihn immer wieder aufs Neue.

Der Schlag hatte sie am Bein getroffen. Der Stock hatte eine Eisenspitze, und der Schlag an ihr Schienbein tat sehr weh, das musste sie zugeben. Aber vielleicht brachte er das Thema immer wieder zur Sprache, weil auch er sich gerne daran erinnerte.

Damals hatte er ihr geholfen aufzustehen, dann führte er sie in die Buchhandlung zurück und setzte sie auf einen Stuhl. Er entschuldigte sich und bat darum, sein Taschentuch nass machen und auf ihr Bein legen zu dürfen. Erst da schaute sie ihn an und sein Blick erwärmte ihr Herz.

So hatte es angefangen.

Trotz des Widerstands seiner Familie und trotz der Skepsis seiner Freunde bei Gericht beharrte er auf seinem Willen. Und auch sie tat das. Ihre Eltern verziehen ihr nicht, sie trauerten um sie wie um eine Tote, aber sie gaben nicht nach. Nur ihr Bruder und ihre Schwägerin behielten Kontakt zu ihr, unter dem Siegel strengster Verschwiegenheit. Nach Kriegsende war Melanie eine der hartnäckigsten Besucherinnen in den Büros des Joint* und der Sochnut, wo die Listen mit den Namen der jüdischen Überlebenden ankamen. James nannte diese Besuche ihren »jüdischen Spaziergang« und manchmal fragte er: »Melanie, hast du heute deinen jüdischen Spaziergang schon gemacht?«

Sie hatte sich die Füße in diesen Büros abgetreten, war zur Jüdischen Gemeinde von London gegangen und hatte auch dort die Namen gelesen, die auf Tafeln in den langen Korridoren aushingen. Nicht alle Listen waren alphabetisch geführt. Auf vielen standen die Namen in der Reihenfolge, in der sie eingegangen waren. Um sicher zu gehen, hatte sie auch auf den alphabetisch geführten Listen alle Namen gelesen, und oft genug war sie auf einen Namen gestoßen, der falsch eingeordnet war oder wegen eines Schreibfehlers nicht an der richtigen Stelle stand. So hatte sie eines Tages den Namen ihrer Freundin Henia Majnemer gefunden und das hatte sie mit neuer Hoffnung erfüllt. Sie hatte also doch noch jemanden gefunden, und das hieß, dass sie weitermachen musste, dann würde vielleicht auch einer der Namen, die ihrem Herzen so nahe standen, plötzlich auf einer Liste auftauchen. Sie fuhr fort, jede neue Liste durchzulesen, die in einem der Büros eintraf. Anfangs ging sie jeden Tag hin, später einmal in der Woche. Und noch später rief sie erst an und fragte, ob neue Listen eingetroffen seien.

Inzwischen hatte sie an ihre Freundin Henia geschrieben und Henia hatte ihr geantwortet. Sie hatte einen langen Brief geschickt und alles erzählt, was sie seit ihrer letzten Begegnung erlebt hatte, dass ihr Mann und ihre beiden Kinder im Konzentrationslager umgekommen waren, und was ihr alles passiert war, bis sie in dem Kibbuz in Erez-Israel eine neue Heimat gefunden hatte. Sie lud Melanie sogar ein sie im Kibbuz zu besuchen. Diese Kibbuzim interessierten Melanie tatsächlich, seit sie in einer Zeitschrift einen Artikel darüber gelesen hatte, und James versprach ihr, dass sie irgendwann zu Besuch nach Palästina fahren würden. Auch er wollte gern einige

Freunde von früher wieder sehen, die er bei seinem Militärdienst im Nahen Osten kennen gelernt hatte. Doch die Situation in Palästina hatte sich verschärft, und ihr Mann fand die Vorstellung einer Reise dorthin zur Zeit nicht sehr reizvoll.

Melanie erzählte in ihren Briefen an ihre frühere Freundin von ihrem Leben in London, von James und von ihrer vergeblichen Suche nach ihren Angehörigen. Auch Henia, die nach Kriegsende nach Polen zurückgekehrt war und ihre ganze Kraft in die Suche gesteckt hatte, hatte niemanden aus ihrer Familie wieder gefunden.

Melanie erinnerte sich noch genau an die Reise in ihr heimisches Schtetl. Sie dankte Gott, dass sie nicht alleine hingefahren war, sondern in Begleitung eines offiziellen Vertreters der Britischen Botschaft. Sie hatte die hasserfüllten Blicke gesehen, die sie noch aus der Zeit vor dem Krieg kannte. Eigentlich hatte sie angenommen, dass ihr nun, nach dem Krieg, da es fast keine Juden mehr in Polen gab, diese Blicke nicht mehr begegnen würden. Die Leute dort zeigten ihr ein verbranntes Haus und behaupteten, dass ihre Familie dorthin umgezogen sei, noch bevor das Ghetto geschlossen wurde. Sie wusste, dass sie logen. Der Waldhüter, der zum Parteisekretär aufgestiegen war und nun in ihrem Elternhaus wohnte, schwor, er habe mit eigenen Augen gesehen, wie alle umgebracht wurden, und führte sie zu dem Ort, wo sie begraben waren. Sie gab ihm Geld, um einen Grabstein aufzustellen, aber sie glaubte ihm kein Wort. Sie bat ihn, bei der Botschaft in Warschau Bescheid zu sagen, falls doch noch jemand zurückkäme, und dass er jedem, der käme, ihre Londoner Adresse geben solle. Aber sie fürchtete, er würde das nicht tun, weil er Angst hatte, man könne ihm mit ihrer Hilfe das Haus wegnehmen. Sie spendete auch der Kirche Geld und wiederholte ihre Bitte. Doch sie wusste, dass der Priester und der ehemalige Waldhüter zu einer Familie gehörten. Seit ihrem Besuch dort waren über zwanzig Monate vergangen, und niemand hatte sich bei der Botschaft in Warschau gemeldet, niemand hatte geschrieben.

Vor gar nicht langer Zeit hatte Henia in einem langen Brief von ihrer Hochzeit mit einem Kibbuzmitglied und von ihrer Schwangerschaft erzählt. Melanie hatte geantwortet und ihr alles Gute gewünscht. Henia war genauso alt wie sie, siebenunddreißig. Sie hatte James das alles erzählt, aber er hatte nicht reagiert.

Bei Kriegsausbruch waren sie jung und voller Pläne gewesen. Danach sah alles ganz anders aus. Wer hätte sich auch vorstellen können, dass der Krieg so viele Jahre dauerte? Drei Jahre diente James bei der Armee in Ägypten, und Melanie arbeitete als Schwester in einem Londoner Krankenhaus. Einmal war sie nach Ägypten gefahren, zu einem überraschenden Besuch, doch er verbot ihr aus Angst vor Unterseebooten, es noch einmal zu tun.

James kam ab und zu dienstlich mit dem Flugzeug nach London, deshalb sahen sie sich einmal im Monat oder einmal in zwei Monaten. Ein Kind zu haben verschoben sie auf die Zeit nach dem Krieg. Und als der Krieg endlich vorbei war, entschieden sie, dass sie zu alt wären, um ein Kind aufzuziehen. Doch nun ... Henia ist genauso alt wie ich, dachte Melanie neidisch.

Mary brachte die Zeitungen und Melanie seufzte. Wieder musste sie dafür sorgen, dass Mary den Aschenbecher und die Kaffeetasse nicht wegräumte. Ihr Blick fiel auf die erste Seite des *Jewish Chronicle*, auf ein Foto, das eine Gruppe Jugendlicher zeigte. Darunter stand:

»Junge Menschen, Überlebende der Konzentrationslager und der Ghettos, warten in einem Lager der Sochnut irgendwo in Italien.« Melanie las weiter. »Jüdische Gemeinden in Großbritannien und in der ganzen Welt sind wütend auf die Blockadepolitik der Regierung Seiner Majestät in Erez-Israel. Wie lange noch wird man die Überlebenden der Verfolgung daran hindern, in das Gelobte Land zu fahren?«

Sie konnte sich Attlees Lachen vorstellen, wenn sie ihm diesen Artikel auf einer seiner Cocktailpartys zeigen würde, zu denen er James und sie einzuladen pflegte.

»Wir haben nichts versprochen, Lady Faulkner, noch nicht mal mein Freund Bevin«, würde er sagen, mit einem Hinweis auf seinen Außenminister, und ihr zuzwinkern.

Melanie konzentrierte sich nun auf das Foto. Plötzlich sprang sie auf, dann setzte sie sich langsam wieder hin.

»Das kann doch nicht sein«, sagte sie laut und aufgeregt. »Das kann doch gar nicht sein …«

Schließlich stand sie auf und ging zu einer Kommode. Sie zog eine Schublade auf, in der die Briefmarkensammlung ihres Mannes lag. Sie suchte fieberhaft, fand endlich das Vergrößerungsglas und rannte zum Tisch zurück.

»Gnädige Frau, ist etwas passiert?«, fragte Mary besorgt von der Tür aus.

»Nein, nein, Mary, gar nichts. Du kannst gehen.«

Aufgeregt breitete Melanie die Zeitung auf dem Tisch aus und beugte sich, das Vergrößerungsglas in der Hand, über das Foto. Dann nahm sie ihre Lesebrille ab und schaute noch einmal. Sie ließ alles liegen und eilte ins Schlafzimmer. Dort, in ihrer Tischschublade, hob sie das Album mit den Fotos ihrer Familie auf. Es enthielt Bilder ihrer Eltern, ihrer beiden Schwestern, ihres älteren Bruders Artur. Auch Bilder von ihr selbst waren darin, als Zweijährige, auf anderen war sie mit ihren Eltern zusammen, als Fünf- oder Sechsjährige. Sie erinnerte sich noch genau, wie sie zu Herrn Kirschenbojm, dem Fotografen, gegangen waren und ewig lange vor dem seltsamen Gerät gestanden hatten. Immer wieder war Herr Kirschenbojm zu ihnen gekommen, hatte ihren Kopf zurechtgeschoben, einmal hierhin, einmal dorthin, bis er schließlich unter dem schwarzen Tuch hinter der Kamera verschwunden war und die Tortur endlich ein Ende fand. Sie hatte auch das Bild ihrer Abiturklasse aufgehoben. Nur zwei jüdische Mädchen und drei jüdische Jungen waren darunter und eine von ihnen war sie. Die anderen stammten alle aus der Bezirksstadt, nur sie wohnte in einem Schtetl.

Melanie nahm das Album und ging wieder ins Esszimmer. Die Zeitungen und das Vergrößerungsglas waren vom Tisch verschwunden.

»Mary!«

Mary kam vom ersten Stock herunter, wo sich die Schlafzimmer befanden. »Ja, gnädige Frau?«

»Wo sind die Zeitungen?«

»Ich habe gedacht ...«, sagte Mary zögernd. »Ich habe alles weggeräumt, gnädige Frau. Es tut mir Leid ...«

Melanie legte das Fotoalbum auf den Tisch, holte den *Jewish Chronicle* und das Vergrößerungsglas, und als Mary schon wieder auf der Treppe nach oben war, rief sie sie zurück.

»Nur einen Moment«, sagte sie zu dem jungen Mädchen.

Sie schlug das Album auf und konzentrierte sich auf das Foto ihres Bruders. Es war aufgenommen, als er ungefähr sechzehn war. Melanie betrachtete prüfend sein Gesicht, dann kehrte sie zu dem jungen Mann auf dem Zeitungsfoto zurück. Das tat sie mehrere Male hintereinander. Dann legte sie das Foto neben das Zeitungsfoto und drückte Mary das Vergrößerungsglas in die Hand.

»Mary, was siehst du?«

Mary verstand nicht, was von ihr erwartet wurde.

»Mary … schau dir das Gesicht des jungen Mannes auf dieser Fotografie an … Und jetzt nimm das Vergrößerungsglas und betrachte das Gesicht dieses Jungen in der Zeitung.«

Das Mädchen wusste nicht, wie man ein Vergrößerungsglas benutzt. Sie hob es tiefer und höher, wobei sie die Augen zusammenkniff. Schließlich nahm ihr Melanie das Glas aus der Hand und befahl ihr, die Gesichter der beiden Jungen zu betrachten, auf dem Foto und in der Zeitung, und sie miteinander zu vergleichen.

»Aber da sind ein paar Jungen drauf, gnädige Frau, das bringt mich durcheinander. Welchen meinen Sie denn?«

»Bring bitte einen Bleistift aus der Schublade des Herrn.«

Mary kam mit einem Bleistift zurück und Melanie zog einen Kreis um den Kopf des Jungen in der Zeitung.

»Was sagst du jetzt, Mary?«

»Was soll ich sagen, gnädige Frau?«

Melanie beherrschte ihre Erregung und sprach nun leiser mit Mary. »Du sollst sagen, ob du glaubst, dass diese beiden jungen Männer, der auf dem Foto und der in der Zeitung, einander ähnlich sehen. Das ist alles. Oder ob sie sich nicht ähnlich sehen. Betrachte sie genau und lass dir Zeit. Und dann sage mir nur, was du siehst.«

Mary war ein gutes Hausmädchen und hatte gelernt zu erraten, welche Antworten ihre Herrin hören wollte. Die gab sie ihr dann auch, egal ob sie davon überzeugt war oder nicht. Doch diesmal verstand sie sofort, dass sie um ihre aufrichtige Meinung gefragt wurde.

»Die Frisuren sind so verschieden …«, fing sie an, aber Melanie unterbrach sie.

»Kümmere dich nicht um die Frisur und auch nicht um die Kleidung. Betrachte nur die Gesichter. Was meinst du?«

Es dauerte eine Weile, bis Mary den Mund aufmachte. Melanie wartete gespannt auf die Antwort. Mary betrachtete die Gesichter der beiden Jungen mit großem Interesse, jedoch ohne Erregung und persönliche Hoffnungen. Sie hatte den Eindruck, Melanie warte auf ihre Antwort wie auf einen endgültigen Urteilsspruch.

»Ja, gnädige Frau, sie sehen sich sehr ähnlich. Ist das in Ordnung?«

»Ja, Mary. Aber auch wenn du findest, dass sie sich nicht ähnlich sehen, wäre das in Ordnung. Also noch mal, was meinst du?«

Mary wandte sich wieder den beiden Bildern zu.

»Auch jetzt sage ich, dass sie sich sehr ähnlich sehen, gnädige Frau.«

Melanie atmete erleichtert auf. »Danke, du kannst gehen. Hat der Richter das Haus schon verlassen?«

»Der Herr Richter hat gerade seinen Mantel angezogen.«

Melanie rannte zur Haustür und rief ihrem Mann nach: »James! James! Nur einen Moment!«

»Ja, meine Liebe. Ist etwas passiert?«

Er legte seine Tasche und seinen Hut auf den Tisch und kam zu ihr. Melanie versuchte ihre Erregung zu beherrschen.

»Du musst dir etwas anschauen. Ich weiß nicht, ob ich meinen Augen trauen kann ... Sag du es selbst.«

Sie reichte ihm das Vergrößerungsglas und deutete wortlos auf die beiden Fotos. James betrachtete sie, dann setzte er sich hin und prüfte die Fotos sorgfältig. Sein Gesicht zeigte einen interessierten und aufmerksamen Ausdruck, einen Ausdruck, den sie oft gesehen hatte, wenn er auf dem Richterstuhl saß. Vielleicht würde sein Urteilsspruch die unvernünftige Hoffnung, die beim Anblick des Fotos in der jüdischen Zeitung in ihr aufgekeimt war, gleich zerstören.

»Das ist ein Foto deines Bruders Albert, nicht wahr?«, sagte er. »Und was haben wir da? Diesen Jungen hier hast du eingekreist. Das warst doch du, oder?«

»James, du könntest dir wirklich mal merken, dass der Name meines Bruders Artur war. Los, sag schon, was du meinst.«

Der Richter überlegte noch eine Weile, dann fällte er seinen Spruch: »Ja, meine Liebe, es besteht eine Ähnlichkeit. Es tut mir Leid, ich muss jetzt weg. Sonst komme ich zu spät.«

Er küsste sie leicht und ging. Melanie blieb am Tisch sitzen, betrachtete die beiden Bilder und versank in ihren Gedanken.

Nach einer Weile rief sie Mary und bat, ganz gegen

ihre Gewohnheit, um eine weitere Tasse Kaffee und um den Aschenbecher.

Melanie kam müde zurück, nachdem sie den ganzen Tag in der Stadt herumgelaufen war. Es war spät nachmittags, und James würde bestimmt nicht vor dem Abendessen nach Hause kommen. Sie hatte keine Geduld zu warten, deshalb versuchte sie ihn telefonisch zu erreichen. Er war nicht in seinem Büro, auch nicht bei Gericht. Sie versuchte es im Club, doch auch dort war er noch nicht angekommen. Sie hinterließ eine Nachricht, und eine halbe Stunde später rief er sie von dort aus an.

»Meine Liebe, du hast mich gesucht?«

Nie belästigte sie ihn tagsüber. Auch wichtige Dinge verschob sie normalerweise auf abends, deshalb wunderte sie sich auch nicht über den besorgten Ton in seiner Stimme.

»Du weißt doch, es ist wegen des Fotos.«

»Ich wünsche mir so sehr, dass du keine Enttäuschung erlebst. Es gibt wirklich eine Ähnlichkeit, sogar eine recht große. Aber du weißt doch, Melanie, wir alle sind letzten Endes Nachkommen von Adam und Eva.«

»James, mein Herz sagt mir, dass ich Recht habe. Der Junge hat überlebt. Und es ist ein Wunder passiert. Dieses Foto … Ich bin ganz sicher. Der arme Artur. Und all die Flüchtlinge, die deine Regierung nicht nach Palästina lässt. Die Flotte Seiner Majestät, der Stolz des britischen Volkes …«

»Du weißt doch«, hörte sie seine beruhigende Stimme. Sie wusste genau, dass sie offene Türen einrannte. James war kein Anhänger der Politik, die Premierminister Attlee im Nahen Osten betrieb.

Im Hintergrund hörte sie Männerstimmen und irgendwelche anderen Geräusche. Vielleicht das Klirren von Gläsern. Und die Nachrichten der BBC. Sie wusste nicht, ob sie das Radio im Schlafzimmer angelassen hatte oder ob diese Stimme aus dem Hörer kam. James fuhr fort zu sprechen.

»Du weißt doch, dass ich gegen Attlees Politik bin. Ich habe mich ihm gegenüber auch schon in dieser Richtung geäußert. Aber er hält mich für parteilich, deinetwegen ...«

Sie hörte, wie er auf der anderen Seite der Leitung lachte.

»Sie fürchten, dass ihre Politik des Gleichgewichts in Palästina zu Ende ist, wenn sie das Tor für die jüdischen Flüchtlinge aufmachen.«

»*A jene* Gleichgewicht«, sagte sie.

Er lachte. Sie brachte ihn immer zum Lachen, wenn sie jiddische Wörter in ihre Unterhaltung einflocht.

»Es ist gut möglich, dass wir bald aus dieser Patsche heraus sind«, sagte er. »Ich habe den Minister zu der Entscheidung beglückwünscht, die ganze Palästina-Angelegenheit den Vereinten Nationen zu übergeben, das weißt du. Es ist keine zwei Wochen her. Warten wir ab, wie es sich entwickelt.«

»Du glaubst wirklich an die Vereinten Nationen, James?«

»Einen anderen Weg sehe ich nicht.« Er zögerte, dann fuhr er fort: »Übrigens ist es sehr unsicher, sich auf ein Zeitungsfoto zu verlassen. Vielleicht versuchst du, an das Original heranzukommen?«

»Das habe ich schon getan. Ich war bei der Redaktion. Die Ähnlichkeit ist noch verblüffender. Ich habe sie gefragt, wo in Italien das Foto aufgenommen wurde. Sie haben mich an die Sochnut verwiesen. Dort war ich auch.«

»Ich sehe, dass du heute viel zu tun hattest.«

Sie erzählte und er hörte zu. Am Schluss fragte er: »Falls der Junge überlebt hat, meinst du, er weiß etwas von dir?«

»Bestimmt erinnert er sich noch an mich. Ich bin für ihn Tante Malka, die Tante, die ins Ausland gefahren und dort gestorben ist. Das ist es, was man ihm damals erzählt hat. Er war zwar noch sehr klein, als ich nach Warschau gefahren bin, zum Studium, doch ich habe ihn auch später noch manchmal gesehen, wenn ich aus Warschau zu Besuch gekommen bin. Ich glaube, er war acht, als ich ihn das letzte Mal gesehen habe. Man kann nicht wissen, ob sie ihm die Wahrheit erzählt haben, als er größer war. Ich habe in meinen Briefen an seine Mutter nie danach gefragt. Aber bestimmt kennt er weder meinen Namen noch meine Adresse. Sonst hätte er, wenn er es wirklich ist, schon längst geschrieben.«

»Du weißt aber seinen Namen.«

»Ja, er hieß Julek, das heißt Julian. Warum?«

»Das ist kein besonders jüdischer Name.«

»Artur war nicht engstirnig, James. Er war in gewisser Weise assimiliert. Und er hat die Gedichte von Julian Tuwim* geliebt. Das hat ihm nichts genützt. Keinem von ihnen hat irgendetwas genützt.« Sie seufzte. »Als er die Verbindung mit mir nach außen hin abbrach, hat er das nur unserem Vater zuliebe getan. Immer hat er getan, was unser Vater wollte. Und trotzdem hat er über seine Frau den Kontakt aufrechterhalten. Ja, Julian Goldenberg … Wenn sie mir nur gesagt hätten, wo in Italien das Foto aufgenommen wurde. Stell dir vor, sie haben es abgelehnt. Das heißt, sie haben gesagt, sie wüssten es nicht. Es täte ihnen Leid. Aber ich glaube ihnen nicht.«

»Sie haben es abgelehnt, trotz deines neuen Hutes?«, fragte ihr Mann, und wieder hörte sie sein leises Lachen.

Melanie lachte auch, und auf einmal fühlte sie sich wieder ruhig und gelassen.

»Die Organisatoren der illegalen Einwanderung …«

»James! Du kannst nicht die Rückkehr der Juden in ihr Land mit solchen Worten bezeichnen …«

»Entschuldige, meine Liebe. Ich wollte sagten, dass sich die Rückkehr der Juden ins Heilige Land in aller Heimlichkeit vollzieht. Und du bist jetzt auf der falschen Seite der Barrikade … Sie halten geheim, wo sie ihre Lager eingerichtet haben, und natürlich verraten sie es dir nicht. Du hast selbst gesagt, dass sie dich bei der

Sochnut kennen. Und sie wissen, dass du die Ehefrau von Richter Faulkner bist, meine Liebe.«

An seiner Stimme hörte sie, dass er noch immer auf den Grund wartete, weshalb sie ihm nachtelefoniert hatte.

»Sie haben mich an die Sochnut in Jerusalem verwiesen.«

Er wartete immer noch.

»James, ich muss dir etwas sagen.«

»Ja, meine Liebe.«

»Ich habe beschlossen hinzufahren.«

»Nach Jerusalem?«

»Ja, James.«

»Übertreibst du nicht ein bisschen, meine Liebe? Obwohl ... wenn ich es mir überlege ... Wir hatten schon einmal eine ähnliche Erfahrung, du erinnerst dich? Als es um deine Freundin aus Warschau ging.

Und seither glaube ich an deine Intuition, auch wenn sie jeder Vernunft zu widersprechen scheint. Aber ich muss dich noch einmal warnen. Du musst dich auf eine Enttäuschung gefasst machen, sonst bricht dir das Herz. Und ich ... ich kann dir nur viel Erfolg wünschen und dir beim praktischen Teil helfen. Ein Freund, Major Scott, befindet sich in Jerusalem, und ich glaube, er ist sogar damit betraut, die Flüchtlinge an der Einwanderung zu hindern ... Nun ja, er führt einfach den Auftrag Seiner Majestät aus, und bestimmt kann er dir helfen, wenn du dort bist. Ich glaube, du hast ihn schon einmal kennen gelernt. Ja, und was die Vorbereitungen anbetrifft, werde ich meine Sekretärin bitten …«

Ganz gegen ihre Gewohnheit unterbrach sie ihn. »Ich habe schon alles geregelt, James. Ich habe sogar schon die Flugkarten.«

»Manchmal erstaunst du mich doch sehr. Darf ich hoffen, dass ich dich heute Abend noch zu Hause vorfinde?«

Sie musste lachen. Auch vor Erleichterung. Er war also nicht dagegen. Er enttäuschte sie nicht. Immer stand er an ihrer Seite, auch wenn es ihm manchmal nicht leicht fiel.

Sie schätzte ihn wirklich sehr. Nie würde sie vergessen, wie er damals, am Anfang ihrer Liebe, zu ihr gestanden hatte, gegen seine Eltern und gegen seinen Großvater, den despotischen Lord.

»Wenn du es wirklich schaffst ihn herzubringen, hoffe ich, dass er sich andere Manieren zulegen kann, nach allem, was er in Europa durchgemacht hat.«

»Er muss jetzt etwa siebzehn sein, James. Ich bin nicht sicher, ob ich ihn wie ein Kind behandeln und nach Hause bringen kann. Aber ich kann seine Tante sein. Viel mehr darf ich mir nicht erwarten, auch wenn er auf der ganzen Welt keine Verwandten mehr hat außer mir.«

»Und außer mir«, bemerkte er.

»Danke, James«, sagte sie gerührt.

»Wann geht das Flugzeug?«

»Morgen früh.«

James lachte. »Du erstaunst mich nicht nur, du verblüffst mich.«

»Ich verblüffe mich manchmal sogar selber«, bekannte sie.

»Welche Gesellschaft fliegt nach Palästina?«

»Imperial Airways.«

»Ja, sie haben gute Flugzeuge. Dakota DC 3, wenn ich mich nicht irre. Aber trotzdem, es ist ein langer Flug.«

»Ich weiß. Sie haben gesagt, dass der Flug, ohne Zwischenlandungen, etwa zwanzig Stunden dauert.«

»Und wo sind die Zwischenlandungen?«

»In Paris, in Rom und in Athen. Und vermutlich noch auf Zypern, in Nikosia. Aber es sind keine langen Aufenthalte.«

»Ja, auftanken, Passagiere aussteigen und neue einsteigen lassen. Ich hoffe, du sitzt für dich allein.«

»Nein, ich bin zu spät gekommen. Aber man hat mir versprochen, dass ich den Platz nach der ersten Zwischenlandung tauschen kann.«

»Gut, ich werde meinem Freund Major Scott ein Telegramm schicken, damit er vorbereitet ist.«

»Ich bin nicht sicher, ob ich mir von ihm helfen lassen kann, bei der Aufgabe, die er dort hat, James.«

»Gut, ich kündige ihm also nur deine Ankunft an, ohne ein Datum zu nennen. Damit er nicht überrascht ist, wenn du dich an ihn wendest.«

»Falls ich ein bisschen Zeit übrig habe, möchte ich auch meine Freundin Henia besuchen.«

Im ersten Moment wusste James nicht, wen sie meinte, dann erinnerte er sich. »Die Freundin aus Warschau, die jetzt in einem Kibbuz lebt, nicht wahr?«

»Ich weiß nicht, was für ein Mensch sie jetzt ist«, sagte Melanie nachdenklich. »Wir waren gute Freundinnen, als wir in Warschau studiert haben, und sie war die Einzige, der ich damals über uns geschrieben habe, James.«

»Allmählich begreife ich, wie viel sie dir bedeutet«, sagte er und nach kurzem Schweigen fügte er hinzu: »Ich werde heute früher nach Hause kommen, Melanie.«

Wir haben zwar keine Kinder, dachte Melanie, aber er hat mich und ich habe ihn.

4
Teresa

Ein kleiner, alter Lieferwagen quälte sich die verschlungene Straße hinauf auf den Hügel, auf dem die Villa stand, und erreichte das Tor. Der Fahrer hupte. Julek ging hinaus auf den Hof und rief: »Motke, mach ihnen das Tor auf.«

Es gab welche, die hielten Motke für zurückgeblieben. Julek war der Meinung, dass er einfach mit dem, was um ihn herum geschah, nicht so gut zurechtkam. Er war der Einzige, der bereit war, mit Motke das Zimmer zu teilen, und er hatte Robert überredet, nichts dagegen zu haben. Er war auch der Einzige, der Motke nicht Motke-lauf nannte.

Motke öffnete die beiden großen Torflügel und das Auto fuhr quietschend herein.

Die Jungen und Mädchen, die Küchendienst hatten, kamen langsam aus ihren Zimmern, streckten sich und gähnten.

Der italienische Fahrer begrüßte die jungen Leute lachend. Er hatte ein paar Worte Polnisch gelernt, ein paar Worte Rumänisch und Jiddisch und sie sprachen gebrochen Italienisch. Julek half mit, die Kisten mit Gemüse auszuladen. Als sie fertig waren, trat ein junges Mädchen zum Lieferwagen. Er sah sie zum ersten Mal, vermutlich war sie aus der neuen Gruppe, sie fragte den Fahrer mit

Handbewegungen, ob sie mit ihm in die Stadt fahren könne. Julek trat näher und sie drehte sich plötzlich zu ihm um. Der Atem stockte ihm. Dann wandte sie sich wieder dem Fahrer zu. Julek konnte den Blick nicht von ihr wenden. Robert hatte schon etwas über ein ganz besonders schönes Mädchen gesagt, aber weil er diese Formulierung bei fast jedem neuen Mädchen benutzte, hatte Julek seine Worte nicht ernst genommen. Während sie noch mit dem Fahrer sprach, wurde ein Fenster im zweiten Stock geöffnet und Riwka rief ihm etwas zu, wobei sie auf das neue Mädchen deutete. Neben ihr standen Bella und Frieda.

»Was ist los?«, rief Julek zurück. »Hat sie heute Dienst?«

Statt zu antworten verließen die drei Mädchen das Fenster und tauchten im nächsten Moment im Hof auf.

Das neue Mädchen hieß Teresa. Sie sah aus wie sechzehn. Sie drehte sich um und schaute Julek an, dann die Mädchen, die drohend neben ihr standen, aber sie sagte kein Wort.

»Wenn wir abends gemeinsam in die Stadt fahren, um uns zu vergnügen oder einen Film anzusehen, kommt sie nicht mit. Aber sie benutzt jede Gelegenheit alleine hinzufahren«, sagte Riwka wütend.

Julek verstand ihren Ärger nicht. »Was stört dich daran?«, fragte er.

Frieda mischte sich ein. »Wir haben erst gestern herausgefunden, was los ist.«

»Was tut sie dort?«, fragte Julek in einem Ton, als nähme er die Sache nicht ernst.

»Du lachst?«, sagte Riwka. »Warte einen Moment, dann wirst du es selbst sehen.«

Riwka ging auf Teresa zu, die nichts Böses erwartete, und wollte ihr mit einer schnellen Bewegung die Kette vom Hals reißen. Teresa wehrte sich. Eine Weile kämpften sie miteinander, dann gelang es Riwka, dem Mädchen die Kette wegzunehmen. Triumphierend hielt sie sie hoch. Vor den Augen der Anwesenden baumelte ein kleines goldenes Kreuz.

Riwka sagte: »Sie geht in die Kirche!«

Teresa riss ihr das Kettchen aus der Hand. In ihren Augen standen Tränen.

Julek mischte sich ein. »Lasst sie in Ruhe. Sie kann hingehen, wohin sie will.« Er trat zu Teresa. »Zeig mir das Kettchen. Vielleicht kann ich es dir reparieren.«

Sie hatte hellgrüne Augen, weit auseinander stehend und schräg zu den Schläfen hingezogen, was ihrem Gesicht etwas sehr Anziehendes verlieh. Kein Wunder, dass Riwka etwas gegen sie hat, dachte Julek. Obwohl das Verhalten des neuen Mädchens die anderen vielleicht wirklich wütend machte. Julek konnte sich vorstellen, von wo sie das Kreuz mitgebracht hatte und woher ihre Anhänglichkeit an den katholischen Glauben stammte. Es wäre nicht das erste Mal, dass er jemanden traf, der als Kind während des Krieges in Klöstern oder bei christlichen Familien Schutz gefunden hatte. Die Jüngeren unter ihnen wussten bis zum Ende des Krieges nicht, dass sie Juden waren. Dann tauchten irgendwann ihre Verwandten auf, oder Angehörige jüdischer Organisationen, die nach geretteten Kindern suchten, und wollten sie um jeden Preis mitnehmen. Manchmal wollten die christlichen Familien die Kinder nicht zurückgeben, sie betrachteten sie schon als ihre eigenen und die Trennungen waren herzzerreißend. Aber oft brachten die Familien die Kinder selbst zu den jüdischen Organisationen und gaben sie gegen Geld oder andere Vergünstigungen ab. Der Krieg war zu Ende, aber noch immer herrschte Not. Das alles ging Julek durch den Kopf, während er Teresa anschaute und zu erraten versuchte, was ihr passiert war. Sie warf ihm einen schnellen Blick zu und er fühlte, wie ihm plötzlich eine seltsame Wärme ins Gesicht stieg. Teresa wurde rot.

Sie nahm ihm das zerrissene Kettchen aus der Hand und stieg in die Fahrerkabine.

»Sie kann hinfahren, wohin sie will«, sagte Julek. »Wir werden das Ganze bei der nächsten Vollversammlung besprechen.«

Motke-lauf öffnete das Tor und das Auto machte sich unter Hupen und Rattern auf den Rückweg.

»Du verstehst nicht, worum es geht«, sagte Riwka. »Sie will überhaupt keine Jüdin sein. Wozu ist sie dann überhaupt hergekommen? Warum soll sie nach Erez-Israel fahren? Damit man für sie sorgt? Soll sie doch zu ihren Polen gehen! Haben wir nicht genug unter ihnen gelitten? Muss noch so eine hierher kommen und sich bekreuzigen?«

»Riwka, jetzt übertreibst du aber«, sagte ein anderes Mädchen. »Sie ist einfach bedauernswert. Ich habe solche Mädchen schon im Heim in Polen gesehen. Das geht vorbei. Schließlich ist sie Jüdin. Sonst wäre sie nicht hier gelandet.«

Julek entfernte sich, er wollte nachschauen, ob in der Küche alles in Ordnung war.

»Gehst du heute Abend mit uns ins Kino?«, rief ihm Bella nach.

»Sehr gern«, antwortete er erfreut.

Die beiden Schwestern waren nette Mädchen, aber nicht besonders schön. Beide glaubten fest an eine Zukunft in Erez-Israel. Sie glichen im Charakter, im Aussehen und in ihrem Denken den jüdischen Frauen, die Anfang des Jahrhunderts die ersten jüdischen Siedlungen in Erez-Israel gegründet hatten.

Im Lauf des Tages suchte Julek Teresa im Speisesaal, aber er sah sie erst am nächsten Tag wieder. Er zögerte, spürte eine Aufregung, wie er sie noch nie gefühlt hatte, dann ging er einfach hin und setzte sich neben sie. Sie wechselten nur ein paar höfliche Worte miteinander, sonst nichts. Julek sah, dass sie das Kettchen um den Hals trug, aber er wusste nicht, ob das Kreuz daran hing. Er wollte schon fragen, ob man ihr das Kettchen in der Stadt repariert hatte, doch dann beschloss er, die Sache nicht mehr zu erwähnen.

Dass er sich beim Essen neben sie gesetzt hatte, konnte man beim ersten Mal noch für einen Zufall halten, doch an den folgenden Tagen saß er zu den meisten Mahlzeiten an ihrem Tisch. An einem Morgen schloss sich Robert ihm an und er verwickelte Teresa in ein Gespräch. Er machte Witze, wie es seine Art war, und gab Julek keine Gelegenheit, an der Unterhaltung teilzunehmen.

An diesem Abend versammelten sich alle im Speisesaal, zu Ehren der Mandoline, die Robert am Tag zuvor gekauft hatte, und man sang Lieder, polnische, jiddische und russische, und auch Lieder aus Erez-Israel. Robert, der über viele Begabungen verfügte, zeigte sein Können auf einem neuen Gebiet, als er die Lieder auf der Mandoline begleitete. Schon vorher war er bekannt dafür, gut zu singen, und seiner Stimme wegen hatte ihm schon mancher kleinere Betrügereien oder Ähnliches verziehen. Es war unmöglich, Robert längere Zeit böse zu sein.

Am nächsten Morgen kam Robert Julek zuvor, er saß schon neben Teresa, als dieser den Speisesaal betrat. Julek versuchte sich einzureden, dass dies nur Zufall gewesen sei, doch zwei Tage später wusste er, dass er in seinem Freund einen Mitbewerber hatte. Das bedrückte ihn, denn Robert hatte, wenn er es ernst meinte, viel mehr anzubieten als er selbst. Trotzdem gebe ich nicht auf, dachte er.

In früheren Zeiten hätten sich die beiden Freunde in

einem solchen Fall vielleicht zum Duell herausgefordert und damit die Sache entschieden, doch jetzt war es nicht mehr so einfach. Julek wusste nicht, was er tun sollte. Er wurde Robert gegenüber sehr empfindlich und hörte auf, ihm in den kleinen Dingen des Alltags immer nachzugeben, im Büro, im Speisesaal und in ihrem gemeinsamen Zimmer.

Ihr erster Streit brach im Zimmer aus, wegen des abendlichen Lichtausmachens. Robert las gerne billige englische Abenteuerheftchen und Julek wollte aus irgendeinem Grund früher schlafen.

»Ich versuche Englisch zu lernen«, sagte Robert. »Stör mich nicht.« Er schien noch immer nichts von ihrer veränderten Beziehung gemerkt zu haben, aber vielleicht tat er auch nur so.

»Wenn du wenigstens Hebräisch lernen würdest«, fauchte Julek. »Ich will schlafen. Mach das Licht aus.«

»Das werde ich nicht, du wohnst hier nicht alleine.«

Julek stand auf und machte das Licht aus. Robert stand auf, machte es wieder an und blieb neben dem Schalter stehen. Julek schob ihn zur Seite. Plötzlich fühlte er sich stärker als Robert, Lust auf den bevorstehenden Kampf durchströmte ihn. Doch dann sah er das erschrockene Gesicht von Motke-lauf. Motke-lauf liebte sie beide. Sein ganzes Leben lang hatte er Spott und Verachtung erfahren, und er hatte das Gefühl, in diesen beiden so etwas wie Brüder gefunden zu haben. Julek gab nach und ging zurück in sein Bett.

Robert machte das Licht aus. Dann fragte er: »Was ist los, Julek? Habe ich dir was getan?«

»Nichts«, sagte Julek. »Aber du gehst mir auf die Nerven mit deiner Rücksichtslosigkeit.«

Julek war sich selbst noch nicht bewusst, dass er nur einen Vorwand für einen Streit mit Robert suchte, wegen Teresa. Das Ritual des Duells gab es zwar nicht mehr, aber noch immer waren junge Männer bereit, sich wegen eines schönen Mädchens zu schlagen, ohne dass sie sich darüber im Klaren waren.

Noch in derselben Woche musste Julek mit Robert nach Rom fahren, zum Büro der UNRA. Robert wollte, wie üblich, schwarz fahren, doch Julek weigerte sich mitzumachen.

»Ich habe die Nase voll von deinen Betrügereien«, sagte er.

»Ja, aber von dem Geld, das ich mit Betrügereien verdient habe, konntest du dir etwas leihen«, sagte Robert. Er verschwand, und sie trafen sich erst in Rom wieder, auf dem Bahnsteig.

Als sie den Bahnhof verließen, riss ein plötzlicher Windstoß den teuren Hut, den Robert sich bei einem früheren Besuch in der Stadt gekauft hatte, vom Kopf. Er fiel direkt vor Juleks Füße und Julek trat darauf. Als er später darüber nachdachte, war er sich nicht sicher, ob er nicht im letzten Moment über den Hut hätte hinwegsteigen können. Jedenfalls genoss er es, den Hut unter den Füßen zu haben, und es gelang ihm nicht, beim Anblick des zerdrückten Hutes sich ein Lächeln zu verkneifen. Doch das Lächeln verwandelte sich in eine Grimasse, als Robert ihm die Faust in die Rippen schlug. Julek reagierte instinktiv, seine Faust landete in Roberts Gesicht und traf dessen Nase. Robert tastete mit der Hand über sein Gesicht, und als er sie zurückzog, war sie blutverschmiert. Inzwischen hatte sich ein Kreis von Neugierigen um sie versammelt, und jemand fing an, sie auf Italienisch anzufeuern. Doch der Anblick des Blutes hatte ihre Leidenschaften abgekühlt. Julek hob den Hut auf, klopfte ihn zurecht und setzte ihn Robert auf den Kopf. Der hatte ein Taschentuch hervorgezogen und drückte es an die Nase. Sie entfernten sich von den enttäuschten Schaulustigen und Julek entschuldigte sich.

»Ich habe es nicht so gemeint«, sagte er.

»Was hast du nicht so gemeint?«

»Ich wollte nicht auf deinen teuren Hut treten«, sagte Julek spöttisch und fügte hinzu: »Mit dem Prügeln hast du angefangen.«

Es war noch sehr früh. Sie betraten ein Café und Julek bestellte für sie beide einen doppelten Cappuccino und Kuchen.

»Diesmal bezahle ich«, sagte er, als Robert von der Toilette zurückkam, wo er sich das Gesicht gewaschen hatte.

»Auf Rechnung des Vorbereitungslagers«, bemerkte Robert.

»Fängst du schon wieder an?«, fragte Julek.

»Ich fange nicht an. Wenn du einen Moment nachdenkst, wirst du zugeben müssen, dass du es bist, der die ganze Zeit Streit sucht. Es hat schon gestern Abend mit dem Licht angefangen. Und davor gab es andere Kleinigkeiten, die dich gestört haben. Weißt du wenigstens, warum?«

»Ich habe noch nicht darüber nachgedacht. Aber jetzt glaube ich, dass ich es weiß. Ich bin wirklich wütend auf dich.«

»Und warum? Was habe ich dir denn getan?«, fragte Robert betont unschuldig.

»Hör auf dich zu verstellen«, schimpfte Julek. »Du hast mit diesem Gespräch angefangen, und zwar ernsthaft, also bleibe auch ernst bis zum Ende.«

»Gut, in Ordnung«, meinte Robert und nahm einen Schluck. Dann stellte er die Tasse zurück und sagte: »Alles wegen Teresa. Ich weiß.«

»Stimmt«, antwortete Julek.

»Sag mal, könnte es sein, dass du verliebt bist?«

»Sprich nicht darüber, nicht mit mir und nicht mit jemand anderem.«

»Was du gerade gesagt hast«, meinte Robert, »ist der beste Beweis dafür, dass ich Recht habe.«

»Und wage es nicht, darüber zu lachen«, fügte Julek bitter hinzu.

Doch beim Anblick von Juleks Gesicht brach Robert in Lachen aus, und plötzlich erkannte Julek, dass die Sache auch etwas Komisches hatte. Er lachte auch.

»Robert, ich meine es wirklich ernst und ich möchte dich um etwas bitten. Dir ist es doch egal, mit welchem Mädchen du gehst, mit der einen oder der anderen. Das hast du selbst gesagt. Aber für mich ist es wichtig. Und du weißt, dass ich zum ersten Mal so etwas fühle. Also lass die Finger von ihr.«

»In Ordnung. Eigentlich habe ich die Situation sofort verstanden. Und vielleicht habe ich nur angefangen, ihr den Hof zu machen, weil ich eifersüchtig auf sie war, als wäre ich drauf und dran, deine Freundschaft zu verlieren. Vielleicht wollte ich euch einfach stören, verstehst du?«

Julek verstand. Er war überrascht über die Offenherzigkeit seines Freundes. Wie vernünftig Robert doch die Menschen sah, und wie sehr er sich seiner eigenen Handlungsweisen bewusst war. Vermutlich hatte er immer gewusst, dass in Robert mehr steckte als das, was auf der Oberfläche sichtbar wurde, und vielleicht hatte er sich ihm deshalb angeschlossen. Am liebsten hätte er ihn jetzt umarmt.

Er streckte Robert die Hand hin und der andere drückte sie. Auf einmal waren sie beide verlegen wegen der dramatischen Szene.

Am Abend, als sie zur Villa zurückkehrten, war Teresa nicht da. Sie habe gesagt, sie wolle das Vorbereitungslager wegen der Mädchen verlassen, die nicht aufhörten ihr Schwierigkeiten zu machen.

Julek regte sich auf. »Wie konntet ihr sie denn fahren lassen?«

»Wie hätten wir sie zurückhalten können?«, fragte Riwka ernst.

»Wohin ist sie gefahren?«

»Sie hat gesagt, sie fährt nach Rom«, sagte Motke-lauf.

»Und hat sie gesagt, ob sie zurückkommt?«

»Sie hat gar nichts gesagt«, antwortete eines der Mädchen, Teresas Zimmerkameradin. »Sie hat auch fast all ihre Sachen zurückgelassen«, fügte sie hinzu.

»Dann ist ja alles in Ordnung«, sagte Julek erleichtert.

»Ja, aber sie hat ihre *index-card* mitgenommen«, sagte Riwka.

Julek erledigte seine Aufgaben wie üblich, aber seine ganze Aufmerksamkeit blieb auf das Tor gerichtet. Ein Tag ging vorbei, zwei Tage und Teresa kam nicht zurück. Julek machte sich Sorgen, und ein dumpfes, schmerzendes Gefühl ließ ihn nicht mehr los. Er hatte seltsame Träume und manchmal wachte er mitten in der Nacht auf und lauschte. Einmal machte er sogar leise die Tür des Zimmers auf, das Teresa mit zwei anderen Mädchen bewohnte, aber ihr Bett war leer.

Eine Woche ging vorbei und Teresa war nicht zurückgekommen. Ihr Verschwinden wurde auf der wöchentlichen Vollversammlung besprochen. Die Mitglieder ihrer Gruppe, die während Juleks Abwesenheit angekommen war, erzählten, dass Teresa noch gar nicht so lange bei ihnen sei. Vorher sei sie in einem anderen

Vorbereitungslager gewesen, dort aber fortgegangen, weil es Ärger gegeben hatte, vielleicht aus den gleichen Gründen wie hier. Julek versuchte, die Jugendlichen davon zu überzeugen, dass sie, wenn Teresa zurückkam, geduldiger mit ihr sein müssten und sie in Ruhe lassen. Die Zeit würde schon das Ihre tun. Aber viele sagten, dass sie sich durch Teresas seltsames Benehmen provoziert fühlten. Bei der Abstimmung stellte sich heraus, dass die meisten für Julek waren, und die anderen mussten sich fügen. Da Julek ohnehin noch einmal nach Rom musste, bat er um die Vollmacht, gleich am nächsten Tag zu fahren. Die anderen waren einverstanden. Wenn er seine Angelegenheiten bei der Sochnut und beim Joint erledigt hatte, sagte er, würde er Teresa suchen und mitbringen.

An diesem Abend kamen Julek und Robert sehr spät ins Bett. Sie waren ausgegangen, in die Stadt, und zu Fuß zurückgekommen. Als sie in ihr Zimmer traten, schlief Motke-lauf bereits und schnarchte laut. Julek drehte ihn auf die Seite, damit er aufhörte zu schnarchen. Motke hörte zwar auf, aber Julek konnte trotzdem nicht einschlafen. Er dachte an Teresa und an morgen, an die Fahrt nach Rom.

»Wo willst du sie suchen?«, hörte er plötzlich Roberts Stimme in der Dunkelheit, als käme sie direkt aus seinen Gedanken. »Vielleicht ist sie zu einem anderen Vorbereitungslager gegangen. Oder vielleicht versucht sie, nach Amerika zu kommen.«

»Vielleicht ist sie auch nur weggefahren, um mal allein zu sein«, sagte Julek. »Die Mädchen haben sie wahrscheinlich ganz schön drangsaliert.«

Julek dachte an Teresa und Robert dachte an Amerika.

»Manchmal überlege ich mir, hier noch etwas Geld zu verdienen und dann dort hinzufahren ...«

»Wohin?«

»Nach Amerika.«

»Um wieder ein Jude in der Diaspora* zu sein?«

»Manchmal denke ich an das ganze Zeug, was man euch in die Köpfe stopft, und dann habe ich Lust, alles im Stich zu lassen und aufzustehen und für mich allein zu sorgen. Wer hat gesagt, dass wir ein eigenes Land brauchen? Die amerikanischen Juden haben ein prima Leben, das kannst du mir glauben, Julek.«

»Das hättest du schon letztes Jahr machen können, als wir in das Lager in Padua kamen.«

»Ach, manchmal lässt man sich mit dem Strom treiben«, sagte Robert. »Außerdem war damals das Geschäft mit den amerikanischen Soldaten am Laufen. Weißt du, wie viel Geld mir das gebracht hat? Wie bist du denn nach Polen gefahren? Was glaubst du, woher ich das Geld hatte, das ich dir geliehen habe?«

»Ich habe gedacht, es wäre von dem Geld, das du hier in der Villa machst«, sagte Julek.

»Das ist nur Kleingeld«, antwortete Robert. »Und außerdem: Als du nicht da warst, hat man mir die Sache aus der Hand genommen. Ich durfte nur weitermachen, nachdem ich versprochen habe, alles Geld an das Vorbereitungslager zu geben.«

Julek lachte in der Dunkelheit. »Und warum hast du zugestimmt?«

»Aus Langeweile«, sagte Robert. »Aber manchmal habe ich schon Lust, in das Lager in Rom zurückzugehen.«

»Ich habe eine andere Vorstellung von Zukunft. Wenn ich daran denke, wie hilflos wir im Ghetto waren, wie hilflos mein Vater war, der nichts machen konnte, um meine Mutter und meine Schwestern zu retten, dann weiß ich, dass es für mich nur ein eigenes Land gibt«, sagte Julek.

»Du bist wirklich ein echter Zionist*«, sagte Robert. »In Amerika hätte so etwas nicht passieren können, darauf kannst du dich verlassen.«

»Und hättest du geglaubt, dass so etwas in Deutschland passieren könnte?«

»Ja«, sagte Robert. »Die Deutschen sind ein Volk von Robotern, du hast es ja selbst gesehen.«

Noch vor Sonnenaufgang ging Julek zu Fuß in die nahe Kleinstadt und fuhr mit dem ersten Zug nach Rom. Nachdem er seine Angelegenheiten erledigt hatte, machte er sich auf die Suche. Er wusste, dass die Chancen Teresa zu finden, gering waren. Er klapperte die verschiedenen Flüchtlingsbüros ab, aber nirgends hatte man von ihr gehört, auch nicht bei den christlichen Organisationen. Am Schluss ging er zur polnischen Botschaft. Die Angestellten dort weigerten sich, ihm zu helfen. Sie behandelten ihn mit großem Misstrauen, und ihm blieb nichts anderes übrig, als wieder abzuziehen. In einer kleinen, billigen Trattoria aß er eine Kleinigkeit und fuhr mit dem Abendzug zurück. Noch unterwegs fing es an zu regnen, und Julek rechnete schon damit, bis auf die Haut nass zu werden, als er sich zu Fuß von dem Städtchen auf den Weg zur Villa machte. Plötzlich sah er das Licht von Autoscheinwerfern hinter sich auftauchen und fing sofort an zu winken. Wer fuhr um diese Uhrzeit mit dem Auto zur Villa? Es war ein Militärlastwagen, der neben ihm hielt. In der Fahrerkabine, neben dem Soldaten am Steuer, saßen zwei junge Italienerinnen, und alle drei sahen aus, als kämen sie direkt von einem fröhlichen Fest. Julek sollte hinten einsteigen, und noch bevor er auf die Ladefläche sprang, machte der Lastwagen einen Satz nach vorn. Er wäre fast hingefallen.

Er entdeckte eine feuchte, harte Plane, die vorn an der Fahrerkabine festgemacht war. Er trat näher, hob die Plane an und kroch darunter. Er schob sich so weit vorwärts, bis er in der Ecke zwischen der Seitenwand und der Fahrerkabine war. Er betastete den Boden, um zu fühlen, ob er nass war. Plötzlich spürte er etwas Weiches, Warmes und jemand schrie erschrocken auf.

»Entschuldigung«, sagte Julek auf Italienisch.

Er dachte einen Moment über den Aufschrei nach. Es war die heisere, erschrockene Stimme einer jungen Frau gewesen, vielleicht auch eines Mädchens, und sie hatte auf Polnisch »Jesus!« geschrien.

»Entschuldigung«, wiederholte er auf Polnisch.

»Ich hatte geschlafen und bin furchtbar erschrocken«, sagte das junge Mädchen.

Der Lastwagen fing plötzlich an zu schlingern, und sie rutschten beide über den Boden, zusammen mit der Plane. Nur mit Mühe fanden sie wieder Halt. Julek stützte das Mädchen. Ihre Hände steckten in feuchten Wollhandschuhen.

»Wo kann man sich denn hier festhalten?«, fragte Julek.

»Da ist ein Riss in der Plane«, sagte sie. »Schieb die Hand durch und halte dich an der Seitenwand. Ich habe sie vorhin vor lauter Schreck losgelassen.«

»Entschuldige«, sagte Julek noch einmal.

Julek tastete im Dunkeln und fand den Riss. Er schob seine Hand hinaus in den Regen und zog sie sofort wieder zurück. »Was für eine Kälte«, sagte er. »Da fall ich doch lieber hin.«

»Das habe ich am Anfang auch gedacht«, sagte sie und lachte.

Sofort merkte Julek, was sie meinte. Der Lastwagen fuhr um eine scharfe Kurve, und er rutschte mit der Plane, an der er sich festhielt, gegen seine Nachbarin. Beide mussten lachen.

»Gut«, sagte Julek. »Ich werde mich festhalten.«

Und sie fragte: »Julek?«

»Ja, ich bin's. Teresa?«

Und dann stellte sich heraus, dass Teresa nicht vorgehabt hatte, die Villa zu verlassen. Sie war nur nach Rom gefahren, weil sie unbedingt ein bisschen allein sein wollte. Sie wollte die Villa Borghese und das Vatikanmuseum besuchen. Eigentlich hatte sie sich schon nicht besonders wohl gefühlt, als sie die Villa verließ, doch sie hatte geglaubt, das würde vorbeigehen. Sie hatte die Fahrt nicht verschieben wollen, weil sie wütend auf die Mädchen war. Am Nachmittag, im Vatikanmuseum, setzte sie sich in eine Ecke, um sich auszuruhen, und wurde ohnmächtig. Im Krankenhaus der Karmeliterinnen kam sie wieder zu sich, die Polizei habe sie mit dem Auto hergebracht, erzählten ihr die Nonnen. Sie blieb ein paar Tage dort. Als es ihr wieder besser ging, bedankte sie sich bei der Mutter Oberin für die Pflege und machte sich auf den Rückweg.

So kurz nach der Krankheit habe sie es nicht gewagt, bei diesem Regen zu Fuß zur Villa zu laufen. Deshalb sei sie in ein kleines Restaurant gegangen, um etwas Heißes zu trinken, und dort habe sie den Soldaten und die beiden Italienerinnen getroffen, die sofort erkannten, dass sie eine der Flüchtlinge aus der Villa war. Sie hatten Teresa an ihren Tisch gebeten, damit sie für sie übersetzte. Aus irgendeinem Grund gingen sie davon aus, dass sie Englisch konnte. Dann stellte sich heraus, dass der Soldat Pole war, aus der Anders-Einheit*, und sofort zeigte sich sein Interesse für Teresa. Die beiden Mädchen waren nicht besonders erfreut über ihre Mitbewerberin. Doch der Wein blieb nicht ohne Wirkung, und das Gespräch zog sich hin, wobei Teresa das Italienisch der beiden zu verstehen versuchte, um es anschließend für den betrunkenen Soldaten zu übersetzen. Teresa erklärte ihm auch, wo sie hinwollte, und er schlug vor, sie zur Villa zu bringen. Erst hatten sie versucht, sich zu dritt neben den Soldaten zu quetschen, doch das hinderte ihn beim Fahren. Dann wollte der Soldat eine der Italienerinnen loswerden, damit Teresa neben ihm saß. Teresa weigerte sich nachdrücklich, obwohl sie Angst hatte, damit ihre Transportmöglichkeit zu verlieren. Doch der Soldat gab nach, er machte die Ladefläche für sie auf, damit sie leichter hinaufsteigen konnte. Sie fand die Plane, genau wie Julek sie gefunden hatte, und hatte sich darunter geschoben.

»Ich war ein bisschen benommen von dem Wein, den sie mir gegeben hatten«, erzählte Teresa. »Und dann bin ich fürchterlich erschrocken, als mich plötzlich jemand angefasst hat.«

Julek lachte. »Ich bin auch ganz schön erschrocken. Nachdem ich dich den ganzen Tag in Rom gesucht habe, wäre ich wirklich nicht darauf gekommen, dich hier zu treffen.«

»Du hast mich gesucht?«

»Wir haben gedacht, du wärest vielleicht für immer

weggegangen«, sagte Julek. »Und ich habe versucht, dich zu finden.«

»Wirklich?«, fragte Teresa erstaunt. »Ich habe doch meine Sachen in der Villa zurückgelassen.«

»Na ja, ich hatte einiges zu erledigen. Wir haben bei der letzten Vollversammlung über dich gesprochen und alle haben zugestimmt, dass ich dich suche und zurückbringe.« Nach einer kleinen Pause fügte er hinzu: »Ich glaube, die Mädchen werden nicht mehr so eklig zu dir sein.«

Noch vor dem letzten Wort rollten beide wieder über den Boden. Es war schwer, das Gespräch in der Dunkelheit unter der Plane fortzusetzen und beim Motorlärm des Lastwagens, der nun dröhnend und knarrend begonnen hatte, den kurvigen Weg hinaufzuklimmen. Sie kauerten schweigend dicht nebeneinander, bis der Wagen vor dem Tor der Villa hielt.

Sie stiegen aus und bedankten sich bei dem Soldaten. Er machte die Tür auf, um etwas zu sagen, doch die beiden Italienerinnen zogen ihn am Ärmel zurück, sonst wäre er bestimmt aus der Fahrerkabine gefallen.

»Ich werde dich besuchen, Schönheit«, rief er auf Polnisch und laut, um den Motorlärm zu übertönen.

Das Tor wurde quietschend geöffnet, und der verschlafene Motke tauchte aus der Dunkelheit vor ihnen auf, im Schlafanzug, einen Mantel über den Kopf gehängt, um sich vor dem Regen zu schützen.

5
In Jerusalem

Melanie war spät am Abend angekommen, und erst am nächsten Morgen, als sie aus der Tür des »King-David-Hotels« im Zentrum Jerusalems trat, sah sie den zerstörten Seitenflügel.

Im letzten Sommer hatte es hier einen Anschlag der jüdischen Untergrundbewegung gegeben. Melanie erinnerte sich, dass dabei auch Menschen umgekommen waren. Sie, die Engländer, waren für die jüdische Bevölkerung Palästinas die Feinde, und dabei hatten sie vor ein paar Jahren gemeinsam gegen Nazi-Deutschland gekämpft.

Das Hotel war von Stacheldrahtrollen und Soldaten umgeben. Ein Angestellter hatte ihr ein Taxi bestellt. Melanie stieg ein und gab an, dass sie zum Gebäude der Sochnut gebracht werden wollte. Dem Fahrer, einem Araber, war die Verwunderung darüber anzusehen, was eine englische Lady denn bei der Sochnut wollte, aber er sagte nichts.

Unterwegs sah sie von weitem einen von Stacheldraht und Betonsperren umgebenen und von britischen Soldaten geschützten Bereich. Aber auf den Straßen war es ruhig. Doch dann merkte Melanie, dass sie auf Umwegen fuhren, weil manche Straßen für den Autoverkehr gesperrt waren. Als sie bezahlt hatte und ausstieg, musste sie feststellen, dass sich auch der Sochnut gegenüber ein geschützter Bereich befand.

Das Haus selbst gefiel ihr. Es war h-förmig um einen großen Hof herum gebaut. Der Wachmann am Tor zeigte ihr den Weg zu einem der Büros. Melanie sprach nur Jiddisch, um kein Misstrauen zu erregen, doch allein die Tatsache, dass sie mit einem Taxi gekommen war, hatte schon Argwohn geweckt. Sie bat, mit jemandem sprechen zu dürfen, der für die ausländische Presse zuständig war.

Sie wurde zu einem Zimmer gebracht, in dem drei große Schreibtische standen. An ihnen saßen zwei männliche Angestellte und eine Frau. Melanie wandte sich an die Frau, doch diese verstand kein Jiddisch und verwies sie an einen der beiden Männer. Der deutete auf einen Stuhl ihm gegenüber und fuhr fort zu schreiben. Endlich hob er den Kopf und schaute sie an. Er sprach Jiddisch mit einem deutlichen polnischen Akzent. Melanie erklärte ihm die Situation, aber die Sache war nicht so einfach, wie sie sich gedacht hatte. Sie zog die Zeitung mit dem Foto heraus und breitete sie auf dem Schreibtisch aus.

»Ich heiße Melanie Faulkner-Goldenberg«, sagte sie. »Mir ist ein Wunder passiert. Nachdem ich in den Listen der Überlebenden vergeblich nach meinen Verwandten gesucht habe, entdeckte ich plötzlich hier in der Zeitung meinen Neffen. Hier!« Sie deutete auf das Foto.

Der Angestellte betrachtete Melanie prüfend, dann

schaute er auf das Foto, das sie ihm hinhielt. Schließlich zuckte er mit den Schultern und sagte: »Nun, und was wollen Sie von mir?«

»Sagen Sie mir nur, wo dieses Foto aufgenommen worden ist.«

»Lady, woher soll ich das wissen? Mojsche, komm mal her.«

Der zweite Angestellte erhob sich und trat zu ihnen. Er beugte sich über die Zeitung und betrachtete das Foto.

»Einfach ein Zeitungsbild, dazu kann man nicht viel sagen«, meinte er und ging zu seinem Platz zurück.

Melanie war verzweifelt. »Aber irgendjemand muss doch wissen, wo dieses Foto entstanden ist. Verstehen Sie nicht, ich habe meine ganze Familie in Polen verloren, mir ist niemand geblieben und dieser Junge ...«

Der Angestellte versuchte sie zu beruhigen. »Lady, ich verstehe Sie. Auch meine ganze Familie ist dort geblieben, meine Brüder ... alle. Aber wie soll ich wissen, wo dieses Foto geknipst worden ist? Bestimmt kann man es Ihnen bei der Redaktion der Zeitung sagen, in London. Wenn Sie dort hinschreiben ...«

»Ich habe es noch nicht erwähnt, aber ich komme von dort, aus London. Und die Redaktion hat mich hierher verwiesen. Sie haben gesagt, nur bei der Sochnut in Jerusalem ...«

»Was soll das heißen, dass Sie aus London kommen?«

»Ich lebe in London. Wissen Sie nicht, dass es in London Juden gibt?«

»Doch, das weiß ich«, sagte der Angestellte und musterte sie erneut mit neugierigen Blicken. »Sprechen Sie auch Polnisch?«

»Natürlich spreche ich auch Polnisch. Ich bin in Polen aufgewachsen und habe in Warschau studiert.«

Sie wechselten ein paar höfliche Sätze auf Polnisch und das Misstrauen des Angestellten verschwand. Sein Kollege legte seine Arbeit hin und hörte ihnen die ganze Zeit zu. Schließlich meldete er sich zu Wort.

»Wir haben eine Menge Fotos im Archiv, vielleicht ist dieses auch dabei. Und wer weiß, vielleicht auch ein Hinweis auf den Ort, wo es gemacht worden ist.«

Er führte Melanie in ein anderes Zimmer und begann, in den Schubladen eines Metallschranks herumzuwühlen und Ordner durchzublättern.

»Es muss ein neueres Foto sein, bestimmt kein älteres«, sagte Melanie. Der Angestellte zog einen Umschlag aus einer Mappe, ging zum Tisch vor dem Fenster und kippte den Inhalt aus. Melanie betrachtete jedes Foto sehr genau, in der Hoffnung, vielleicht noch ein anderes Foto zu finden, auf dem der Junge ebenfalls abgebildet war. Doch sie fand nichts.

»Soll das heißen, dass ich den ganzen Weg von London hierher umsonst gemacht habe?«

Der Angestellte dachte nach. »Vielleicht haben wir irgendwo neuere Bilder, die noch nicht hier im Archiv gelandet sind«, sagte er. »Warten Sie.«

Er ging hinaus. Melanie steckte sich eine Zigarette an

und stand am Fenster, zwischen Hoffnung und Enttäuschung schwankend. Sie hörte die Schritte des Angestellten im Flur und versuchte nach dem Klang zu erraten, ob er noch etwas gefunden hatte. Er schien ziemlich schnell zu gehen, wie jemand, der etwas gefunden hatte und nicht mit leeren Händen zurückkam. Dann trat er ein. Er hielt einen Umschlag in der Hand. Sie drückte die Zigarette aus und fing wieder mit der Suche an. Eines der Fotos erweckte ihre Aufmerksamkeit, ein großes Foto, auf dem Jugendliche um einen Esstisch saßen. Es musste in einem der Vorbereitungslager aufgenommen worden sein. Melanie hob das Foto hoch und betrachtete ein Gesicht nach dem anderen. Plötzlich entdeckte sie einen Jungen, der ihrem Bruder ähnlich sah, doch er saß am Rand und sein Gesicht war etwas verschwommen. Melanie drehte das Foto um und las laut etwas auf Italienisch vor.

»Jetzt erinnere ich mich«, sagte der Angestellte aufgeregt.

Er ging zu dem Schrank mit den Schubladen und kam mit einem kleineren Umschlag zurück, auf dem ein Ortsname stand. Er zog die Fotos heraus und legte sie vor Melanie auf den Tisch. Sie fand das Foto aus der Zeitung sofort. »Da!«, rief sie. »Wo ist es aufgenommen?«

»Kommen Sie, gehen wir zurück ins Büro und fragen wir Mojsche«, sagte der Mann. »Er weiß es bestimmt.«

Mojsche wusste es wirklich. Es handle sich um ein Vorbereitungslager, erklärte er, etwa achtzig Kilometer von Rom entfernt, und schon viele Jugendgruppen seien dort gewesen. Sie würden in der Gegend arbeiten und Hebräisch lernen.

»Gibt es hier irgendwelche Listen mit Namen?«

»Nein, so etwas haben wir nicht.«

»Dafür müssten die jungen Leute erst mal nach Erez-Israel kommen, und wie Sie wissen, Lady, erlauben das Ihre Engländer nicht.«

»Ja, ich weiß«, sagte Melanie. »Ich danke Ihnen sehr. Ich hoffe nur ... dass er es wirklich ist.«

»Sie haben mit einer solchen Sicherheit gesprochen, ich habe gedacht, Sie wissen es«, sagte der Angestellte.

»Die Sache ist leider nicht so einfach. Als ich von zu Hause weggegangen bin, war er noch ein Kind. Ich habe ihn in der Zeitung nur deshalb erkannt, weil er meinem Bruder so ähnlich sieht, als er im selben Alter war. Er hat meinem Bruder schon immer ähnlich gesehen, auch als Baby.«

Melanie nahm das Foto ihres Bruders heraus und zeigte es ihm. Auch Mojsche und die andere Angestellte schauten es sich an.

»Ja, er sieht ihm wirklich ähnlich«, sagte Mojsche.

»Und Sie sind nur auf Grund dieser Ähnlichkeit von London hierher gekommen?«, fragte der Angestellte, der ihr beim Suchen geholfen hatte.

»Ja«, antwortete Melanie. »Er muss es sein. Er muss einfach! Darf ich das Original haben?«

»Ich kann einen Abzug für Sie bestellen, doch das dauert eine oder zwei Wochen.«

»Aber ich will mit dem ersten Flugzeug nach Italien fliegen«, rief Melanie.

»Mojsche, was meinst du?«

Doch Mojsche sagte nichts. Der Angestellte überlegte, dann nickte er schließlich. »Gut, ich gebe Ihnen das Foto und bestelle für das Archiv einen Abzug.«

»Was habe ich zu bezahlen?«

»Nichts. Aber Sie können ein bisschen was für Keren-Kajemet spenden.«

Melanie nahm ein Pfund Sterling heraus und steckte den Schein in die Blechdose, die der Mann ihr hinhielt.

»Er muss es sein«, sagte sie leise.

»Sie haben seinen Namen auf keiner Liste gefunden?«, fragte der Angestellte.

»Nein.«

»Ich wünsche Ihnen, dass Sie Glück haben. Mehr kann ich nicht für Sie tun. Oder doch … ich gebe Ihnen einen Brief an unsere Vertretung in Italien mit, zur Sicherheit, immerhin kommen Sie aus England …«

Der Angestellte schrieb hastig ein paar Worte, steckte den Brief in einen Umschlag und reichte ihn Melanie.

»Nie werde ich Ihre Hilfe vergessen«, sagte Melanie gerührt. »Wirklich, ich bin Ihnen sehr dankbar.«

»Wenn Sie ihn wirklich finden, würde ich das gerne erfahren. Ich heiße Jizchak Fischler.«

»Versprochen«, sagte Melanie. Sie drückten sich die Hände und Melanie verließ das Büro.

6
Das Gelübde

In der Villa herrschte große Aufregung. Der Moment war gekommen, auf den sie schon seit vielen Monaten gewartet hatten. Am schwarzen Brett hing eine Liste derjenigen, die sich auf den Weg nach Erez-Israel machen würden. Jeder sollte seine persönlichen Sachen zusammenpacken, und das Gepäck sollte nicht über zehn Kilogramm wiegen. Noch an diesem Abend sollte es losgehen. Julek suchte auf der Liste den Namen Teresa Ostrowska. Das ist sicher ihr christlicher Name, dachte er. Ob sie noch einen anderen hat? Er spürte ein leises Bedauern, denn er mochte den Namen Teresa sehr. Dann rannte er zum Mädchenflügel hinüber und klopfte an die Tür ihres Zimmers. Bisher hatte er ihr Zimmer noch nie betreten, er hatte nur damals nachts hineingeschaut. Das Zimmer war durcheinander, die Mädchen waren dabei, ihre Sachen zu packen.

»Fahrt ihr alle?«, fragte Julek. Auf Teresas Gesicht zeigte sich ein Lächeln.

»Ja«, antworteten die beiden anderen Mädchen.

Und dann war plötzlich Riwkas Stimme aus dem Nachbarzimmer zu hören: »Mach dir keine Sorgen, Julek, deine Christin fährt auch mit.«

Julek ging zu der offenen Tür und sagte: »Du hast versprochen damit aufzuhören.«

»Entschuldige«, sagte Riwka. »Es war nicht böse gemeint. Du kannst sie fragen, wir sind schon Freundinnen geworden. Was ist mit Robert?«

»Robert steht auf der Liste«, antwortete Julek. Und dann erinnerte er sich plötzlich, dass er Motkes Namen nicht gesehen hatte.

Als es anfing zu dämmern, zog die Gruppe los. Nach einem Fußmarsch von anderthalb Stunden, bei dem es fast ständig bergab gegangen war, erreichten sie, noch relativ frisch, die Hauptstraße. Dort warteten ein paar Lastwagen auf sie, getarnt als britische Militärlastwagen. Die Fahrer trugen die Uniform britischer Soldaten, aber sie sprachen Hebräisch. Päckchen mit Essensrationen und Decken wurden ausgeteilt, dann mussten die Jugendlichen auf die Wagen steigen und die Planen wurden festgezurrt.

Die Fahrt nach Süden dauerte viele Stunden. Sie fuhren in den geschlossenen Lastwagen und machten nur zweimal an ganz abgelegenen Stellen Pause, um ja keine Aufmerksamkeit zu erregen. Beim ersten Mal sagte einer der Fahrer: »Mädchen nach links, Jungen nach rechts.«

Sie fuhren im Dunkeln, schweigend, und wenn jemand doch etwas sagte, so geschah es flüsternd. Alle waren angespannt und erwartungsvoll. Julek saß neben Teresa. Es war sehr eng auf der Ladefläche, deshalb war nichts »Anstößiges« daran, dass sich ihre Körper berührten. Doch er legte ihr nicht den Arm um die Schulter – instinktiv fühlte er, dass er sie damit erschrecken könnte und vielleicht verlieren. Bei ihr musste man vorsichtig sein, das wusste er. Einerseits antwortete Teresa ihm mit Blicken, mit ihrem Lächeln, mit ihrer Wärme, solange alles vage blieb, doch andererseits war etwas Abweisendes an ihr, eine versteckte Angst. Julek versuchte sich ihre Empfindlichkeit mit der Erziehung zu erklären, die sie im Kloster genossen hatte.

Die Anweisung die Villa zu verlassen, war für sie beide völlig überraschend gekommen, zwei Tage nach ihrer Rückkehr aus Rom, und sie hatten bisher fast keine Zeit gehabt, miteinander zu reden, außer einem Gespräch abends, im Speisesaal, nach ihrem Küchendienst, als von den anderen niemand mehr da war. Die Vorbereitungen zur Abfahrt hatten Julek gestört, denn er hatte Teresa noch so viel zu erzählen. Endlich hatte er jemanden gefunden, dem er alles anvertrauen wollte, was ihm in den Jahren des Krieges passiert war, von seiner Mutter, seinem Vater, von seiner Kindheit im Schtetl. Doch die Abfahrt hatte jetzt natürlich Vorrang, sie brachte ihn seinem großen Ziel ein gutes Stück näher – der Einwanderung in Erez-Israel.

Noch vor dem Morgengrauen erreichten sie das Auswanderungslager. Mit steifen Gliedern stiegen sie aus den Lastwagen, die sofort wieder davonfuhren. Der Geruch nach Meer und Salz schlug ihnen entgegen. Drei Männer führten sie in eine große, lange Blechbaracke mit einem gewölbten Dach. Bevor sie eintraten, erhaschte Julek zwischen ein paar Bäumen noch einen Blick auf den Strand, der vielleicht ein paar Dutzend Meter entfernt war. Er sah auch eine weitere Baracke und einige helle Zelte, die da und dort aufgeschlagen waren. Sie breiteten Matratzen auf dem Boden aus und legten sich zum Schlafen hin.

Am nächsten Morgen, nachdem sie Tee getrunken und trockene Kekse gegessen hatten, erklärte ihnen einer der Organisatoren, dass sie ein paar Tage hier im Lager bleiben müssten, bis das Schiff ankam. Er fügte hinzu, man habe in der Umgebung das Gerücht verstreut, dass dies ein Lager von Geisteskranken sei, deshalb dürfe keiner den Ort hier verlassen. Für Notfälle und für die Versorgung mit Proviant stehe ein alter Jeep zur Verfügung, und nur der Fahrer und ein Begleiter dürften in die nahe Stadt fahren. Er mache keinen Spaß, betonte er. Jeder, der ein bisschen am Strand spazieren gehen wolle, müsse sich absonderlich verhalten, mit sich selbst reden und seltsame Bewegungen machen, auch die Leute, die am Strand Treibholz sammeln müssten, für die Öfen in den Baracken. Schließlich erklärte er ihnen noch, dass sie abends, wenn es dunkel war, das Besteigen des Schiffes üben würden.

»Ist das Schiff denn schon da?«, fragte einer sehr aufgeregt.

»Nein«, sagte der Betreuer. »Aber wir haben für die Übungen eine Attrappe der Schiffswand aufgebaut. Wer noch ein bisschen rausgeht, wird sie sehen.« Dann fügte er hinzu: »Das Schiff kann nicht bis zur Küste kommen.

Eure Abreise findet also nicht gemütlich vom Hafen aus statt.«

Julek suchte Teresa und beiden wurde gestattet, an den Strand zu gehen und Treibholz für die Öfen zu sammeln. Es war ein schöner Tag. Das Meer, das sich blau vor ihnen erstreckte, von der Ostküste Italiens bis Erez-Israel dort irgendwo hinter dem Horizont, erweckte in ihnen das Gefühl, dass ihre lange und beschwerliche Reise doch bald ein Ende finden würde. Sie gingen zu der seltsamen Holzwand, die dort aufgebaut war, und betrachteten die Strickleitern, die daran herunterhingen.

»Das sieht ziemlich beängstigend aus«, meinte Teresa.

Dann gingen sie den Strand entlang, wobei sie darauf achteten, mit den Armen zu fuchteln und von Zeit zu Zeit in die Luft zu springen, damit sie aussahen wie Verrückte. Das machte ihnen solchen Spaß, dass ihnen vor lauter Lachen die Tränen kamen. Teresa war nicht sicher, ob sie Muscheln sammeln durfte, und auch Julek wusste nicht, ob wirkliche Verrückte Muscheln sammeln. Aber warum eigentlich nicht? Schließlich fanden sie einen versteckten Fleck zwischen den Felsen, wo sie endlich mal allein waren.

Julek legte sich in den Sand und Teresa setzte sich neben ihn. Sie spielte mit den Muscheln, die sie gefunden hatte, und ordnete sie nach Farben und Formen.

»Glaubst du, dass man Löcher hineinbohren und eine Kette daraus machen kann?«

Er streckte die Hand aus, um eine Muschel zu nehmen, und ihre Hände berührten sich. Teresa schoss die Röte ins Gesicht. Sie zog ihre Hand schnell weg und die Muschel fiel in den Sand.

Julek konnte sich nicht satt sehen an dem Gesicht des Mädchens neben ihm. Die hohe Stirn, die tiefen grünen Augen, die leicht schräg geschnitten waren und an einen Hauch tatarischen Erbes erinnerten, das zum Kinn spitz zulaufende Gesicht, die Lippen, die fein waren, aber nicht zu dünn, und wenn sie lächelte, ihre schönen Zähne entblößten und das Gesicht strahlen ließen, so dass sich sein Herz mit Freude füllte und heftig zu schlagen begann.

»Ich möchte dir etwas erzählen, Julek«, sagte Teresa und schluckte. »Ich fahre nicht aus demselben Grund nach Palästina wie ihr.«

Julek nickte. »Warum fährst du?«, fragte er.

»Ich möchte in Jerusalem in ein Kloster eintreten«, sagte Teresa leise, als habe sie Angst ihr Geheimnis zu verraten, sogar an diesem stillen Strand. »Ich habe ein Gelübde abgelegt, als ich bei den Nonnen im Kloster war ...«

»Was für ein Gelübde?«

»Dass ich Nonne werde, wenn ich den Krieg überlebe.«

»In Erez-Israel?«

»Nein, so weit habe ich damals nicht gedacht. Aber die Nonnen wollten, dass ich mit den Juden nach Palästina fahre.«

Julek hatte das Gefühl, als höre sein Herz auf zu schlagen.

Nein, nur das nicht, dachte er. Und er sah sie schon vor sich, schwarz gekleidet, mit der weißen Haube der Nonnen um das Gesicht. Sie sah so schön aus in der Kleidung, in der sie ihm jetzt gegenübersaß, dass sich ihm das Herz zusammenzog vor Schmerz. Ihre hellbraunen Haare flocht sie normalerweise zu einem Zopf, den sie über den Rücken hängen ließ oder um den Kopf steckte, wie es die Polinnen taten. Jetzt öffnete sie den Zopf und ließ die Haare im Wind wehen. Sie sah aus wie eine Fee.

»Teresa ... Ich habe geglaubt, dass wir zusammen nach Erez-Israel fahren ...«, sagte Julek und wandte das Gesicht ab.

Er konnte das nicht gutheißen, auf keinen Fall, und er wusste genau, warum – nicht weil er sie für das Judentum retten wollte, sondern weil er sie für sich begehrte.

Er drehte sich wieder zu ihr um und sagte: »In Polen wollten sie keine jüdische Nonne, nicht wahr?«

Seine Worte trafen offenbar einen empfindlichen Punkt in Teresas Herz. Ihr Kinn fing auf einmal an zu zittern. Julek sah sie vor sich, in der Schulkleidung, wie sie in einem großen, kalten Saal stand oder in einem langen halbdunklen Flur und aus dem Mund der Mutter Oberin die Mitteilung empfing, die ihr vorkommen musste wie ein Gewitter an einem hellen Sonnentag. Bestimmt hatte auch damals ihr Kinn zu zittern begonnen, genau wie jetzt, als er sie ohne es zu wollen mit seiner Bemerkung getroffen hatte. Julek wäre bereit gewesen, sein Leben dafür zu geben, dass sie wieder fröhlich wäre, oder den ganzen Sand um sie herum aufzuessen, wenn er den Spott in seinen Worten damit hätte zurücknehmen können.

Hatte sie wirklich nicht darauf gehofft, dass eines Tages jemand kommen und sie dort wegholen würde?

Teresa saß nachdenklich da. Sie erinnerte sich genau an den Tag, an dem die Mutter Oberin sie zu sich gerufen und ihr die Nachricht mitgeteilt hatte. Sie hatte ihre ganze Kraft zusammennehmen müssen, um nicht zu weinen. Schon kurz davor, als ein kleiner Lieferwagen vor dem Klostertor gehalten hatte, aus dem ein paar seltsame, mit Säcken beladene Leute ausstiegen, hatte sie tief in ihrem Innern eine verschwommene Angst gespürt. Und als sie gerufen wurde, verstand sie sofort, dass es wegen dieser seltsamen Leute war und weil der Krieg zu Ende war. Die Mutter Oberin sprach über die Not, die im Kloster herrschte, über den Hunger. Das musste sie Teresa nicht sagen. Sie hatten während der ganzen Kriegsjahre gehungert, vor allem im letzten Jahr. Dann sagte die Mutter Oberin, dass die Juden wüssten, wo man jüdische Kinder versteckt hatte. Diese Leute waren mit einer Namensliste gekommen. Plötzlich fiel Teresa ein, dass außer ihr noch drei jüdische Mädchen im Kloster waren, eine von ihnen war noch klein, sie war als Baby hergebracht worden. Teresa erschrak.

»Hätte ich gewusst, was geschehen würde«, sagte die Mutter Oberin, »hätte ich euch alle von hier weggebracht. Aber sie waren schlau und sind ohne Vorankündigung gekommen, und sie bestehen darauf, euch mitzunehmen.«

Dann erzählte sie von den Säcken Mehl und Reis, die die Juden mitgebracht hätten, und von dem Geld. »So viel Geld, dass wir uns nicht weigern können es anzunehmen«, sagte sie. »Und was dich betrifft, Teresa: Niemand kann dich daran hindern, in eines der Klöster im heiligen Jerusalem einzutreten. Schreib mir von dort. Vielleicht wirst du eines Tages ja auch eine Oberin, so wie ich. Ich gebe dir einen Brief mit. Ich werde ihn auf Französisch schreiben, und du wirst sehen, dass jedes Kloster dort dir seine Pforten öffnet.«

Teresa sah Julek an. »Ich habe die Mutter Oberin sehr geschätzt«, sagte sie. »Ich habe sie geliebt. Und ich habe genau verstanden, dass sie das Wohlergehen aller über mein Wohlergehen stellte. Die Juden, die uns abgeholt haben, mich und die drei anderen Mädchen, haben viele Lebensmittel und viel Geld mitgebracht.«

Man hat dich verkauft, hätte Julek fast gesagt, doch er tat es nicht, er wollte sie nicht verletzen.

Ganz tief in ihrem Herzen hatte auch Teresa gefühlt, dass die Mutter Oberin ihr nicht vertraut hatte, dass sie geglaubt hatte, sie würde der christlichen Religion nach dem Krieg nicht treu bleiben, doch sie hatte sich solche Gedanken nicht erlaubt. Erst viel später, auf dem Weg nach Italien, dachte sie manchmal nachts an diese Dinge, und dann weinte sie leise ins Kissen und sagte sich hartnäckig vor, dass sie nur deshalb nach Erez-Israel fuhr, um dort in ein Kloster einzutreten. Teresa betete auch weiterhin und wann immer es ging, besuchte sie eine Kirche. In Rom hatte sie in einer riesigen Menschenmenge gestanden und den Papst gesehen, und sie hatte sich fest vorgenommen, ihr Gelübde zu halten.

»Hast du in all den Jahren wirklich nicht daran gedacht, dass man dich eines Tages wieder aus dem Kloster herausholen würde?«, fragte Julek. Er suchte fieberhaft nach überzeugenden Argumenten. Die Vorstellung, dass sie Nonne werden wollte, hatte ihn erschreckt und stand zwischen ihm und ihr. Er suchte nach Gründen sie davon abzuhalten, als könnten Vernunftgründe in solchen Fällen etwas helfen.

»Ich glaube, ich habe dir schon erzählt, dass die Deutschen meine Eltern umgebracht haben ...«, sagte Teresa.

»Und wenn sie es überlebt hätten ... wenn sie gekommen wären, um dich aus dem Kloster zu holen, was wäre dann mit deinem Gelübde geschehen?«

»Ich habe das Gelübde abgelegt, nachdem ich erfahren hatte, dass man alle in unserem Schtetl umgebracht hat«, sagte Teresa leise. »Man hat sie in der Synagoge verbrannt.«

Wieder begann ihr Kinn zu zittern, und dieser Anblick weckte in ihm den heftigen Wunsch, sie zu schützen. Er setzte sich auf und lehnte sich mit dem Rücken an den Felsen. Sie schwiegen lange. Juleks Herz war schwer von Sorgen, und Teresa betrachtete ihn, als suche sie in seinem Gesicht eine Antwort.

»Du weißt doch, dass deine Eltern dich nur ins Kloster gebracht haben, um dich zu retten«, sagte Julek. »Und natürlich hatten sie vor, dich dort nach dem Krieg wieder wegzuholen. Was wäre, wenn sie dich jetzt sehen und hören, was du tun willst. Wenn sie fromme Juden waren, würde es ihnen jetzt sogar Leid tun, dich gerettet zu haben.«

»Was soll das heißen, wenn sie mich jetzt sehen? Sei doch kein Kind!«

»Auch die Christen glauben an eine Welt nach dem Tod.«

»Hasst du die Christen, so wie Riwka und Robert?«, fragte Teresa.

»Ich kann sie gar nicht hassen«, sagte Julek. »Ich habe eine christliche Tante.«

Er erzählte ihr, was ihm sein Vater im Lager über seine Tante erzählt hatte und von seiner Erinnerung an sie. Teresa hörte aufmerksam zu.

»Mein Großvater und meine Großmutter haben sie betrauert wie eine Tote. Als wäre sie gestorben. Niemand durfte ihren Namen erwähnen, und wir haben nichts mehr über sie gehört. Vielleicht ist sie ja auch keine Christin geworden.«

»Und wie haben sie dann geheiratet?«

»Ich weiß es wirklich nicht. Vielleicht bürgerlich. Es

gibt Länder, in denen man vor einem Richter heiraten kann, und dafür muss man sich nicht taufen lassen. Aber auch wenn sie Christin geworden ist, kann ich ihr das nicht übel nehmen. Wenn du jetzt allerdings nur darum Christin wirst, weil deine Eltern dich in einem Kloster versteckt haben – dann kommt mir das vor wie Betrug.«

»Und wenn ich mich anders verhalten würde, wäre es Undankbarkeit«, sagte Teresa. »Hat deine Tante Kinder?«

»Als der Krieg anfing, hatte sie keine und dann war sie vielleicht schon zu alt.«

»Wie alt ist sie jetzt?«, wollte Teresa wissen.

»Bald vierzig, denke ich, ungefähr wenigstens.«

»Möchtest du sie finden?«

»Und ob«, sagte Julek. »Es ist viel wert, wenn man weiß, man hat irgendwo einen Angehörigen, jemanden, der deine Eltern gekannt hat, das Haus, in dem du aufgewachsen bist, und dich selbst als kleines Kind.«

»Ich weiß«, sagte Teresa und seufzte. Dann fragte sie: »Und wenn sie tatsächlich Christin geworden ist, würde dich das nicht stören, wenn du sie triffst?«

Julek überlegte einen Moment, dann schaute er Teresa an und sagte: »Nein.«

Teresa schwieg. Von weitem war die Stimme eines Jungen zu hören, der bei seiner Vorstellung, ein Verrückter zu sein, maßlos übertrieb. Dann wurde es wieder still und sie hörten nur noch das Rauschen des Meeres.

»Die Mutter Oberin war sehr gut zu mir, und da habe ich mich taufen lassen, damit sie sich freut«, erzählte Teresa. »Sie hat mich wirklich umarmt und geküsst. So etwas tat sie sonst nie. Ich habe mich taufen lassen, nachdem sie alle in unserem Schtetl umgebracht hatten. Jetzt, dachte ich, kommt es sowieso nicht mehr darauf an. Ich werde nie wieder Juden treffen, denn es wird keiner am Leben bleiben. Nur ein paar Mädchen wie ich, in den Klöstern, und vielleicht ein paar Juden in den Städten, die sich versteckt haben.«

Teresa schwieg lange.

»Ich möchte, dass du mir etwas versprichst«, sagte Julek schließlich.

Sie blickte ihn an.

»Erzähl auch in Zukunft niemandem, dass du dich hast taufen lassen. Wenn es niemand weiß, ist es, als wäre es nie passiert. Was ist es denn schließlich? Ein paar Worte, die gesagt wurden, und Wasser, das man über dich gegossen hat. Und wer weiß, vielleicht änderst du ja noch deine Meinung, wenn wir in Erez-Israel sind.«

»Vielleicht«, sagte Teresa leise und hob eine Muschel auf, die ihr aus der Hand gerutscht war.

»Wenn wir in Palästina ankommen und du siehst, dass dort alle Juden sind«, fuhr Julek begeistert fort, »sogar die Bauern, sogar die Autobusschaffner, dann denkst du anders darüber. Du kannst jetzt einfach noch nicht wissen, wie das sein wird. In Erez-Israel werden sich auch unsere Gedanken ändern.« Er dachte einen Moment nach. »Weißt du, warum du die ganze Zeit dieses Kreuz trägst?«

»Weil ich glaube«, antwortete Teresa leise.

»Das ist es nicht allein«, sagte Julek. »Es ist auch wegen der Angst. Du wirst sehen, in Erez-Israel hast du auf einmal keine Angst mehr.«

»Ich weiß nicht«, sagte Teresa.

An diesem Abend führten die Betreuer die Jugendlichen zum Strand. Die Übungen begannen. Sie waren schwierig, denn die Strickleitern verlangten viel mehr Geschick als Leitern aus Holz oder Eisen. Jeweils zehn Jugendliche konnten gleichzeitig üben. Sie mussten hinaufklettern und dann wieder hinunter. Anfangs verlief das Training fast unter völligem Schweigen. Nur ab und zu war mal ein Flüstern zu hören, Anweisungen der Betreuer, die vom Schlagen der Wellen und dem Brausen des Windes übertönt wurden. Nach dem schönen Tag hatte sich der Himmel bewölkt, und noch bevor sie die Baracke verließen, hatte ein dünner Dauerregen begonnen. Einige der Jungen und Mädchen hatten ihre Decken mitgebracht und legten sie nur ab, um die Strickleiter hinauf- und wieder herunterzuklettern. Teresa zitterte vor Kälte, trotz der Decke, in die sie sich gewickelt hatte, und Julek hängte ihr auch eine Hälfte seiner eigenen um. So saßen sie nebeneinander und wärmten sich gegenseitig.

Das Gespräch vom Morgen ließ Julek nicht mehr los. Immer wieder ging ihm durch den Kopf, was er zu ihr gesagt hatte. Auch vieles, was er nicht gesagt hatte, aber vielleicht hätte sagen sollen. Vielleicht hätte er ganz anders mit ihr sprechen müssen. Plötzlich hatte er tausend neue Gründe, wohl überlegte, um sie von ihrem Irrtum zu überzeugen. Er hatte den Eindruck, dass Teresa spätestens seit ihrem zufälligen Zusammentreffen unter der nassen Plane auf dem alten, schlingernden Lastwagen angefangen hatte, ihr Gelübde noch einmal neu zu überdenken. Aber wer weiß, vielleicht täuschte er sich auch und es handelte sich nur um seine eigenen Wünsche. Hätte er ihr sagen sollen, dass die Nonnen sie einfach verkauft hatten, und damit riskieren, dass sie sich aufregte? Zweifellos waren die Nonnen während des Krieges gut zu ihr gewesen. Und zweifellos war Teresas Welt zusammengebrochen, als man die Juden ihres Schtetls verbrannt hatte, und es war ihr nichts mehr geblieben, an dem sie sich festhalten konnte, außer diesen Nonnen und der Mutter Oberin, die seitdem so etwas wie eine Mutter für sie war. Bestimmt hatte sie das Gefühl, die christliche Religion würde ihre schützenden Flügel über sie ausbreiten. Wie alt war sie eigentlich gewesen, als man sie ins Kloster gebracht hatte? Julek rechnete nach. Sie musste zehn oder elf gewesen sein. Vielleicht würden sie ja auf dem Schiff Zeit haben, sich gegenseitig alles zu erzählen. Er wollte alles von ihr wissen, jedes Detail, über ihre Eltern, ihre Geschwister, ihr Schtetl. Robert hat Recht, dachte er und lächelte, ich bin ja wirklich verliebt.

An den beiden folgenden Tagen hörte der Regen nicht auf, er war sogar vermischt mit Schnee und Hagel und sie verließen die Baracke fast nicht. Trotz des stürmischen Wetters fand das Training an den Strickleitern statt. Sie wurden immer besser und schneller dabei. Wenn jemand von der Leiter in den Sand fiel, fingen die anderen an zu lachen und der düstere Tag bekam etwas Heiteres.

Tagsüber saßen sie in der langen Baracke auf ihren Matratzen, die Jungen auf der einen Seite, die Mädchen auf der anderen, tranken dünnen Tee, nagten an Keksen und stocherten in den Konservendosen herum. Niemand ging hinaus, um Holz für die Öfen zu suchen. Erst als der Vorrat aufgebraucht war, fanden sich einige Freiwillige für kurze Ausflüge, um sie vor der Kälte zu retten. Einmal ging Julek mit und kam, völlig durchnässt und verfroren, mit einem großen Balken zurück, den man mit der verrosteten Säge, die ihnen zur Verfügung stand, in Stücke zersägen musste. Julek schaute von weitem zu Teresa hinüber, und manchmal trafen sich ihre Blicke.

Am dritten Abend kamen einige der Organisatoren in die Baracke, zusammen mit zwei jungen Frauen, die Julek zum ersten Mal sah. Der Kommandant schloss die Tür ab. Sie wurden aufgefordert, ihre Sachen auf einen Haufen zu sammeln. Und erst dann erfuhren sie, dass das Schiff in einigen Stunden erwartet wurde, und jetzt würde alles nach Waffen und ausländischem Geld durchsucht, denn diese Dinge dürften nicht nach Erez-Israel mitgebracht werden.

Die Sache mit den Waffen war vielleicht vernünftig, doch was das Geld betraf, war klar, dass das nur ein Vorwand war. Die Organisatoren wollten sie nur zum »Spenden« zwingen, gegen ihren Willen, zu Gunsten des guten Zwecks. Julek schielte zu Robert hinüber. Es kam ihm vor, als sei sein Freund plötzlich blass geworden. Julek wusste, dass er genug Gründe dafür hatte.

Sie wurden aufgefordert, sich bis auf die Unterwäsche auszuziehen. Niemand protestierte, so wie immer. Die Anweisungen der Organisatoren wurden immer bereitwillig akzeptiert, auch wenn sie seltsam waren, so wie jetzt. Als Julek später darüber nachdachte, kam er zu dem Schluss, dass sie alle einfach fest entschlossen waren, um jeden Preis nach Erez-Israel zu kommen. Nichts anderes war wichtig. Deshalb war jeder von ihnen bereit alles zu opfern, um dieses Ziel zu erreichen. Schon in Rom, als man sie nach politischen Überzeugungen in Gruppen eingeteilt hatte, waren diejenigen, die für sich selbst sorgen wollten, ausgestiegen. Sie wollten in Italien oder in Frankreich bleiben oder nach Amerika fahren.

Julek war noch ein bisschen Geld vom Verkauf des Hauses geblieben, und wenn man ihn gebeten hätte es zu spenden, hätte er es gerne hergegeben. Warum hatten sie das nicht einfach getan? Er gab sich große Mühe, seine gute Meinung von den Organisatoren zu bewahren.

Wenn sie um eine Spende gebeten hätten, hätten manche bestimmt alles gegeben, was sie hatten, und andere nicht und das wäre ungerecht gewesen. Mit dieser Ausrede schaffte er es, diese beschämende Aktion zu rechtfertigen. Aber er machte sich Sorgen um Robert. Er hatte Angst, der könnte sich zu einer Unüberlegtheit hinreißen lassen.

Wieder wunderte sich Julek darüber, dass sie trotz ihrer Verschiedenheit so gute Freunde waren. Manchmal ärgerte Robert ihn, manchmal brachte er ihn durch das, was er sagte oder tat, zum Lachen, aber vor allem war er ein aufrichtiger Freund und Julek vertraute ihm. Während der Jahre im Lager hatte er gelernt, dass es nichts Wichtigeres gab. Julek klammerte sich an diese Freundschaft, vielleicht so, wie sich Teresa an ihr Kreuz klammerte.

Mit gemischten Gefühlen sah Julek zu, wie einer der Organisatoren aus Roberts Stiefel zwei Bündel amerikanische Dollars herausholte. Es war eine enorme Summe, und Julek betete innerlich, dass er jetzt nicht seinen Freund verlieren möge, dass Robert nicht aus purer Verbitterung jetzt aufstand und sie verließ. Wenn er wirklich weg wollte, konnte ihn keine Macht der Welt zurückhalten.

Die Durchsuchung dauerte über zwei Stunden. Die Jungen standen mit dem Rücken zur anderen Seite, um die Mädchen nicht in Verlegenheit zu bringen, die sich dort ausgezogen hatten. Als alles zu Ende war, gingen viele hinaus, vielleicht um sich von dem bedrückenden Gefühl zu befreien, das der Vorgang bei allen hinterlassen hatte. Julek sah, dass Robert einer der Ersten war, die die Baracke verließen. Er wickelte sich in seine Decke und rannte ihm nach, obwohl er eigentlich erst zu den Mädchen hatte gehen wollen, um zu sehen, wie es Teresa ging.

Der Regen hatte aufgehört. Julek holte Robert kurz vor dem Strand ein. Wie konnten sie bei so hohen Wellen auf das Schiff steigen, überlegte Julek besorgt. Er musste auf Teresa aufpassen.

Robert schäumte vor Wut, wie zu erwarten war. »Sie hatten nicht das Recht so etwas zu tun«, sagte er. » Sie hatten nicht das Recht uns das anzutun. Glauben die denn, dass wir eine Herde Schafe sind, mit denen sie machen können, was sie wollen? Dass wir keinen eigenen Willen und keine eigenen Pläne haben? Das war mein Geld! Ich wollte damit ein Geschäft in Palästina aufmachen. Ist irgendetwas daran schlecht? Muss ich unbedingt in einen Kibbuz gehen? Und wenn ich nicht will? Wenn ich in Tel Aviv leben will?«

»Aber du bist ein illegaler Einwanderer. Nur im Kibbuz bist du vor den Engländern sicher.«

»Lass das mal meine Sorge sein«, sagte Robert. Und plötzlich fing er an zu lachen.

»Warum lachst du?«

»Mach dir keine Sorgen, ich habe gewusst, dass sie kommen würden, deshalb habe ich zwei kleinere Päckchen in meine Stiefel getan. Glaubst du denn, ich bin blöd?«

»Wieso hast du das gewusst?«

»Für dich sind sie Götter, diese Erez-Israelim. Aber sie haben auch ganz menschliche Seiten. In solchen Dingen habe ich meine Erfahrungen, das kannst du mir glauben.«

»Du hast mir aber kein Wort gesagt.«

»Warum hätte ich das tun sollen? Du hättest ihnen doch sowieso dein ganzes Geld gegeben, wenn sie dich darum gebeten hätten.«

Das ist wahr, dachte Julek.

»Wenn du Geld brauchst, kannst du immer welches von mir bekommen, Julek. Mach dir darüber keine Sorgen. Aber ich wollte eine Auseinandersetzung mit dir, ob ich das andere Geld verstecken soll oder nicht, einfach nicht riskieren. Und diese Diskussion hätte es gegeben, wenn ich dir gesagt hätte, was passieren würde. Gib's doch zu.«

»Ja, ich gebe es zu«, sagte Julek. »Denn ich finde, dass es ganz berechtigt war, was sie getan haben. Versteh doch, Robert, diese Leute sind bereit, ihr Leben zu opfern, nur um uns nach Erez-Israel zu bringen. Monatelang setzen sie sich Tag und Nacht für dieses Ziel ein. Sie sind alle Kibbuzmitglieder, oder wenigstens die meisten. Sie brauchen dieses Geld, um die Ausrüstung zu kaufen und um die Schiffe zu mieten. Vermutlich gibt es in Palästina nicht genug Geld dafür. Du hast Recht, ich hätte ihnen alles gegeben, wenn sie mich darum gebeten hätten. Mir tut es nicht Leid um das Geld, das sie mir weggenommen haben. Eigentlich ärgere ich mich erst jetzt, dass ich für das Haus nicht mehr bekommen habe. Ich mache mir wirklich keine Sorgen darum, was in Erez-Israel sein wird. Hauptsache, wir kommen hin.«

»Du bist gescheit«, sagte Robert. Er zitterte vor Kälte und drehte sich um. Er wollte in die Baracke zurück. »Du hast Teresa«, fügte er noch hinzu.

»Es gibt ein Problem mit Teresa«, sagte Julek. »Ich wusste nicht, ob ich es dir erzählen soll. Und bisher war ja auch keine Zeit dafür.«

Robert blieb stehen und wartete.

Plötzlich bereute Julek seine Bemerkung. »Es ist nicht so wichtig«, sagte er.

Robert drängte ihn nicht und sie gingen zurück zur Baracke. Unterwegs erzählte Julek es doch: »Sie fährt nicht wie wir nach Erez-Israel. Sie fährt dorthin, um Nonne zu werden.«

Robert erschrak. Dann sagte er: »Das glaube ich nicht. Vielleicht denkt sie das jetzt. Aber wenn du ihr wirklich gefällst, wird sie ihre Meinung ändern.«

»Ich hoffe es«, sagte Julek.

Robert hat Recht, dachte er, ich habe Teresa. Sein Leben in Erez-Israel würde nun ganz anders werden, als er es sich die letzten Monate vorgestellt hatte. Natürlich nur, wenn Teresa mit ihm zusammen in den Kibbuz ging.

»Was meinst du, was ich tun kann, um ihr diesen Gedanken auszureden?«, fragte er. »Sie hat ein Gelübde abgelegt.«

»Du brauchst gar nichts zu tun«, meinte Robert. »Wenn sie wirklich in dich verliebt ist, dann hat sie sich den Richtigen ausgesucht. Denn du kannst ihr den Glauben zurückgeben.«

»Den Glauben woran?«, fragte Julek.

»Stell dich nicht so dumm«, sagte Robert. »Warum, glaubst du eigentlich, fahre ich nicht nach Amerika? Und warum bin ich dein Freund, obwohl du in meinen Augen ein naiver Dummkopf bist? Genau deswegen. Auch mir gibst du den Glauben zurück. Verstehst du?«

»Den Glauben woran?«

»Ich werde es dir nicht sagen, wenn du es nicht verstehst«, antwortete Robert und stieß Julek die Faust in die Rippen. »Es klingt blöd, wenn man so etwas laut sagt … den Glauben an die Menschen, du Dummkopf.«

»Warum freundest du dich nicht richtig mit einem der Mädchen hier an?«, fragte Julek.

Robert lachte. »So bin ich nun mal. Das weißt du doch, oder? Und übrigens ist mir kalt. Und von deinem Atem wird es mir hier draußen nicht wärmer.« Er klapperte laut mit den Zähnen, doch er ging nicht hinein, er sprach weiter.

»Nach all dem Schlimmen, was sie erlebt hat, klammert sich Teresa an dieses Kreuz und an ihr Gelübde. Ich glaube nicht, dass man ihr das so sagen kann. Solange sie nicht selbst darauf kommt, wird sie es nicht verstehen. Für diese Krankheit gibt es nur eine Medizin: Glauben. In einen anderen Menschen Glauben setzen. Verstehst du?«

»Meinst du, dass wir in Erez-Israel alles vergessen können?«, fragte Julek.

»Nein, das meine ich nicht. Aber wir werden so weit vergessen können, dass es uns möglich ist weiterzuleben und neu anzufangen. Immer wird der Schmerz bleiben, doch man kann ihn aushalten, wenn es Hoffnung gibt. Und Teresa scheint mir ein sehr lebendiges und liebevolles Mädchen zu sein. Obwohl sie das gut unter ihrem keuschen Gehabe versteckt. Das ist es, was ich meine.«

Plötzlich verstummte das Geräusch des Generators und in beiden Baracken ging das Licht aus. Jeden Abend um zehn wurde der Generator ausgeschaltet, um Benzin zu sparen.

»Der Generator ist aus«, sagte Julek. »Komm rein, ein bisschen schlafen.«

Sie standen noch immer an der Tür, lauschten dem Wind und dem Wellen, die immer wieder gegen die dunkle Küste schlugen. Außer ein paar blassen Sternen, die da und dort zwischen den Wolken hervorlugten, war nichts zu sehen, nicht der kleinste Funken Licht. In einem der Fenster flackerte es auf, eine Kerze, vielleicht auch ein Streichholz. Und dort, am anderen Ende des Meeres, wartete Erez-Israel auf sie.

7

Auf den Straßen Italiens

Melanies Fahrt mit dem Taxi von Rom zur Villa dauerte fast zwei Stunden. Das lag vor allem an den schlechten Straßen, aber die wunderschöne Landschaft und die malerischen Ortschaften, durch die sie fuhren, entschädigten Melanie reichlich. Sie kamen in dem Städtchen an, und der erste Mann, den der Taxifahrer nach der Villa fragte, konnte ihnen schon den Weg zeigen. Langsam schlängelte sich das Auto den Hügel hinauf. Auf dem schmalen, gewundenen Weg erreichten sie die Villa, die eher einem Schloss glich. Sie war von einer Mauer umgeben, und das Tor war abgeschlossen. Durch eine Luke schaute das Gesicht eines jungen Mannes heraus. Melanie sprach ihn auf Jiddisch an. Er lächelte und öffnete sofort das Tor. Der italienische Fahrer sprang mit einem Satz aus dem Taxi, rannte auf sie zu und verlangte das Fahrgeld, als habe sie vor, zu verschwinden. Er sprach ein holpriges Englisch, und sie versuchte vergeblich, ihn zu beruhigen. Am Schluss bezahlte sie ihm einen Teil der Summe, auf die sie sich in Rom für die Hin- und Rückfahrt geeinigt hatten. Er beruhigte sich und ging zurück, um im Auto auf sie zu warten.

Melanie betrat einen großen Hof. Ihr Blick fiel sofort auf ein paar junge Männer und Mädchen, die auf Hockern und Kisten saßen und Kartoffeln schälten. Sie lachten und schwatzten bei der Arbeit. Melanie betrachtete sie, es war wirklich ein erfreulicher Anblick. Die Mädchen sammelten die Kartoffelschalen in ihren Schürzen und die Jungen ließen sie vor sich auf die Erde fallen. Die geschälten Kartoffeln warfen sie alle in einen Eimer mit Wasser. Verfehlte einer sein Ziel, quittierten das die anderen mit Gelächter. Nun hörten sie auf zu arbeiten und musterten Melanie. Sie senkte grüßend den Kopf. Julek befand sich nicht unter den jungen Leuten.

»Was suchen Sie bei uns?«, fragte der junge Mann, der ihr das Tor geöffnet hatte. Sie bat mit dem Sekretär sprechen zu dürfen.

Der junge Mann, der ein wenig seltsam wirkte, rief laut: »Benjamin! Benjamin!«

Ein etwas älterer Mann trat aus einer Tür und kam auf sie zu. Ein junges Mädchen begleitete ihn. Melanie sprach weiter Jiddisch. Sie fragte nach Julek Goldenberg, aber niemand von ihnen kannte den Namen.

»Vor ein paar Tagen ist eine große Gruppe von hier weggefahren, wir sind alle neu. Woher kommen Sie?«

»Aus Rom. Ich suche meinen Neffen. Haben Sie vielleicht eine Liste mit den Namen der Leute, die weggefahren sind?«

»Nein«, sagte der Sekretär und schaute Melanie misstrauisch an. »Wir haben nur eine Liste der Leute, die jetzt hier sind.« Und entschuldigend fügte er hinzu: »Ich kann sie leider nicht ins Haus bitten, weil gerade der Boden geputzt wird.«

»Das macht nichts«, meinte Melanie. »Es ist so ein schöner Tag heute.«

»Motke, lauf und bring einen Stuhl für die Dame«, sagte das junge Mädchen.

»Der Junge, den ich suche, ist der Sohn meines Bruders, der einzige Verwandte aus Polen, der mir geblieben ist«, erklärte Melanie. »Das heißt, ich nehme an, dass er es ist. Bisher habe ich nur sein Foto in einer Zeitung gesehen.«

Sie zog die Mappe mit dem Zeitungsausschnitt und dem Originalfoto heraus, das sie in Jerusalem bekommen hatte.

Das junge Mädchen nahm ihr den Ausschnitt aus der Hand. »Das ist ja eine englische Zeitung«, rief sie. »Kommen Sie aus England?«

»Ja, ich bin Engländerin, eine Jüdin aus England«, sagte Melanie.

Das Mädchen gab ihr den Ausschnitt zurück und nahm statt dessen das Originalfoto, drehte es um und las den Ortsnamen, der auf der Rückseite stand. Sie fragte: »Wer hat Ihnen dieses Foto gegeben?«

»Ich habe es bei der Sochnut in Jerusalem bekommen«, sagte Melanie. »Der Junge sieht meinem Bruder so ähnlich, dass ich mir wirklich sicher bin …«

Nun zog Melanie das Foto heraus, das ihren Bruder als jungen Mann zeigte. Motke kam zurück und stellte ihr einen Stuhl hin.

»Setzen Sie sich doch«, sagte er. Dann warf er einen

Blick auf das Foto, das sie in der Hand hielt, und sagte erstaunt: »Das ist Julek. Mein Freund Julek!«

Melanie sprang auf und riss dem Mädchen das Originalfoto aus der Hand. Sie hielt es Motke hin und fragte aufgeregt: »Ist es der da?«

»Ja«, sagte Motke erfreut. »Und hier sind Riwka und Bella.« Er lachte.

Melanie wurde es plötzlich schwarz vor den Augen. Sie schwankte und wäre hingefallen, hätte das junge Mädchen sie nicht auf den Stuhl gedrückt.

»Wie heißt er?«, fragte der Sekretär.

»Julek Goldenberg«, sagte Melanie.

Der Sekretär beriet sich kurz mit dem Mädchen, dann rief er: »Motke, lauf und bring die Liste der *indexcards*.«

Motke rannte los und kam nach wenigen Augenblicken mit einer Mappe zurück.

Der Sekretär blätterte darin, wobei er leise den Namen vor sich hinmurmelte. »Goldenberg ... Goldenberg ... Goldenberg Julian, hier ist er. Er war tatsächlich bis vor zwei, drei Wochen hier.« Er hob den Kopf, betrachtete Melanies weißes Gesicht und rief: »Motke, lauf und bring ein paar Zuckerwürfel und die Baldriantropfen. Du weißt schon, aus dem Medizinschrank. Und ein Glas Wasser!«

»Motke-lauf, Motke-lauf ...«, sagte Motke gereizt, lief aber wieder los, das Gewünschte zu holen.

»Ich bin in Ordnung, wirklich«, entschuldigte sich

Melanie. »Ich kann es nicht glauben. Wohin sind sie gefahren?«

»Ich weiß nicht, ob wir Ihnen das verraten dürfen, vor allem, weil Sie Engländerin sind«, sagte das Mädchen. »Es ist ein Ort, über den man nicht sprechen darf.«

Plötzlich fiel Melanie etwas ein. »Aber ich habe einen Brief!«, rief sie und zog ihn heraus.

Der Sekretär und das Mädchen betrachteten ihn prüfend. »Gut«, sagte das Mädchen. »Das ist ein Brief von der Sochnut in Jerusalem, und man bittet Ihnen zu helfen, Ihren Neffen zu finden. Trotzdem sind Sie Engländerin ... Wir wissen, dass Sie Jüdin sind, aber wir dürfen bestimmte Informationen nicht weitergeben. Sie müssen ...«

Wieder tuschelten der Sekretär und das Mädchen miteinander.

Motke kam zurückgerannt und das Mädchen sagte, sie bräuchten die Zuckerwürfel und die Baldriantropfen schon nicht mehr. Vor lauter Enttäuschung stopfte sich Motke den Zucker selbst in den Mund und zerkaute ihn geräuschvoll. Das Mädchen fing an zu lachen, nahm ihm das Glas Wasser aus der Hand und reichte es Melanie.

»Ich fürchte, wir können Ihnen nicht ...«, sagte der Sekretär, aber Motke unterbrach ihn.

»Sie sind nach Metaponto gefahren!«

Der Sekretär schaute Motke wütend an.

»Julek ist mein Freund«, sagte Motke, »und wir treffen uns wieder in Erez-Israel.«

»Ich danke dir sehr«, sagte Melanie und lächelte ihn an.

»Nun, ich wünsche Ihnen, dass Sie ihn finden«, sagte das junge Mädchen. »Und du, Motke, misch dich nicht noch einmal in solche Gespräche ein.«

»Motke-lauf«, sagte Motke und lachte.

»Die Situation ist sehr schwierig«, erklärte der Sekretär. »Die Engländer suchen nach uns, nach unseren Schiffen, sogar nach den Vorbereitungslagern ... Ja, die Gruppe ist nach Metaponto gefahren. Das ist eine kleine Stadt weit im Süden, noch ein ganzes Stück von der Hafenstadt Tarento entfernt. Das Lager befindet sich irgendwo an der Küste, ein paar Kilometer hinter dem Städtchen. Es gibt keine Straße dorthin, man kann den Ort mit dem Auto nicht erreichen. Vielleicht mit einem Jeep oder einem Kleinlaster mit Frontantrieb, wenn Sie verstehen, was ich meine.«

»Aber wie kann ich mich nach ihnen erkundigen? Was muss ich in Metaponto fragen, um niemandem zu schaden?«

»Vielleicht erkundigen Sie sich einfach, wo dort das Flüchtlingslager ist.« Der Sekretär lächelte. »Aber fragen Sie auf keinen Fall die Engländer.«

»Fragen Sie nach dem Lager mit den Verrückten«, sagte Motke plötzlich. »Das Lager mit den Verrückten!«

»Woher weißt du das?«, wollte das Mädchen wissen, nicht weniger überrascht als der Sekretär.

»Ich war schon mal dort, und man hat mir gesagt, ich

soll die ganze Zeit draußen rumlaufen und mit mir selbst sprechen und mit den Händen herumfuchteln«, erzählte Motke. »Aber nach ein paar Tagen wollten sie mich nicht mehr und haben mich zurückgeschickt in die Villa. Es ist wirklich ein Lager nur für Verrückte und ich war ihnen zu normal.« Motke lachte so laut, dass die jungen Kartoffelschäler, die schon lange aufgehört hatten zu arbeiten und aufmerksam zuhörten, angesteckt wurden.

»Sag mal, woher kommst du eigentlich?«, fragte Melanie, plötzlich neugierig geworden.

Motke zuckte mit den Schultern. »Ich weiß es nicht.«

»Er erinnert sich an gar nichts«, sagte der Sekretär. »Wir haben ihn auch schon gefragt. Noch nicht mal an seinen Namen erinnert er sich. Aber er spricht Jiddisch. Sie verstehen jetzt gewiss, dass die Sache unbedingt geheim gehalten werden muss.«

»Ja, das ist mir klar«, sagte Melanie. »Sie können sich darauf verlassen, dass ich ein Geheimnis bewahren kann. Aber wenn ich mir die Sache überlege: Glauben Sie, dass man mich in das Lager in Metaponto überhaupt hineinlässt? Dass man bereit ist mich anzuhören? Wird mir der Brief von der Sochnut helfen? Ich kann mir einfach nicht genau vorstellen, wie es sein wird.«

»Ich gebe Ihnen einen Brief für den Kommandanten dort mit«, sagte der Sekretär. Er ging ins Haus und tauchte nach ein paar Minuten mit einem Briefumschlag in der Hand wieder auf. »Sie werden Ihnen vertrauen, meine Dame. Aber sprechen Sie auf keinen Fall Englisch.«

»Nur Jiddisch«, sagte Melanie. Sie stand auf und streckte die Hand aus. Der Sekretär wünschte ihr viel Erfolg und verabschiedete sich herzlich von ihr.

»Viel Glück, viel Glück«, sagte Motke, und Melanie schob für einen Moment die Manieren zur Seite, die sie sich in London, unter den Engländern, zugelegt hatte, und küsste Motke. Alle drei begleiteten Melanie zum Eingang und Motke machte das Tor weit auf. Der Taxifahrer war eingedöst, sie musste ihn wachrütteln. Als sie losfuhren, stand Motke noch immer am Tor und winkte. Melanie zog ein weißes Taschentuch hervor und winkte ihm auch.

»Ich habe Glück gehabt«, sagte sie aufgeregt zu dem italienischen Taxifahrer, der sie kaum verstand. »Ich habe meinen Neffen gefunden.«

»Bravo! Bravo!« Dann deutete er auf den leeren Platz neben ihr. »Und wo ist der Junge?«

»In Tarento«, sagte Melanie. Im selben Moment begriff sie, dass sie drauf und dran war, das zu verraten, was sie geheim zu halten versprochen hatte.

»Signora wollen Taxi nach Tarento?«, fragte der Fahrer.

»Nein, nein. Ich werde ihn von Rom aus anrufen, dann kommt er zu mir. Wir fahren zurück. Aber falls ich ein Auto brauchen sollte, setze ich mich mit Ihnen in Verbindung.«

»Haben Kinder?«, fragte er nun.

»Nein, ich habe keine Kinder«, antwortete sie.

»Ich haben fünf Kinder«, erzählte er stolz, und Melanie drückte sich fest in den Sitz, denn das Auto fuhr plötzlich über den Straßenrand und drohte von der Fahrbahn abzukommen.

»Keine Angst, Signora, alles in Ordnung«, sagte der Fahrer und rieb sich die Augen. Vielleicht um ihr wieder ein Gefühl der Sicherheit zu geben, fing er an, eine Arie aus einer Oper zu pfeifen. Melanie versuchte sich zu erinnern, woher die Melodie stammte, bis sie merkte, dass er mindestens zwei Arien durcheinander brachte. Sie musste lächeln.

Obwohl es schon spät war, als sie endlich in ihrem Hotel in Rom ankam, bestellte Melanie noch ein Telefongespräch nach London. Während sie auf die Verbindung wartete, lag sie mit geschlossenen Augen auf ihrem Bett und döste ein wenig. Sie fuhr hoch, als das Telefon klingelte. Sie nahm den Hörer ab. Die Stimmen von zwei Telefonistinnen waren zu hören, und dann, ganz weit weg, die Stimme ihres Mannes.

»James, du wirst es nicht glauben, ich habe ihn gefunden!«, schrie sie ins Telefon.

»Ich höre dich ganz schlecht«, antwortete er. »Ist er bei dir in Rom?«

»Nein, aber ich habe jemanden gefunden, der mir bestätigt hat, dass er es ist. Er hat das Foto gesehen und gesagt: Das ist Julek. Und sein Name war auf der Liste: Julian Goldenberg! Ich bin so aufgeregt und so glücklich! Ich habe Sehnsucht nach dir!«

»Melanie, was wirst du jetzt tun? Wo ist er?«

»Ich kann am Telefon nicht sprechen, James, verstehst du? Er ist zu einem anderen Ort gefahren und ich fahre ihm morgen nach. Ich halte dich auf dem Laufenden. Bist du in Ordnung? Sorgt Mary gut für dich?«

»Alles in Ordnung und ich freue mich mit dir. Ich habe bei der englischen Botschaft in Rom angerufen, sie werden dir alles zur Verfügung stellen, was du brauchst.«

»Hast du ihnen gesagt, weshalb ich hier bin?«

»Nein, selbstverständlich nicht!«

»Ich glaube, ich darf mich in dieser Sache nicht an sie wenden. Trotzdem danke, James. Ruf ...«

Das Gespräch wurde unterbrochen. Sie wartete noch eine Weile, ob die Verbindung wiederhergestellt wurde, aber vergeblich. Da legte sie den Hörer zurück und schlief ein. Im Traum ging der kleine Julek mit ihr über den Hof ihres alten Hauses, und beide streuten den Hühnern Futter hin.

Gegen Morgen wachte sie auf und konnte nicht mehr einschlafen. Statt liegen zu bleiben und später mit einem Taxi zum Bahnhof zu fahren, beschloss sie die Straßenbahn zu nehmen. Die Leute auf der Straße hasteten zu ihren Arbeitsplätzen, in dicke Mäntel gekleidet, die Kragen gegen den kalten Märzwind hoch gestellt. Sie stieg in die Straßenbahn und reichte dem Schaffner einen dieser lächerlichen Scheine mit den unglaublichen hohen Zahlen. Dann beobachtete sie erstaunt, mit welcher Geschicklichkeit er das Wechselgeld aus Bündeln kleiner, mit einem Gummiband zusammengehaltener Geldscheine herauszog, die er in der Hand hielt. Er befeuchtete sich nicht die Fingerspitzen, sondern benutzte einen Bleistiftstummel mit einer Gummikappe auf dem stumpfen Ende. Damit blätterte er die Geldscheine mit einer verblüffenden Geschwindigkeit durch, wobei er leise mitzählte.

Am Bahnhof kaufte sich Melanie eine Fahrkarte erster Klasse und vertiefte sich in den Kriminalroman, den sie sich für die lange Fahrt mitgenommen hatte. Der Schalterbeamte hatte gesagt, sie müsse mit fast acht Stunden rechnen. Sie würde also erst am Nachmittag ankommen.

Das Wetter in Metaponto war anders als in Rom, der Himmel war hellblau und die Sonne empfing sie, als sie auf den Bahnsteig trat. Das Städtchen war wirklich sehr klein, und niemand hatte etwas von einem Flüchtlingslager in der Umgebung gehört. Sie wollte einen Jeep mieten, aber niemand wusste etwas von einer solchen Möglichkeit, bis sie schließlich ein alter Taxifahrer zu einer Tankstelle brachte, wo sie jemanden fand, der von einem Lager mit Verrückten wusste. Der Sohn des Tankstellenbesitzers stimmte zu, sie im Lieferwagen seines Vaters hinzufahren. Er hatte den Bewachern der Verrückten schon einmal Benzin für ihren Jeep verkauft, und ein anderes Mal, als sie den Jeep zur Reparatur brachten, hatte er sie zurückgefahren. Sie fuhren querfeldein, auf alten Reifenspuren. Als in der Ferne eine Blechbaracke mit rundem Dach auftauchte, nicht weit vom Strand, bremste der junge Mann und weigerte sich weiterzufahren.

»Keinen einzigen Meter weiter, Signora. Haben Sie nicht gehört, was man in der Stadt sagt? Das ist ein Lager von Verrückten.«

Er tippte sich an die Stirn und bedeutete ihr, dass keine Macht der Welt ihn dazu bringen würde, den Verrückten so nahe zu kommen. Er machte sich auch Sorgen um Melanie.

»Gott möge Sie beschützen, Signora«, sagte er auf Italienisch und bekreuzigte sich.

»Ich passe auf«, sagte Melanie. »Warten Sie hier auf mich.«

Den Rest des Weges legte Melanie also zu Fuß zurück. Ihre hohen Absätze versanken sofort im Sand. Ohne langes Zögern zog sie ihre Schuhe aus und ging weiter. Sie konnte sich leicht vorstellen, wie ihre Seidenstrümpfe nachher aussehen würden.

Von weitem sah das Lager vollkommen verlassen aus. Der Sandweg hörte an einer Sperre auf. Dort stand kein Mensch. Als Melanie an der Sperre angekommen war, entdeckte sie eine zweite Baracke und einige Zelte zwischen den Bäumen. Ein paar Leute saßen vor einem Zelt um ein kleines Lagerfeuer. Zwei, drei andere liefen etwas weiter entfernt über das Gelände. Am Strand, gegen das

Licht der untergehenden Sonne, zog eine Gestalt einen Balken hinter sich her. Vielleicht war es eine Frau. Zwei junge Männer aus der Gruppe am Lagerfeuer standen auf und kamen ihr bis zur Sperre entgegen. Sie machten sehr ernste Gesichter.

»Buon giorno«, grüßte Melanie auf Italienisch und sprach dann weiter auf Jiddisch, doch zu ihrem Erstaunen verstanden die beiden sie nicht.

Melanie beschloss auf gar keinen Fall Englisch zu sprechen, egal, was sein würde. Die beiden drehten sich um und riefen einen Jungen namens Henjek hinzu.

»Was für Juden seid ihr, wenn ihr kein Jiddisch könnt?«, fragte Melanie. Der Dolmetscher erklärte ihr, die beiden seien Erez-Israelim und sprächen nur Hebräisch und Englisch.

Melanie zuckte nicht mit der Wimper. Sie wusste, dass sie nichts erfahren würde, wenn auch nur ein einziges englisches Wort über ihre Lippen käme.

»Sie sprechen auch ein bisschen Italienisch«, fügte Henjek hinzu. »Aber ich kann Jiddisch und ich werde übersetzen.«

»Ich suche jemanden, der mit seiner Gruppe vor zwei, drei Wochen hergekommen ist«, sagte Melanie und nannte den Ort, in dessen Nähe die Villa lag. Die beiden Erez-Israelim warfen sich einen Blick zu, dann sagte einer von ihnen etwas auf Hebräisch zu Henjek.

»Sie sind heute Morgen abgefahren, Signora, heute Morgen sind sie weg«, übersetzte Henjek.

»Heute Morgen? Wohin denn?«

Henjek übersetzte.

Aber es kam keine Antwort. Die beiden blickten Melanie misstrauisch an. Melanie zog die beiden Briefe aus der Tasche und hielt sie ihnen hin. Sie lasen sie gründlich, den Brief aus Jerusalem und den des Sekretärs der Villa. Dann räusperten sie sich, sagten etwas und Henjek übersetzte:

»Man hätte Sie nicht herschicken dürfen, und wir bitten Sie sofort wegzugehen und Ihrem Fahrer gegenüber so zu tun, als seien Sie furchtbar erschrocken. Der, den Sie suchen, ist mit dem Schiff nach Erez-Israel gefahren.«

»Wie heißt das Schiff?«, fragte Melanie aufgeregt.

Die beiden berieten sich, bevor einer von ihnen antwortete: »Früher ›Rosemary‹«, übersetzte Henjek. »Und jetzt ›Altneuland‹*«.

Melanie nahm den Nachtzug nach Rom und kam gegen Morgen dort an. Sie bestellte ein Gespräch nach London. Sehnsüchtig wartete sie auf das Klingeln. In ihrem Kopf dröhnte noch das Rattern des Zuges, und ihr Körper zitterte noch immer von der rüttelnden Fahrt auf den alten Schienen. Sie dachte an ihre Londoner Wohnung und plötzlich wünschte sie sich, dort zu sein.

Endlich klingelte das Telefon.

»James, ich höre dich so gut, als wärst du hier neben mir. Ich sage dir, das Telefon ist die größte Erfindung der Menschen. – Nein, ich bin zu spät gekommen. Ich war so enttäuscht. Sie sind am selben Morgen abgefahren. Stell dir das vor! – Nein, ich komme noch nicht nach Hause. Ich fliege nach Jerusalem. So habe ich genug Zeit, bis sie ankommen. – Ich glaube, ich fahre zu meiner Freundin in den Kibbuz, und dann warte ich in Jerusalem ab, ob die Engländer sie erwischt haben oder nicht. – Ja, ich setze mich mit Major Scott in Verbindung. Er wird mir sagen, ob man sie entdeckt hat. Oder nein, ich rufe diesen Angestellten von der Sochnut an. Ich habe dir von ihm erzählt. Er wird mir Bescheid sagen. Was glaubst du, wie lange sie brauchen? – Ein bis zwei Wochen? – Gut, ich fliege einfach hin. Glaubst du, dass man sie schnappt? – Nach Zypern abschieben? Dann fliege ich eben nach Zypern. Wir werden sehen. – Das Hotel hier ist angenehm. – Auch das Wetter. – Heute hat es in London nicht geregnet? – Du fehlst mir. Vielleicht kommst du her? – Es ist schrecklich, wieviel du arbeitest, James. Ich warte schon sehnsüchtig darauf, dass du pensioniert wirst. Ich rufe dich übermorgen um dieselbe Zeit an, ja? Auf Wiedersehen!«

Plötzlich fiel ihr noch etwas ein und sie rief in den Hörer: »James, sag Mary, dass sie …« Doch ihr Mann hatte schon aufgelegt.

Sie lag angekleidet auf dem Bett und dachte nach. Und als sie die Augen öffnete, fing es draußen an zu dämmern. Sie stand auf, zog die Vorhänge vor, hängte das Schild »Bitte nicht stören« an die Türklinke und ging schlafen.

8
Mitten auf dem Meer

Gegen Abend hatte die »Rosemary«, die jetzt insgeheim »Altneuland« hieß, den kleinen Hafen von Metaponto verlassen, als wolle sie in See stechen. Nach Einbruch der Dunkelheit war sie zurückgekommen und vor dem Strand vor Anker gegangen, wo sich das Lager befand. Die Organisatoren brachten die Jugendlichen in drei Booten vom Ufer zum Schiff. Nun verstanden alle, warum die Übungen mit der Strickleiter so wichtig gewesen waren. Im Gegensatz zu der Holzwand, an der sie am Strand trainiert hatten, hielt das Schiff nicht still. Julek machte sich Sorgen um Teresa, aber sie kletterte mit der Geschwindigkeit einer Katze die feuchte Strickleiter hinauf aufs Schiff. Zur Sicherheit kletterte Julek hinter ihr, obwohl er nicht wusste, wie er sie hätte halten können, wenn sie ins Meer gefallen wäre. Als sie endlich oben waren, fragte er sie:

»Teresa, kannst du schwimmen?«

»Nein«, sagte sie. »Und du?«

»Ich auch nicht. Wo hätte ich es lernen sollen?«

Sofort schickte sie einer der Organisatoren hinunter, zum Laderaum. Erst da verstanden sie, was sie erwartete.

So hatte sich Julek die Fahrt nach Erez-Israel nicht vorgestellt, diesen Moment, in dem der Traum anfangen würde, Wirklichkeit zu werden. Das Deck war eng und klein und wurde nur schwach von ein paar Glühbirnen erhellt, die von der Decke hingen. Ein Teil der Pritschen war aus Holz, andere wieder bestanden aus Eisengestellen, über die eine Plane gespannt war. Sie waren übereinander gebaut, fünf Stockwerke hoch, vom Boden bis zur Decke, und die Zwischenräume waren nur sehr schmal. Teresa und Julek blieben zögernd stehen. Ihre erste Überlegung war, dass es in den obersten Pritschen weniger stickig wäre und man das Schaukeln weniger spürte, aber vor lauter Zögern blieben beide unten. Julek nahm die Pritsche, die direkt an Teresas angrenzte, in derselben Höhe, so dass ihre Köpfe dicht beieinander lagen.

Julek versuchte sich umzudrehen und auf der Seite zu liegen, doch dafür reichte der Platz nicht. Ihm wurde schnell klar, dass er jedes Mal von der Pritsche und wieder zurück kriechen müsste, wenn er sich vom Rücken auf den Bauch legen wollte oder umgekehrt. Während er es hartnäckig weiter versuchte, hörte er Teresa lachen.

»Ich sehe, was du tust«, sagte sie amüsiert.

»Ich ersticke«, sagte Julek. »Ich hasse solche Enge.« Er zitterte am ganzen Körper.

»Wo ist Robert?«, fragte Teresa.

»Keine Ahnung. Aber ich würde mich nicht wundern, wenn ihn der Kapitän oder irgendein anderer Italiener in seine Kabine eingeladen hätte.«

Teresa schaffte es, sich umzudrehen, ohne vorher aus der Pritsche zu klettern. Bis sie beide die richtige Lage gefunden hatten, war der Raum bis auf den letzten Platz gefüllt.

Es dauerte nicht lange, da sagte jemand: »Wir fahren. Merkt ihr auch, dass wir fahren?«

Niemand antwortete, alle lauschten. Es war schwer zu entscheiden, ob das Schiff wirklich fuhr, denn geschwankt hatte es schon vorher. Doch dann hörten sie das Geräusch der Motoren und das Schaukeln nahm zu.

»Ja, jetzt fahren wir«, sagte ein anderer leise.

Einer begann, die »Hatikwa«* zu singen, und andere stimmten ein. Doch sie sangen sehr leise, vielleicht wegen der Enge, der Dunkelheit oder dem Gefühl der Heimlichkeit, das alle empfanden, so dass sich das Lied fast wie ein Gebet anhörte, wie ein Flehen, endlich, endlich nach all den Jahren an einen sicheren Ort zu gelangen. Und obwohl sie gemeinsam sangen, war jeder Einzelne mit seinen Erinnerungen, mit den Gedanken an die Liebsten, die er verloren hatte, allein.

Das Wetter wurde schlechter, Sturm kam auf und die Tage wurden zu einer anhaltenden Qual. Julek und Teresa waren nicht die Ersten, die an der Seekrankheit litten. Anfangs hatten sie noch genug Kraft, hinauf auf die Toilette zu gehen. Der Wachhabende ließ immer nur einen hinaus und brachte ihn zurück, bevor der Nächste gehen durfte. Das Essen unterschied sich nicht groß von dem, das sie in Metaponto bekommen hatten – Kekse und Konserven. Noch bevor der Sturm ausbrach, erledigten viele ihre Bedürfnisse in leere Konservendosen und gingen nur hinauf, um sie ins Meer zu werfen. Viele begannen zu erbrechen, noch bevor das Meer anfing, das Schiff wild hin und her zu schleudern.

An ihrem ersten Morgen auf dem Schiff hatten sie lange geschlafen und fast die Verteilung des Trinkwassers verpasst. Ein Freund aus der Villa weckte Julek und er weckte Teresa. In dem fensterlosen Raum war kein Unterschied zwischen Tag und Nacht zu merken, und erst ab dem zweiten Tag teilte ihnen einer der Organisatoren jeden Morgen Tag und Uhrzeit und die Stelle mit, wo sich das Schiff gerade befand.

Die meisten lagen einfach auf ihren Pritschen und warteten, dass die Zeit verging. Es würde ja nicht ewig dauern. Nur selten waren flüsternde Stimmen zu hören. Auch Julek und Teresa sprachen nicht viel miteinander. Es war nicht leicht, sich zu unterhalten, wenn fremde oder halbfremde Menschen um einen herum lagen, mit offenen oder geschlossenen Augen.

Als der Sturm losbrach, fingen viele an zu erbrechen. Manche kotzten von oben herunter, weil sie es nicht mehr schafften, von der Pritsche zu steigen, oder weil sie einfach keine Kraft mehr hatten. Einer von Juleks Nachbarn erbrach sich auf ihn. Zu seinem Glück hatte er sich in seine Decke gewickelt, er riss sie von sich und warf sie auf den Boden. Nach einiger Zeit diente ihm die Decke für andere Zwecke, denn es war unmöglich, hinaufzugehen zur Toilette. Teresa war krank und nicht ganz bei sich, und Julek wusste nicht, was er tun konnte, um ihr zu helfen. Am Abend des dritten Tages bat sie ihn gar, sich ihr für eine Weile fern zu halten.

Der Morgen des fünften Tages war am allerschwersten. Man hatte das Gefühl, dass die Wellen jeden Moment das Schiff zerschmettern könnten. Julek rührte sich keine Sekunde von Teresa weg. Ihr Gesicht war sehr blass.

»Weißt du«, flüsterte sie, »mir ist plötzlich etwas eingefallen, aus der Zeit, als ich ein kleines Mädchen war. Ich war krank, ich hatte hohes Fieber und glaubte, ich müsste sterben, da saß mein Vater ununterbrochen an meinem Bett. Jedes Mal wenn ich die Augen aufmachte, war er da. Ich habe gedacht, wenn ich einmal die Augen aufmache und er ist nicht mehr da, dann ist das ein Zeichen dafür, dass ich gestorben bin.«

Endlich schlief Teresa ein. Julek blieb neben ihrer Pritsche sitzen. Er dankte Gott, dass es ihnen nicht gelungen war, eine der oberen Pritschen zu erwischen, denn dort hätte er nicht neben ihr sitzen können.

Jemand packte seine Hand und drückte sie mit aller Kraft. Julek schreckte aus dem Dämmerschlaf hoch, in den er gefallen war. Es war Teresa. Sie träumte offenbar und wieder drückte sie seine Hand. Ohne nachzudenken hob Julek ihre Hand und bedeckte sie mit Küssen. Doch sofort wurde er von Schuldgefühlen gepackt, weil sie schlief. Es war, als würde er das Vertrauen, das sie in ihn setzte, missbrauchen. Den Glauben, von dem Robert gesprochen hatte.

Julek wusste nicht, wie viel Zeit vergangen war, Tage oder Stunden, bis ihn jemand wachrüttelte und ihm mit einer Taschenlampe ins Gesicht leuchtete. Er erschrak und nur mit großer Anstrengung schaffte er es, sich zu erinnern, wo er sich befand. Die wilden Bewegungen des Schiffes hatten aufgehört, es schien nur leicht hin und her zu schaukeln. Julek fühlte den schmutzigen Boden, auf dem er lag.

»Julek? Endlich habe ich dich gefunden!«

»Robert!«

»Komm nach oben. Komm raus hier. Ich verstehe nicht, wie man hier überhaupt atmen kann.«

Teresa wachte auf. Sie freute sich Robert zu sehen.

»Wo warst du die ganze Zeit?«, fragte Julek.

»Oben auf dem Deck.«

Julek glaubte ihm nicht. »Die ganze Zeit oben auf dem Deck?«

Robert berichtete leise. Er hatte mit dem ersten Offizier Poker gespielt und ihn von Zeit zu Zeit ein bisschen Geld gewinnen lassen, so hatte er fast die ganze Zeit in der Kabine des Offiziers zugebracht.

»Was ist los?«, fragte Julek. »Warum bist du hier unten?«

»Es ist Nacht. Alle dürfen an Deck. Kommt, wir haben den Sturm hinter uns.«

»Und wo sind wir?«, fragte Teresa.

»Wir sind schon an Rhodos vorbei«, antwortete Robert. »Kommt mit hinauf.«

»Einen Moment«, sagte Julek. Er zog die mit allen möglichen Ausscheidungen gefüllte Decke unter seiner Pritsche hervor. »Ich muss was ins Meer werfen.«

»Ich auch«, sagte Teresa verlegen. »Geht schon, ich komme euch nach.«

Julek und Teresa gingen in dieser Nacht nicht mehr hinunter. Robert hatte für sie einen versteckten Platz zwischen zwei Rettungsbooten gefunden und brachte ihnen Decken und Wasser, damit sie sich das Gesicht und die Hände waschen konnten. Dann kam er mit zwei Kartoffeln zurück, blieb aber nicht bei ihnen sitzen.

Julek und Teresa schwiegen lange. Sie atmeten tief die frische, kalte Meeresluft ein, als würden sie sich an ihr satt trinken wollen. Dann sagte Teresa: »Es ist mir egal, wenn ich erfriere. Ich gehe nicht mehr da hinunter.«

»Ich auch nicht«, sagte Julek.

Teresa war so nahe bei ihm und doch auch so fern. Plötzlich sehnte sich Julek nach den engen Pritschen zurück, nach dem stickigen, stinkenden Laderaum, der einem Alptraum entsprungen zu sein schien, nur weil er sich danach sehnte, ihre Hand zu halten.

Jemand versuchte sie wieder hinunterzujagen, doch sie weigerten sich standhaft. Später kamen noch viele andere an Deck. Tagsüber mussten sie gut aufpassen, und wenn sie den Alarm hörten, der vor einem Aufklärungsflugzeug der Briten oder vor irgendeinem Schiff warnte, das am Horizont auftauchte, verschwanden sie sofort unter einer Plane, die neben ihnen lag.

Die nächste Nacht war ruhig, das Meer glatt. Kleine Wellen schlugen ans Schiff und lösten sich im Licht des Vollmonds auf, der am Horizont aufstieg. Viele Jugendliche hatten sich auf dem Deck versammelt und saßen zu mehreren zusammen. Aus einer Gruppe, nicht weit von Julek und Teresa, waren plötzlich die Klänge einer Mandoline zu hören. Teresa saß an einen Pfosten gelehnt, Julek hatte sich neben ihr ausgestreckt, den Kopf auf die Hand gestützt. Die anderen sangen und Julek und Teresa hörten zu. Glück durchströmte sie alle, das neue, tiefe Gefühl, dem Ende ihres mühsamen Weges nahe zu sein, dem Ende des Umherirrens und der Sehnsüchte. Sie spürten die Gewissheit, bald einen Ort zu finden, zu dem sie gehörten, einen Ort, der sich in eine Heimat verwandeln würde.

Sie sangen Lieder aus Erez-Israel und Lieder aus Russland. Und der Mond war so groß und so hell, dass Julek Teresas Gesicht und ihre glänzenden Augen genau sehen konnte, wenn sie sich manchmal zu ihm drehte. Julek setzte sich auf und bekannte ihr, wie er ihren Schlaf ausgenutzt und ihre Hand geküsst hatte.

»Nicht nur einmal«, sagte er verlegen. »Viele, viele Male.«

»Julek«, sagte Teresa, »ich weiß es, ich habe nicht geschlafen.«

»Du hast nicht geschlafen?«

»Nein.«

Julek nahm ihren Arm, hob ihre geöffnete Hand an

den Mund und legte sie an seine Wange. Er war aufgeregt und immer wieder dachte er: Sie hat nicht geschlafen. Sie hat nicht geschlafen. Dann streckte er sich wieder auf den Planken aus, und als er den Kopf auf die Hand stützen wollte, nahm Teresa zart seinen Kopf und legte ihn auf ihren Schoß. Sie merkten gar nicht, dass Robert neben ihnen auftauchte, sie betrachtete und wieder verschwand. Sie sahen auch die anderen Pärchen nicht, die sich umarmten oder dicht nebeneinander lagen. Sie sahen nichts außer dem Mond, der über dem Meer stand, und fühlten nichts als das leicht schaukelnde Schiff. Sie lauschten den Klängen der Mandoline, dem Gesang der jungen Leute um sie herum und dem Klopfen ihrer eigenen Herzen.

Spät am Abend kehrten sie in ihre Ecke zurück, rollten sich, jeder für sich, in die Decke und legten sich hin.

Julek konnte nicht einschlafen. Der Mond war jetzt klein und weit über ihnen. Von Zeit zu Zeit hörte er Schritte, leises Reden und Lachen, und von der anderen Seite des Decks kam die Stimme eines Mannes, der irgendwelche italienischen Arien sang. Bestimmt einer der Matrosen, dachte Julek. Er meinte noch immer Teresas Hände zu spüren, wie sie seinen Kopf nahm und auf ihren Schoß legte, und dann die leichte Berührung an seinen Haaren, von der er nicht wusste, ob es ihre Hand war, die nicht wirklich zu streicheln wagte, oder ein Windstoß.

Er drehte sich um und schaute Teresa an. Sie lag mit offenen Augen da und starrte hinauf zum Mond.

»Teresa«, sagte er. »Ich liebe dich.«

»Ich liebe dich auch, Julek«, sagte sie.

Es war das erste Mal, dass Julek ein Mädchen küsste. Es war ein scheuer Kuss, eine zarte Berührung ihrer Lippen. Danach konnte er sich nicht von ihr lösen. Er wollte sie umarmen, als er plötzlich spürte, dass sie am ganzen Körper zitterte.

»Teresa, du zitterst ja.«

»Julek«, flüsterte sie, »ich habe solche Angst.«

»Wovor?«

»Ich weiß es nicht«, sagte sie.

Er wollte sie fragen, ob es wegen des Kusses war, doch er schreckte davor zurück, das Wort Kuss zu benutzen, das so oft in Gesprächen auftauchte und von anzüglichem Gelächter begleitet war, wenn die Jungen erzählten, was sie mit ihren Mädchen gemacht hatten. Solange er ihren Kuss nicht beim Namen nannte, besaßen sie etwas Besonderes, etwas Einmaliges, was nur ihnen gehörte. Außer ihnen hatte noch kein Mensch so etwas gefühlt und würde es auch nie tun. Doch Teresas Angst war echt, deshalb fragte er noch einmal: »Teresa, warum hast du Angst?«

Doch auch Teresa weigerte sich, die Dinge beim Namen zu nennen.

Sie legten sich wieder hin, jeder auf seinen Platz, die Gesichter einander zugewandt.

»Glaubst du wirklich, dass meine Eltern wissen können, was uns jetzt passiert?«, fragte Teresa plötzlich.

Julek erinnerte sich an ihr Gespräch am Strand, bevor sie losgefahren waren.

»Vielleicht hört es sich für dich blöd an, aber niemand kann wirklich wissen, wie es ist, wenn man tot ist. Alles ist möglich. Ich glaube, es ist nicht dein Gelübde, weshalb du Nonne werden willst und weshalb du das Kreuzchen umgehängt hast.«

»Macht es dir etwas aus, dass ich es trage?«

»Nein. Für mich ist es ein Amulett wie jedes andere.«

Sie dachte lange nach. »Du meinst also, es ist die Angst?«, fragte sie dann.

»Ja, das glaube ich.«

»Ich habe auch schon darüber nachgedacht. Es ist nicht nur die Angst.« Sie schwieg, dann sagte sie: »Manchmal glaube ich, dass diese Angst uns immer bleiben wird.« Ein Schauer lief ihr über den Körper.

»Robert meint das auch«, sagte Julek, »aber …«

»Hast du mit Robert darüber gesprochen? Ich hätte nicht gedacht, dass man mit ihm über so etwas sprechen kann.«

»Doch, auch er macht sich solche Gedanken.«

Und dann stellte sie ihm die gleiche Frage, die er Robert gestellt hatte: »Glaubst du, dass wir in Erez-Israel vergessen können?«

»Robert hat nein gesagt«, antwortete Julek. »Aber er meint, wir werden wenigstens so weit vergessen, dass wir weiterleben können. Er hat gesagt, dass der Schmerz immer bleibt, aber man könnte ihn ertragen, wenn es eine Hoffnung gibt.«

»Das stimmt«, sagte Teresa.

Sie schwiegen, jeder in seine Gedanken versunken.

»Wie ist dein richtiger Name?«, fragte Julek plötzlich.

Teresa betrachtete lange sein vom Mondlicht erhelltes Gesicht, dann lächelte sie und sagte: »Eines Tages werde ich ihn dir sagen.«

Am Morgen wurden sie von der Kälte und der Feuchtigkeit geweckt. Teresa berührte ihn mit den Lippen und lächelte ihn an.

»Ich glaube, man kann schon warmen Tee bekommen«, sagte Julek. Er stand auf und hielt ihr die Hand hin.

In der Schlange, die auf den Tee wartete, trafen sie ihre Freunde und Freundinnen von der Villa. Riwka warf Teresa einen feindseligen Blick zu, dann sagte sie: »Du hast ihn dir wirklich geschnappt, nicht wahr?«

»Das geht dich nichts an«, sagte Teresa.

»Mach dir keine Sorgen, in Erez-Israel lässt er dich wieder fallen, Christin«, zischte Riwka.

Julek mischte sich ein. »Riwka, die Sache ist erledigt, und wir sprechen nicht mehr darüber, bis wir im Kibbuz sind. Das haben wir doch ausgemacht, oder?«

Bella kicherte und stieß Frieda in die Seite. »Es weiß doch jeder, dass die beiden schon seit Tagen zusammenstecken. Sie sind unzertrennlich.«

»Ach, so weit ist es schon?« Riwka lächelte vieldeutig. »Nein, das habe ich nicht gewusst.«

Teresa wurde rot. Julek nahm ihre Hand und zog sie fort, zurück zum Ende der Schlange.

»Ich will nicht mit ihnen zusammenbleiben, wenn wir in Erez-Israel sind«, sagte Teresa. »Keine Minute!«

»Es gibt viele Kibbuzim, Teresa«, sagte Julek. »Wir können darum bitten, dass wir in einen anderen kommen.«

Er betrachtete sie forschend, sagte aber nichts. Teresa verstand seinen Blick genau. Sie schluckte und antwortete nicht. Würde sie dafür bestraft werden, dass sie ihr Gelübde brach?

9
Wieder in Jerusalem

Vom Flughafen Lod fuhr Melanie mit einem Taxi nach Jerusalem. Sie hatte das unangenehme Gefühl noch nicht vergessen, das sie an einem so gut bewachten Ort wie dem »King-David-Hotel« bei ihrem letzten Aufenthalt empfunden hatte, deshalb bat sie den Taxifahrer, sie zu einem anderen Hotel zu bringen. Er fuhr sie in den jüdischen Teil der Stadt, zum Hotel »Eden«. Nachdem sie ihre Sachen ausgepackt und sich etwas ausgeruht hatte, überlegte sie sich ihr weiteres Vorgehen. Sie ging zu Fuß zur Sochnut. Dort hatte sich nichts verändert. Dieselben Stacheldrahtzäune und wieder britische Soldaten. Sie fand das Büro von Jizchak Fischler, der hinter seinem Schreibtisch saß. Er erkannte sie sofort und war sichtlich erfreut sie zu sehen.

»Haben Sie ihn gefunden?«

»Ja und nein. Aber ich weiß, dass er mit einem illegalen Schiff mit Namen …«

»Psst!«, unterbrach er sie sofort und schaute sich prüfend um. »Kommen sie mit hinaus auf den Flur.«

Sie gingen hinaus, und Melanie berichtete ihm mit kurzen Worten von ihrer Suche in Italien.

»Ein Schiff dieses Namens ist noch nicht angekommen«, sagte er.

»Ich weiß, aber wenn es kommt, können Sie mir dann

Bescheid sagen? Sie sind doch sicher einer der Ersten, die es erfahren.«

»Wenn es ankommt, werden auch Sie davon hören. Wenn das Schiff es schafft, die Blockade zu durchbrechen, verbreitet sich die Nachricht blitzschnell.«

Trotzdem versprach er ihr sie im Hotel anzurufen, und sie trennten sich mit einem freundschaftlichen Händedruck.

Als Zweites hatte Melanie vor Verbindung mit Henia aufzunehmen, ihrer Freundin im Kibbuz Schibolet im Süden des Landes, und sie dort so bald wie möglich zu besuchen. Nach ihrer Berechnung hatte sie zwei oder sogar drei Tage Zeit, bevor sie wieder in Jerusalem sein musste, um auf die Ankunft des Schiffes zu warten. Melanie bat um eine Telefonverbindung zum Kibbuz, doch so sehr sich die Telefonistin in der Zentrale auch bemühte, sie bekam keine Leitung.

Melanie rief Major Scott an, er war aber nicht in seinem Büro, und seine Sekretärin sagte, er würde erst in zwei Stunden zurückkommen. Melanie beschloss ein Telegramm zum Kibbuz zu schicken und ihre Freundin zu bitten sie im Hotel »Eden« anzurufen. Der Angestellte am Empfang erbot sich das für sie zu erledigen.

»Ist die Post denn weit von hier?«, fragte Melanie.

»Nein, gnädige Frau, nur eine Viertelstunde zu Fuß, aber …«

»Das macht nichts«, sagte Melanie. »Könnten Sie mir das Telegramm ins Hebräische übersetzen?«

»Selbstverständlich«, sagte er, dann warf er einen Blick in den Pass, der noch auf dem Schalter lag. »Aber wie wollen Sie die hebräische Schrift auf das Formular übertragen?«

»Das ist kein Problem«, meinte Melanie. »Ich kann Jiddisch schreiben, und das sind ja die gleichen Buchstaben.«

Der Angestellte war überrascht, doch sofort konnte er sich davon überzeugen, dass sie ebenso gut Jiddisch sprach, das Jiddisch aus Südpolen, wie er selbst. Aber obwohl er sich freute, jemanden aus seiner Heimat zu treffen, hatte Melanie das Gefühl, in seiner Achtung gesunken zu sein.

Er riss ein Blatt von einem Block und zeichnete ihr den Weg zur Post auf, während er erklärte: »Hier ist das Geschäftszentrum, sie gehen erst geradeaus und dann rechts. Der ganze Bezirk ist beschlagnahmt und wird von den Briten gesichert. Wir nennen ihn, wenn ich das sagen darf, Bevingrad.«

Melanie lachte laut. Sie konnte sich das Gesicht von Außenminister Bevin vorstellen, wenn sie ihn auf einer Cocktailparty in London treffen und ihm diese Geschichte erzählen würde.

»Vielleicht soll ich trotzdem das Telegramm für Sie aufgeben, gnädige Frau?«

»Sie haben mich neugierig gemacht, ich möchte Bevingrad sehen«, sagte Melanie, dankte und verließ das Hotel.

Der Anblick war schlimmer, als sie erwartet hatte. Aus Neugier ging sie die Princess-Mary-Straße hinunter. Sie kam an einem langen Gebäude mit hohen Säulenbögen vorbei. Die ganze Straße war voller Stacheldraht, da und dort lugten dreieckige Betonstücke hervor, die aussahen wie Panzersperren oder Barrikaden gegen Höllenmaschinen. Melanie fand das Postamt in der Jaffo-Straße. Ein seltsames Gefühl beherrschte sie. Zum ersten Mal nach Kriegsende verstand sie plötzlich, dass hier vielleicht ein neuer Krieg beginnen würde, und sie, Melanie, war der Feind. Das gute Gefühl Engländerin zu sein, zu einem Volk zu gehören, das so tapfer gegen das Dritte Reich gekämpft hatte, wich einem Gefühl der Scham. Diesmal war sie nicht auf der richtigen Seite. Nie hatte sie auch nur im Geringsten daran gezweifelt, dass sie Jüdin war, mit Leib und Seele, und noch nie hatte sie das gehindert, stolz auf ihre britische Staatsbürgerschaft zu sein. Aber jetzt ...

Sie gab das Telegramm auf und kehrte ins Hotel zurück.

Als sie in ihrem Zimmer war, rief sie wieder bei Major Scott an. Er war gleich am Apparat. Melanie war sich bewusst, dass sie ihn mit gemischten Gefühlen anrief, weil er Teil des Apparates war, der die Einwanderung der jüdischen Flüchtlinge zu verhindern suchte. Doch nachdem sie einige Sätze gewechselt hatten, stellte sie fest, dass sie es mit einem offenen, vernünftigen Mann zu tun hatte, der seinen Auftrag, die jüdischen Flüchtlinge abzuweisen und nach Zypern zu bringen, nicht liebte. Sie erfuhr auch, dass James sich nicht mit einem Telegramm begnügt hatte, er hatte mit seinem Freund ein langes Telefongespräch geführt. Major Scott versprach ihr, mit einem leicht amüsierten Unterton, sie nicht zu bewachen, aber natürlich sei er bereit alles zu tun, um ihr zu helfen, etwa beim Übermitteln von Nachrichten oder wenn sie ein Auto mit Fahrer brauchte. Dem Gespräch konnte Melanie entnehmen, dass James ihm nicht allzu viel Konkretes erzählt hatte. Major Scott wusste nur, dass sie auf einem der Schiffe, die in den nächsten Wochen nach Palästina kommen sollten, einen Angehörigen vermutete. Vielleicht zweifelte er deshalb am Erfolg ihrer Suche und schlug vor, von Zeit zu Zeit eine Nachricht über den Rundfunk zu verbreiten, in der Sendung, in der nach Verwandten gesucht wurde.

»Das hätten Sie eigentlich auch von London aus tun können …«

»Die Sache ist nicht so einfach«, sagte Melanie. »Erst in Italien habe ich herausgefunden, dass es sich wirklich um den Sohn meines Bruders handelt. Ich erzähle es Ihnen genauer, wenn wir uns treffen. Deshalb bin ich, statt nach London zurückzufahren, hierher gekommen, nach Jerusalem. Und ich hoffe, er kommt heil an, trotz allem, was ihr Engländer unternehmt, Major Scott.«

Er reagierte nicht auf ihre kleine Provokation, sicher hatte er sie bis zu diesem Moment ebenfalls als Engländerin betrachtet, sondern sprach sachlich weiter.

»Das Problem ist, dass Sie ohne meine Hilfe zwar vielleicht Funkverbindungen mit illegalen Schiffen knüpfen können, die unterwegs oder vor der Küste gestoppt werden, aber ohne meine Hilfe gelangen Sie nicht auf diese Schiffe. Und wenn ich Ihnen dabei helfe, wird es Ihnen nicht leicht fallen, das Misstrauen der Organisatoren zu überwinden.« Als sie nicht antwortete, fügte er hinzu: »Aber machen Sie sich keine Sorgen, wir werden schon eine Lösung finden. Inzwischen wäre es gut, wenn ich immer wüsste, wo Sie sind, damit ich Ihnen mitteilen kann, wenn ein neues Schiff entdeckt wird.«

»Ich habe vor, morgen in einen Kibbuz im Süden zu fahren … Moment, den Namen habe ich mir irgendwo aufgeschrieben … Ich habe dort eine Jugendfreundin, die ich seit zehn Jahren nicht mehr gesehen habe. Ich habe ihr ein Telegramm geschickt. Übrigens, bei dieser Gelegenheit habe ich Bevingrad gesehen. Wissen Sie, dass man das hier so nennt?«

»Ich habe es erst vorgestern erfahren. Seitdem habe ich noch nicht mit dem Außenminister gesprochen. Ich weiß allerdings nicht, ob er so viel Spaß daran haben wird wie ich.«

»Sagen Sie es ihm bitte nicht. Ich möchte das selber tun.«

Er lachte, dann fragte er: »Wie heißt der Kibbuz?«

Melanie wühlte in ihrer Tasche und zog ihr Notizbuch heraus. »Kibbuz Schibolet.«

»Ich hätte Sie sehr gerne hingebracht, Lady Faulkner,

aber das könnte dort falsch aufgefasst werden und Ihnen Unannehmlichkeiten bereiten. Sie haben wohl schon gemerkt, dass man uns hier mit großem Misstrauen betrachtet. Ich schlage vor, dass Sie ein Taxi nehmen. Die Autobusse fahren nur ein- oder zweimal am Tag zu solch abgelegenen Ortschaften, und so eine Fahrt ist nicht gerade ein Vergnügen. Sie sollten wissen, dass ich Sie dort nicht anrufen kann, denn die haben da bestimmt nur ein einziges Telefon, und jedes Gespräch wird per Hand vermittelt.«

»Ja, daran habe ich auch schon gedacht«, antwortete Melanie. »Ich werde Ihnen oder Ihrer Sekretärin mitteilen, ob ich morgen fahre. Wir können ja ausmachen, dass ich übermorgen zurückkomme.«

Wieder bat Melanie um eine Telefonverbindung mit dem Kibbuz Schibolet, und diesmal wurde sie nach einer langen Wartezeit tatsächlich mit dem Sekretariat des Kibbuz verbunden. Es dauerte eine Weile, bis sie jemanden gefunden hatten, der Jiddisch konnte, aber Melanie blieb fest bei ihrem Entschluss kein Wort Englisch zu sprechen. Dann erfuhr sie, dass sie nur eine Nachricht für Henia hinterlassen konnte. Sie wiederholte den Inhalt des Telegramms und bat, ihre Freundin solle sie möglichst bald anrufen.

Früh am nächsten Morgen wurde Melanie vom Klingeln des Telefons geweckt. Es war Henia. Die Verbindung war schlecht und Henia war sehr aufgeregt. Melanie sagte, sie solle auflegen und neben dem Telefon warten, aber Henia erwiderte, die Leitungen seien in schlechtem Zustand, und oft würde man gar keine Verbindung bekommen.

»Ich bin in Jerusalem«, rief Melanie laut in den Hörer.

»Für wie lange bist du gekommen?«, erkundigte sich ihre Freundin.

»Keine Ahnung. Ich bin hier, um den Sohn meines Bruders zu suchen. Er soll mit einem illegalen Schiff kommen.«

»Wie?«

»Mit einem illegalen Schiff!«

»Ich möchte dich sehen.«

»Ich dich auch. Ich komme heute Nachmittag.«

»Ich warte auf dich! Wie kommst du?«

»Mach dir keine Sorgen, ich werde kommen!«, rief Melanie.

»Ich höre dich nicht.«

»Auf Wiedersehen!«, schrie Melanie so laut sie konnte.

»Auf Wiedersehen! Ich freue mich so.«

Dann wurde die Verbindung unterbrochen.

Der Angestellte am Empfang rief für sie bei einer Taxigesellschaft an und bat um einen Fahrer, der Jiddisch sprach. Nach einer kurzen Diskussion wandte er sich an Melanie und fragte, ob es auch ein Fahrer sein dürfe, der Deutsch oder Englisch sprach, und sie stimmte zu.

Der Fahrer war ein Mann ihres Alters, mit einem gescheiten Gesicht und einem angenehmen Äußeren.

Melanie fragte, ob er sie auch nach Jerusalem zurückbringen könne.

»Noch heute?«, fragte er erstaunt.

»Nein, ich möchte morgen zurückfahren.«

»Natürlich kann ich das«, antwortete er. »Bestimmt finden sie dort im Kibbuz ein Bett für mich und laden mich zum Essen im Speisesaal ein.«

Melanie sagte nichts. Sie kannte sich mit den Sitten hier in diesem neuen Land nicht aus. Aber sie erinnerte sich noch gut an die Juden, die auf der Durchreise durch ihr Schtetl kamen und die ihre Eltern zum Übernachten einluden. »Ein Jude bürgt für den anderen«, hatte ihr Vater immer gesagt, und sein Haus war immer offen für fremde Juden.

»Wie lange wird die Fahrt dauern?«, fragte sie.

»Der kürzeste Weg führt über Masmija, Kastina und Julis und dann über die Küstenstraße«, sagte der Fahrer halblaut, als berate er mit sich selbst. Dann wandte er sich an sie: »Drei bis vier Stunden, und wenn wir unterwegs anhalten, um etwas zu trinken, eine halbe Stunde länger. Mein Auto ist gut, ich kann nur hoffen, dass wir unterwegs keinen Platten oder so etwas bekommen.«

Bald erfuhr Melanie, dass ihr Fahrer ein Rechtsanwalt aus Berlin war. Er war aus Deutschland nach Palästina geflohen, als die Nazis an die Macht gekommen waren. Hier hatte er sich einen anderen Beruf suchen müssen, und mit allem Geld, das er mitgebracht hatte, hatte er sich dieses Taxi gekauft. Sie war erstaunt, als er sagte, er wisse nicht, ob er seine neue Lebensform bedauern müsse.

Ihr Weg führte sie durch viele arabische Dörfer. Da und dort sahen sie auch eine jüdische Siedlung, deren weiße Häuser mit den roten Ziegeldächern zwischen Zitrusplantagen hervorstachen. Die arabischen Häuser hingegen verschmolzen mit den Obstgärten und Olivenbäumen. Melanie machte eine Bemerkung über die Schönheit der jüdischen Siedlungen im Vergleich zu den armen arabischen Dörfern, doch zu ihrer Überraschung war er anderer Meinung.

»Unsere Kibbuzim und unsere Genossenschaftssiedlungen sehen aus wie Dörfer in Deutschland oder in der Schweiz, die man in eine Landschaft versetzt hat, die nicht zu ihnen passt«, sagte er. »Schauen Sie dagegen, wie harmonisch die arabischen Häuser sich in die Landschaft einfügen.«

»Daran habe ich wirklich nicht gedacht«, gestand Melanie. »Hier sind doch alle stolz auf die europäische Kultur unserer Siedler.«

Sie musste lächeln, weil das Wort »unsere« ihr ganz natürlich über die Lippen gegangen war. Plötzlich fühlte sie, dass sie wirklich dazugehörte.

»Ja, so denken nicht viele«, gab er zu. »Vielleicht habe ich ein romantisches Gefühl für die Natur. Aber natürlich würde ich meine Kinder nicht in arabischen Lehmhütten aufwachsen lassen wollen.«

»Wie viele Kinder haben Sie?«

»Vier. Vier Söhne.«

Melanie bedauerte, dass sie sich hinten ins Auto gesetzt hatte, denn der Fahrer war ein angenehmer und interessanter Gesprächspartner. Aber es schien ihr für eine verheiratete Dame auch nicht passend, ihn zum Anhalten aufzufordern, damit sie sich neben ihn setzen konnte. Doch obwohl sie auf dem Rücksitz saß, gelang es ihr, ihm von ihrer Suche nach dem Sohn ihres Bruders zu erzählen. Und als sie in Masmija in einem Restaurant saßen, »beim Araber«, wie er es formuliert hatte, zeigte sie ihm auch die Fotos. Er wunderte sich über die glückliche Verkettung der Umstände. Melanie bat ihn, ein für die Region typisches Essen für sie zu bestellen, und er solle sich keine Sorgen wegen der Bezahlung machen. Sie bekamen etwas, was Chumus und Tchina hieß, mit duftendem grünem Olivenöl, danach zwei Sorten Fleisch, Schaschlik und Kebab, die auf dem Holzfeuer gebraten waren, und sie merkte sich die Namen, damit sie James später davon berichten konnte. Das Essen wurde mit vielen verschiedenen Salaten serviert. Am Schluss brachte der Kellner ein Kupfertablett mit kleinen Tassen und einer Kupferkanne mit einer langen Tülle. In der Kanne war starker Kaffee, und dazu gab es seltsame Kekse, gefüllt mit kleinen, grünen Nüssen und in Honig gerollt.

Melanie war hingerissen. Sie wollte um Zucker und Milch für den Kaffee bitten, aber der Fahrer sagte, das solle sie lieber nicht tun, das würde nur ihre Unwissenheit zeigen und sie zum Gespött des Besitzers machen. Tatsächlich war der Kaffee schon gesüßt, und er hatte einen seltsamen Geschmack nach verschiedenen Gewürzen. Dazu hätte Milch bestimmt nicht gepasst. Dann sagten sie sich ihre Vornamen, wie es bei den Erez-Israelim üblich war. Der Fahrer hieß Me'ir. Als sie sich umschaute und die Araber sah, die an Tischen saßen und aßen, tranken und rauchten, oder auf niedrigen Hockern vor der Tür, wurde sie an ihren Besuch in Kairo erinnert, damals, als James dort bei der Armee war. Auch damals hatte sie etwas Arabisches essen wollen, doch James hatte sie in ein griechisches Restaurant geführt und behauptet, die griechischen Lokale seien die besten in ganz Ägypten. Sie erinnerte sich noch an den Geschmack der gefüllten Tauben und an den Ouzo, der damals serviert wurde.

Sie fuhren weiter, an kleinen, armseligen arabischen Dörfern vorbei. Die Häuser waren aus Lehm gebaut, und die Dächer bestanden aus Stroh oder verrostetem Blech. Überall wuchsen große Kakteen. Und ab und zu sahen sie Zelte von Beduinen. Auf der Straße trafen sie nur wenige Autos, die meisten waren Militärfahrzeuge. Manchmal kamen sie auch an einer kleinen Kolonne vorbei: vorn ein Araber auf einem Esel, dahinter Frauen, die Pakete auf dem Kopf trugen. Sie erregten Melanies Aufmerksamkeit, und Me'ir hielt ihr einen langen Vortrag über die Sitten und Gebräuche der Gegend. Die Straße, auf der sie jetzt fuhren, war nicht asphaltiert, sondern bestand aus Betonplatten und war sehr schlecht.

Am späten Nachmittag fuhr das Auto durch das Tor des Kibbuz und wirbelte Staubwolken auf, bevor es auf dem Hof stehen blieb.

10

Der Kibbuz Schibolet

Um diese Uhrzeit wurde in den meisten Bereichen des Kibbuz mit der Arbeit aufgehört, und Melanie war bald von Kibbuzmitgliedern in Arbeitskleidung und von Kindern verschiedenen Alters umringt. Autos kamen nur selten in den Kibbuz, vor allem keine Taxis, in denen fein angezogene Frauen saßen. Melanie wurde zum Hühnerstall gebracht, dort arbeitete ihre Freundin.

Sie fand Henia in einem kleinen Gebäude neben einem langen Stall voller weißer, laut gackernder Hühner. Henia trug ein Kopftuch, hatte einen dicken Bauch und sortierte Eier. Im ersten Moment erkannte sie Melanie nicht. Sie betrachtete erstaunt den Hut, das Gesicht, und erst dann wusste sie, wer die fremde Frau war. Beide hatten vor Rührung Tränen in den Augen. Melanie spürte ein heftiges Bedürfnis die Freundin zu umarmen, doch sie spürte bei der anderen keine Bereitschaft. Vielleicht wegen ihrem Bauch, dachte sie.

»Du bist so fein«, sagte Henia, während sie sich unsichtbare Krümel von der Kleidung strich. »Und dieser Hut! Ich glaube, auch in Tel Aviv habe ich nie eine Dame mit einem so ausgefallenen Hut gesehen.«

»Ich habe eine Schwäche für Hüte«, entschuldigte sich Melanie. Sie fühlte sich irgendwie unbehaglich. »In London ist das die neueste Mode.«

»Wie bist du hergekommen?«

»Mit einem Taxi.«

»Mit einem Taxi aus Jerusalem?«

»Ja, und es gibt ein Problem, von dem ich nicht weiß, wie man es lösen kann. Mein Fahrer will nicht heute nach Jerusalem zurückfahren und morgen wiederkommen, um mich abzuholen.«

»Das ist überhaupt kein Problem«, sagte Henia entschieden. »Wir finden im Kibbuz schon einen Platz, wo er schlafen kann.«

Henia führte Melanie und den Fahrer zum Speisesaal. Alles lief ganz selbstverständlich ab, und Melanie hörte auf sich Sorgen zu machen. Sie schaute sich neugierig um, und Henia versprach feierlich, sie morgen früh im ganzen Kibbuz herumzuführen.

Der Speisesaal war rechteckig, mit einer hohen Decke und großen Fenstern. Zwölf Tische standen da, und um jeden Tisch acht Stühle. Ein Mann und eine Frau deckten die Tische fürs Abendessen. In einer Ecke saßen zwei ältere Männer und spielten Schach. Henia setzte Melanie und den Fahrer in eine andere Ecke und ging, um etwas zu essen und zu trinken zu holen. Nach ein paar Minuten kam sie zurück mit einer Aluminiumkanne mit Tee, weißen Porzellantassen, Zucker und Milch und mit einem großen Teller mit Marmeladebroten.

»Statt Kekse«, sagte sie entschuldigend. »Um halb sieben können wir dann schon zu Abend essen.«

Melanie versuchte sie zu beruhigen. »Ich habe keinen

Hunger, mach dir keine Sorgen. Wir haben unterwegs gegessen.«

Me'ir entschuldigte sich, stand auf und setzte sich zu den Schachspielern. Kurz darauf hörten sie, wie er sich auf Deutsch mit den beiden Männern unterhielt, und als Henia ihn nach dem Tee zum Mitkommen aufforderte, war er schon mit einem in ein Spiel vertieft und der andere schaute zu.

»Mach dir keine Sorgen um ihn«, sagte Me'irs Spielpartner. »Ich kümmere mich schon um ihn.«

»Hast du denn ein Bett frei in deinem Zimmer, Arie?«

»Soll er heute Nacht hier schlafen? Nun, wir werden was finden. Das geht in Ordnung.«

Henia führte Melanie in ihr Zimmer. Es befand sich in einem langen Gebäude mit sechs Familienzimmern und einer gemeinsamen Terrasse. Melanie schaute sich immer wieder unauffällig um, auf der Suche nach einer Toilette. Henia nahm ihr Kopftuch ab und wusch sich Hände und Gesicht unter einem Wasserhahn, der draußen im Freien stand, über einer großen, mit Kies gefüllten Tonne, in die das Wasser lief.

»Das ist unser privates Bad«, sagte sie wieder in diesem entschuldigenden Ton.

»Du meinst ... Willst du damit sagen, dass du keinen Ort hast, wo du dich richtig waschen kannst?«

Henia lachte. »Nein, nein, wir haben ein paar Meter weiter ein Gemeinschaftsbad. Dort gibt es Waschbecken und Duschen mit warmem Wasser, alles wie es sein soll.

Aber ich gehe meistens erst spät am Abend hin, wenn niemand dort ist oder fast niemand. Wenn du willst, kannst du mit mir zusammen gehen. Morgens bin ich immer zu faul zum Duschen, besonders im Winter, wenn es kühl ist. Und dann wasche ich mir hier das Gesicht und putze mir die Zähne.«

Melanie nahm allen Mut zusammen und fragte nach einer Toilette.

»Komm, du Ärmste. Ja, wir haben hier auch Toiletten. Sie sind nicht weit, neben der Dusche.«

Sie gingen einen gepflasterten Weg entlang bis zu dem Gebäude mit den Toiletten. Im Vergleich zu denen an den Autobushaltestellen, an Bahnhöfen und in einfachen Hotels waren sie sauber, aber Melanie benutzte sie nur mit Widerwillen. Sie überlegte, ob sie wohl tapfer genug wäre, mit Henia zusammen die Gemeinschaftsdusche zu benutzen. Genierte sich Henia nicht, sich dort zu waschen, zusammen mit anderen? Noch dazu mit ihrem dicken Bauch. Vielleicht zog sie es deshalb vor, erst spät abends zu duschen.

»Hat deine Wohnung nur ein Zimmer?«, fragte Melanie, als sie zurückgingen.

»Ja, mehr ist nicht nötig.«

»Und wenn man Kinder hat?«

»Die Kinder schlafen in den Kinderhäusern. Auch mittags. Sie kommen, wenn ihre Eltern mit der Arbeit fertig sind, und bleiben bei ihnen, bis es Zeit ist, sie ins Bett zu bringen, in den Kinderhäusern.«

»Ihr habt auch keine Küche? Entschuldige die vielen Fragen, aber ich habe noch nie gesehen, dass man so lebt.«

»Eine Küche? Natürlich nicht. Wir bekommen alles, was man braucht, im Speisesaal, du hast es doch gesehen. Ich halte diese Lebensform für richtig und schön. Morgen zeige ich dir alles, und Jankele wird dir auch die Fabrik zeigen.«

»Wann kommt er?«

»Er ist bestimmt schon beim Duschen und wird jeden Augenblick kommen. Vielleicht bleibst du doch ein oder zwei Tage länger? Schick deinen Fahrer einfach weg, wir sorgen schon dafür, dass du wieder nach Jerusalem kommst. Ich glaube sogar, dass du in Rechowot ein Taxi findest.«

»Nein, ich kann nicht. Du weißt doch, dass ich auf dieses Schiff mit Einwanderern warte. Wenn die Briten es nicht entdecken, wird mir ein Angestellter der Sochnut Bescheid sagen, derselbe, der mir auch die Adresse der jungen Leute besorgt hat, die in Italien fotografiert worden sind.«

Melanie erzählte ihrer Freundin nun die ganze Geschichte und zeigte ihr die Fotos.

»Wenn die Engländer sie erwischen, bringen sie sie alle nach Zypern«, sagte Henia. »Sie haben dort ein Lager für illegale Einwanderer.«

»Ich weiß, deshalb muss ich morgen zurück nach Jerusalem. Ich stehe mit einem britischen Major in Verbindung, der mich über die Entwicklung auf dem Laufenden halten wird.«

»Hast du ihm von dem Schiff erzählt?«, fragte Henia mit einem seltsamen Unterton.

»Nur ganz allgemein«, antwortete Melanie.

»Ein englischer Major?«, fragte Henia im selben Ton weiter. »Bist du sicher, dass du deinen englischen Freunden gegenüber nicht zu viel gesagt hast?«

Melanie begriff, dass die Freundin ihr misstraute.

»Henia, ich verstehe ja, dass du argwöhnisch bist. Aber man hat mir sogar bei der Sochnut vertraut, ich glaube, ich habe noch den Brief, den sie mir mitgegeben haben, um mir die Suche in den Vorbereitungslagern in Italien zu erleichtern. Der Angestellte hat versprochen mir sofort Bescheid zu geben. Er wird mir auch helfen, mit der Hagana* in Verbindung zu kommen, damit ich erfahre, wohin man die Leute bringt, falls sie nicht geschnappt werden. Hast du mich denn als eine dumme Pute in Erinnerung?«

Sie wartete nicht auf eine Antwort, sondern fuhr fort: »Ich habe dem Major nichts gesagt, nur dass ich den Sohn meines Bruders suche, der mit einem Schiff aus Europa kommen soll. Und glaube mir, nicht nur die englischen Juden sind gegen die Blockadepolitik, auch viele nichtjüdische Engländer sind gegen die Politik Attlees und seines Außenministers. Ich kann sogar verstehen, dass Attlee sich auch den arabischen Bewohnern Palästinas gegenüber verpflichtet fühlt. Aber welche Bedeutung hat eine solche Verpflichtung im Vergleich zu dem, was den Juden in Europa passiert ist? Nach allem, was war? Doch was ich verstehe oder nicht, hat nichts mit meinem Gefühl zu tun. Ich bin Jüdin, genau wie du, und ich bin nur meinem eigenen Volk verpflichtet.«

Das ist etwas Neues an mir, dachte Melanie. Sie war von ihren eigenen Worten überrascht.

Henia tat ihr Misstrauen Leid, das sah Melanie ihr an. Plötzlich umarmte Henia sie voller Wärme, die Umarmung, die Melanie heute Nachmittag vergeblich erwartet hatte – vielleicht wegen des Gefühls der Fremdheit, das Henia ihr gegenüber gehabt hatte, vielleicht wegen der vielen Jahre, die sie sich nicht gesehen hatten, und wegen ihrer verschiedenen Lebensformen. Oder vielleicht auch wegen des Hutes. Diese Umarmung nun wischte mit einem Mal alles weg und die alte Freundschaft war wieder da. Nur Henias dicker Bauch störte ein wenig.

»Hast du es gefühlt?«, fragte Henia plötzlich.

Melanie war erschrocken. »Was war das?«

»Es tritt mich.« Henia lachte.

»Ich habe nicht gewusst … Es bewegt sich und du kannst das fühlen … das ist aufregend. Ich beneide dich so …«

Wieder umarmten sie einander.

»Hast du keine Angst gehabt, in deinem Alter schwanger zu werden?«, fragte Melanie.

»Nein. Weißt du, nachdem ich meine beiden Kinder

und meinen Mann verloren habe ... Ich musste neu anfangen. Und was das Alter betrifft: Es ist nicht so, als wenn ich zum ersten Mal ein Kind bekäme. Trotzdem, wenn ich an deiner Stelle wäre ... entschuldige, dass ich mich einmische, dann hätte ich nicht gezögert. Ich hätte es riskiert. Denke darüber nach. Es ist die letzte Möglichkeit.«

»Ich habe es dir ja geschrieben«, sagte Melanie. »Am Anfang wollten wir zwei allein sein. Dann hat der Krieg begonnen, und wir haben alles auf später verschoben. Und nach dem Krieg haben wir gedacht, jetzt wären wir zu alt. Das heißt, ich wäre zu alt.«

»Du bist doch nicht zu alt, was redest du da! Höre auf mich. Dein Leben wird einen neuen Inhalt bekommen. Ich glaube, du reist nicht einfach so durch Italien und Erez-Israel, um den Sohn deines Bruders zu finden, wenn du verstehst, was ich meine.«

Etwas wurde angerührt in Melanies Innerem, etwas, was sie schon lange tief vergraben zu haben meinte. Henia hatte Recht. Sie fuhr nicht herum, um den Sohn ihres Bruders zu finden, nur weil er ihr einziger Angehöriger war, der den Krieg überlebt hatte. Es war nicht nur das. Warum hatte sie nicht selbst daran gedacht? Ob James es wusste und es ihr nur nicht sagte? Er hatte sich nach einem Kind gesehnt. Nach einem Kind von ihr. War es vielleicht wirklich noch nicht zu spät? Und würde James es immer noch wollen? Ja, wenn sie fest entschlossen war. Er wäre einverstanden, auch wenn er sich große

Sorgen um sie machen würde. Sie würde mit ihm sprechen. Henia hatte Recht. Wer den Tod gesehen hatte, der schätzte das Leben.

»Mela, nimm es mir nicht übel, dass ich misstrauisch war. Wir sind den Engländern gegenüber nun mal sehr argwöhnisch wegen ihrer Blockadepolitik und wegen der angeblichen Neutralität der britischen Armee, die immer zu Gunsten der Araber ausfällt ...«

»Weißt du, wie lange mich schon niemand mehr Mela genannt hat? Ich hatte, als du diesen Namen gesagt hast, plötzlich das Gefühl, eine Stimme aus der Vergangenheit zu hören.«

»In England nennt man dich Melanie, nicht wahr?«

Melanie nickte. Ihre Freunde in Warschau hatten sie immer Mela genannt, aber niemand wusste ihren wirklichen Namen, ihren jüdischen Namen von zu Hause, außer diesem Jungen auf dem Foto, den sie suchte. Sie überwand ihre Scheu und legte ihre Hand auf den Bauch der Freundin.

»Ich glaube, ich werde auf dich hören, Henia«, sagte sie. »Egal, was passiert.«

Henias Mann kam an diesem Abend nicht. Ein Nachbar, der im selben Haus wohnte, kam und erzählte, ein paar Leute von der Hagana seien zu einem dringenden Auftrag gerufen worden, auch Jankele.

»O Gott«, sagte Henia. »Und wenn ich plötzlich das Kind bekomme?«

»Mach dir keine Sorgen, ich bin da«, sagte ihr Nachbar. »Alles wird gut gehen.«

Er hieß Bezalel, Henia machte ihn mit ihrer Freundin bekannt. Er war ein großer, starker Mann, braun gebrannt und ein wenig kahlköpfig. Er stand da, in einer kurzen khakifarbenen Hose und in Sandalen, in der einen Hand ein Kleiderbündel und ein Handtuch, in der anderen ein Paar hohe, schmutzverkrustete Stiefel. Er und Melanie hatten keine gemeinsame Sprache, er war in Tel Aviv geboren und konnte nur Hebräisch. Henia musste also übersetzen und das war sehr ermüdend.

Plötzlich war ein langsamer, rhythmischer Gong zu hören.

»Im Speisesaal vom Kinderhaus wird gegongt«, sagte Henia. »Auch wir können jetzt zum Essen gehen.«

»Für die Erwachsenen wird nicht gegongt?«, fragte Melanie.

»Doch, aber nur als Warnung. Wenn es irgendwo brennt oder wenn man schnell alle Chawerim* zusammenrufen muss, weil es Ärger mit den Engländern oder den Arabern gibt, verstehst du? Aber dann wird in einem sehr schnellen Rhythmus gegongt.«

Zu dritt gingen sie den Weg zum Speisesaal entlang. Melanie zögerte einen Moment, dann lief sie zurück ins Zimmer, setzte ihren Hut ab und legte ihn aufs Bett. Sie nahm nur ihre Handtasche mit.

»Jetzt bist du schöner«, sagte Henia lachend.

Im Speisesaal saßen viele Chawerim und Chawerot,

sie aßen und unterhielten sich eifrig, wobei sie ihre Worte mit Handbewegungen unterstrichen. Etwas Fröhliches und Hoffnungsvolles lag in diesem Anblick. Auch Me'ir war da, der Taxifahrer, mit seinen beiden neuen Freunden. Die Leute hier sahen aus, als könnten sie arbeiten und kämpfen, und Melanie war plötzlich sehr froh darüber, dass sie hergekommen war. Sie spürte die neugierigen Blicke, die sie musterten, empfand sie aber als ganz natürlich und selbstverständlich.

Melanie beobachtete, was die Chawerim an ihrem Tisch taten, und tat dasselbe. Alle begannen damit, dass sie sich aus den Tomaten, Gurken, Zwiebeln und Paprikaschoten, die in der Mitte des Tisches standen, eine Portion Salat schnitten. Manche schnippelten geduldig kleine Stücke, andere schnitten ihren Salat nachlässig und waren schnell fertig. Vermutlich eine Frage des Charakters, dachte Melanie. Vielleicht war das eine Methode, in einem Kibbuz seine persönliche Note zu bewahren. Sie würzte ihren Salat mit schwarzem Pfeffer und Salz, goss ein bisschen Essig und Öl darüber und begann zu essen.

Auf dem Tisch standen auch Teller mit Margarine und Marmelade, eine Kanne mit heißem Tee und ein Aluminiumgefäß, in das alle die Schalen und die anderen Abfälle warfen.

Dann wurde ein Wagen vorbeigefahren, und eine Frau vom Küchendienst stellte vor jeden einen Teller mit Brei oder Kartoffeln, je nach Wunsch. Sie verteilte ebenso für jeden eine Portion geschnittenen Käse, dann ging sie weiter, zum nächsten Tisch.

»Morgens bekommt jeder ein halbes Ei«, erklärte Henia vollkommen ernst.

»Und was isst man mittags?«, fragte Melanie.

»Suppe, Brei, manchmal Frikadellen und Gemüse. Du wirst es morgen selbst sehen.«

Melanie beschloss, Henia auf jeden Fall zur Gemeinschaftsdusche zu begleiten. Sie wollte sehen, wie das war, wollte es selbst ausprobieren. Sie fühlte sich fast wie eine völkerkundliche Forscherin in einem fernen Land mit fremden Sitten.

Nach acht Uhr abends waren die Duschen leer. An den Wänden standen lange Bänke, darüber befanden sich Kleiderhaken. Wie im Schwimmbad. Sie zogen sich aus und hängten ihre Kleider an die Haken. Auf dem Boden standen viele nasse Holzsandalen. Melanie machte es ihrer Freundin nach und schlüpfte in ein Paar, wobei sie versuchte, den Gedanken an die Füße zu verdrängen, die vorher schon daringesteckt hatten. Erst rutschte sie, doch sie lernte schnell, sich mit diesen Sandalen durch den Duschraum zu bewegen. Plötzlich ging die Tür auf, und Melanie schützte sich schnell mit dem Handtuch. Henia beantwortete den Gruß eines jungen Mädchens, das hereinkam und sich auszog. Es war ein ungewöhnlich schönes Mädchen, und Melanie musste sich zurückhalten nicht zu oft zu ihr hinüberzuschielen.

Im Raum nebenan befanden sich in einer langen Reihe die Duschen. Sie waren durch halbhohe Milchglasscheiben voneinander getrennt, etwa von der Höhe der Knie bis zum Kopf. Nach der langen Autofahrt empfand Melanie das heiße Wasser als sehr wohltuend. Dann kamen sie beide aus den Duschen und trockneten sich ab. Das Mädchen stand immer noch unter dem Wasserstrahl. Von Zeit zu Zeit warf Melanie einen Blick auf den dicken Bauch ihrer Freundin. Außer auf Kunstfotos hatte sie noch nie eine nackte Schwangere gesehen.

»Wo wirst du mich heute zum Schlafen unterbringen?«, fragte sie.

»Was heißt das, wo? Bei uns im Zimmer. Ich werde bei einer Freundin schlafen, deren Mann nach Tel Aviv gefahren ist. Und falls Jankele diese Nacht zurückkommt, dann schläft er bei unseren Nachbarn. Er spielt dann den Primus.« Sie lachte. »Sie haben ein Reservebett unter dem ihren, das sie herausziehen können, verstehst du? Ich hoffe wirklich, dass er früh zurückkommt. Ich möchte so gerne, dass du ihn kennen lernst.«

»Das möchte ich auch«, sagte Melanie und dann fragte sie neugierig: »Was ist das, ein Primus?«

»Wenn jemand zusammen mit einem verheirateten Paar im Zimmer schläft, oder überhaupt mit einem Paar, dann nennt man ihn Primus, ich weiß auch nicht, warum«, erklärte Henia lachend.

»Aber ich kann doch mit euch im Zimmer schlafen. Mir macht es nichts aus, bei euch Primus zu sein«, meinte Melanie. »Ich will dir wirklich keine Schwierigkeiten machen. In deinem Zustand solltest du nicht herumwandern.«

»Keine Diskussionen«, sagte Henia entschieden. »Das ist unsere Art, unsere Gäste aufzunehmen und du musst es akzeptieren.«

Melanie sah ein, dass Diskutieren zwecklos war, und wieder dachte sie an ihren Vater und an den Satz, den er jedes Mal sagte, wenn Juden zu Besuch kamen. »Ein Jude bürgt für den anderen.«

Später kam Bezalel zu ihnen herüber. Sie unterhielten sich eine Weile, und Henia übersetzte wieder, bis jemand sie nach draußen rief. Nach einigen Minuten, die Melanie und der Nachbar schweigend verbracht hatten, kam Henia mit einem Chawer zurück, der sich als Schlomo vorstellte. Er wechselte ein paar Worte mit Bezalel, der sich daraufhin von Melanie verabschiedete und ging. Nun wandte sich Schlomo auf Englisch an sie. Melanie war überrascht.

»Ich vertrete hier die Hagana, unsere Untergrundbewegung«, sagte er. »Henia hat mir gesagt, dass wir dir trauen können.«

»Vollkommen«, sagte Melanie.

»Wir haben schon mit deinem Fahrer gesprochen. Er ist einer von uns. Wenn du wieder in Jerusalem bist, sollst du zur Polizei gehen und angeben, dass man dir deine Tasche samt Pass in dem arabischen Lokal in Masmija gestohlen hat. Der Fahrer wird es bezeugen.«

»Aber mein Pass ist hier, bei mir …«, sagte Melanie ohne zu verstehen, was der Mann meinte.

»Ich weiß. Wir brauchen ausländische Pässe, vor allem britische.«

»Aber er läuft doch auf meinen Namen und ist von mir unterschrieben.«

»Mach dir keine Sorgen. Man kann dir nichts anhaben. Dir wurde einfach nur deine Tasche geklaut.«

»In Ordnung«, sagte Melanie, nahm ihre Tasche und gab ihm den Pass. Das Herz war ihr schwer. Das war Betrug an ihrem Heimatland. Sie versuchte sich zu trösten, indem sie sich sagte, sie tue es für das Land, das ihre eigentliche Heimat sei.

»Wann kommt Jankele zurück?«, fragte Henia.

»Genau kann ich es dir nicht sagen. Ein Schiff mit illegalen Einwanderern kommt aus der Richtung Port Said. Es ist offenbar den englischen Aufklärungsschiffen entschlüpft und wird vor Morgengrauen vor der Küste sein. Jankele ist mit den anderen losgefahren, um die Flüchtlinge an Land zu holen. Bestimmt kommt er morgen früh zurück.«

»Wie heißt das Schiff?«, fragte Melanie aufgeregt.

»›Altneuland‹«, sagte Schlomo.

»Aber das … das kann doch nicht sein! Es kommt jetzt schon an?«

Henia erklärte Schlomo schnell und auf Hebräisch Melanies Geschichte, und dieser wandte sich dann an sie: »Vermutlich haben sie dir nicht das richtige Abfahrtsdatum angegeben. Um die Wahrheit zu sagen, das hätten sie auch nicht tun dürfen.«

Henia wechselte noch ein paar Worte mit Schlomo, dann verabschiedete er sich und ging. Melanie war außer sich vor Erregung, sie konnte jetzt nicht an Schlafen denken. Henia blieb mit ihr im Zimmer, und langsam beruhigte sich Melanie ein bisschen. Aber sie machte sich Sorgen, weil die Neueinwanderer in verschiedene Siedlungen im Land gebracht werden würden. Wie konnte sie hinterher ihren Neffen finden? Henia versprach ihr, es würde überhaupt nicht schwierig sein, herauszubekommen, wo sich die Gruppe befand, Hauptsache, es gelang, alle sicher an Land zu bringen. Außerdem könnte es sogar sein, dass sie hierher nach Schibolet kamen.

»Alles wird gut sein«, sagte sie immer wieder. »Jankele wird alles für dich erledigen. Du brauchst dich um nichts zu kümmern.«

Sie blieben sehr lange wach. Nachdem sich Melanie beruhigt hatte, erzählten sie sich gegenseitig von ihrem Leben. Sie wollten die Jahre und die Ereignisse, die sie trennten, überbrücken. Die meiste Zeit sprach Henia. Melanie hörte zu und wischte sich immer wieder die Tränen ab.

Als sie sich endlich trennten, versprach Henia, dass Schlomo sie sofort wecken würde, wenn er etwas erfuhr, auch wenn es noch sehr früh am Morgen wäre. Er habe es ihr fest versprochen.

Henia ging und Melanie trat noch einmal hinaus. Da und dort beleuchteten Laternen die Wege. Ein heftiger Wind wehte und Melanie zitterte vor Kälte. Sie konnte sich beim besten Willen nicht erinnern, wo die Toilette war. Sie schaute sich um, und als sie keinen Menschen entdeckte, ging sie zwischen die Büsche.

»Lady Faulkner, was ist denn das für ein Benehmen?«, sagte sie, halblaut und lachend, zu sich selbst.

11
Am Strand

Die beiden letzten Nächte der Überfahrt hatten alle im Laderaum des Schiffes verbracht, in einer erstickenden Enge. Jedes Mal, wenn die Wachposten ein Aufklärungsflugzeug oder ein Schiff entdeckten, verschlossen die Matrosen die Öffnungen, die hinunterführten, mit Planen und die stickige Luft wurde fast unerträglich. Das Schiff sollte den Eindruck eines ganz regulären Frachtschiffes erwecken.

Sie fuhren auf der Route nach Ägypten, und erst als sie sich Port Said genähert hatten, änderten sie die Richtung. Robert sagte, sie würden an der Küste von Nizanim an Land gehen.

»Wo ist das, die Küste von Nizanim?«, fragte Julek.

»Stell dir die Küste von Erez-Israel vor, von Tel Aviv nach Süden, dann liegt Nizanim zwischen Tel Aviv und Gasa.«

»Was gibt es dort?«, fragte Teresa besorgt.

»Gar nichts«, meinte Riwka. »Aber vielleicht gehen wir gerade deswegen dort an Land.«

Julek und Teresa hatten sich an die Intimität ihres Platzes an Deck gewöhnt, jetzt mussten sie wieder mit den anderen zusammen sein. Beide dachten mit Sehnsucht daran zurück, wie sie, in ihre Decken gewickelt, nebeneinander gelegen und sich leise unterhalten hatten.

Manchmal hatten sie auch nur auf das Stampfen des Motors gelauscht oder auf das Atmen des anderen. Hier unten wurde Teresa durch die Anwesenheit Riwkas gereizt, und Julek litt unter der stickigen Luft. Diesmal war sogar Robert bei ihnen. Die beiden letzten Tage zogen sich länger hin als die ganze Zeit davor.

»So ist es immer vor einer Ankunft, auf die man lange und sehnsüchtig gewartet hat«, sagte Julek.

Wie alle Befehle bisher wurde auch die Anweisung, auf Deck zu kommen und sich bereit zu halten, an Land zu gehen, nicht von irgendjemandem persönlich erteilt, sondern sie wurde von einem zum anderen weitergegeben, von einer Gruppe zur nächsten, von einem Pritschenblock zum anderen. Wir gehen an Deck ... Bald sind wir da ... Als Julek die Nachricht hörte, erst von Robert, dann von einer der beiden Schwestern, gab er sie an Teresa und an die hinteren Pritschennachbarn weiter. Doch erst als die Pritschennachbarn sich umhörten, zurückkamen und die Nachricht bestätigten, fing Julek an es zu glauben. Bald sind wir da, dachte er. Dann flüsterte er es vor sich hin, dann rief er es laut und brach in Lachen aus.

»Warum lachst du?«, fragte Robert.

»Wir gehen an Deck!«, rief Julek.

»Sag mal, bist du in Ordnung?«, fragte Robert besorgt.

»Alles in Ordnung, er freut sich nur«, erklärte Teresa, und nun wurde Robert von Juleks Fröhlichkeit angesteckt, auch er rief jetzt: »Wir gehen an Deck!«

Teresa stimmte in das Lachen ein. Und dann, wie auf Befehl, schrien alle drei gleichzeitig: »Wir gehen an Deck!«

Ihr Freudenruf wurde nicht gerade mit Applaus quittiert. Alle machten sich große Sorgen, denn das Schiff schaukelte sehr heftig und das Wetter versprach nichts Gutes.

»Wie viel Uhr ist es?«, fragte jemand.

Es war vier Uhr morgens. Teresa und Julek packten ihre Rucksäcke und gingen nach oben. Sie waren unter den Ersten und suchten sich einen Platz an der Reling. Dort standen sie, wegen der Kälte in ihre Decken gewickelt.

»Wo ist Robert?«, fragte Julek. Er suchte den Freund in der Dunkelheit, doch Robert war verschwunden.

»Ich mache mir keine Sorgen seinetwegen«, meinte Teresa.

»Gerade deshalb, hätte ich gerne gehabt, dass er bei uns ist«, sagte Julek. »In solchen Situationen hat er immer großartige Ideen oder großartige Kumpane.«

»Noch anderthalb Stunden bis Sonnenaufgang«, sagte jemand ängstlich.

»Bei Tageslicht werden uns die Engländer schnell entdeckt haben«, sagte ein anderer. »Warum fangen wir nicht sofort mit dem Ausbooten an?«

Da tauchte Robert auf, mit seinem Gepäck und der Mandoline, einen Borsalino auf dem Kopf, und stellte sich neben sie. Ihm folgten Riwka, Bella und Frieda. Sie bahnten sich einen Weg durch das Gedränge und stellten sich neben Julek und Teresa. Ihre Blicke hingen an einem grauen Streifen, der, unter dem langsam heller werdenden Himmel, allmählich dunkler wurde – die Küste von Erez-Israel. Es herrschte große Aufregung, trotzdem wahrten alle ein absolutes Schweigen, wie es die Organisatoren verlangt hatten. Plötzlich war ein leiser, unterdrückter Seufzer zu hören, der sich fortsetzte und vom Wind verschluckt wurde. Ein kleines Licht tauchte am Strand auf. Vielleicht ein Zeichen, um dem Schiff den Weg zu zeigen. Irgendwo auf dem Schiff war ein Befehl auf Italienisch zu hören, danach das Knarren der Ankerkette. Sie fuhren noch ein bisschen weiter, bis der Anker auf dem Meeresboden festsaß. Und plötzlich sahen sie ganz deutlich ein kleines Gummiboot, das auf das Schiff zukam und ein langes Tau hinter sich herzog, wie eine Nabelschnur, die sie in wenigen Augenblicken mit Erez-Israel verbinden würde.

Der Wind wurde stärker. Julek und Teresa merkten es erst nicht, sie waren zu aufgeregt und achteten nur auf das, was um sie herum geschah.

Doch Robert warnte: »Sie schaffen es bei diesem Wind nicht, bis zum Schiff zu kommen.«

Robert hatte seinen Satz kaum beendet, da kenterte das kleine Boot. Wieder war ein vielstimmiges Seufzen zu hören, diesmal drückte es ihre Angst und ihre Sorge aus. Das gekenterte Boot, ein schwarzer Fleck im aufkommenden Morgengrauen, wurde zur Küste zurückgezogen. Sofort fuhr es wieder los, zu einem neuen Versuch. Inzwischen konnte man drei Männer erkennen, die darin saßen und mit den Wellen kämpften, das gespannte Seil hinter sich.

»Erez-Israelim«, flüsterte jemand anerkennend.

»Sie werden uns nicht mit Booten an Land bringen können, wie vorgesehen«, sagte Robert. »Bei diesen Wellen wird das Boot immer wieder kippen und außerdem dauert es zu lange. Es ist ja schon fast hell. Ich habe Angst, dass uns die Briten jeden Moment entdecken.«

»Aber wie sollen wir denn sonst an Land kommen?«, fragte ein älterer Mann, der zitternd an der Reling lehnte.

Niemand wusste eine Antwort. Inzwischen waren die drei Männer mit ihrem Boot am Schiff angelangt und kletterten die Strickleitern hoch, die für sie hinuntergelassen waren. Ihr Tau bildete eine dünne Verbindung vom Schiff zur Küste.

»Der Sturm wird stärker, scheint mir«, sagte Robert.

»Aber du siehst doch, dass alles in Ordnung ist«, rief Julek verärgert. Er wandte das Gesicht zur Seite, doch Robert stand nicht mehr neben ihnen. Auch Teresa wusste nicht, wohin er gegangen war.

Nun wurden einige Gummibote hinuntergelassen, und weitere Strickleitern baumelten die ganze Schiffswand entlang. Einige junge Männer halfen Kranken und schwangeren Frauen in die Boote. Es gab weder Säuglinge noch kleine Kinder an Bord, das jüngste Mädchen war zehn Jahre alt. Alle mochten sie, nur dass sie diesmal nicht mit fliegenden Zöpfen zwischen ihren vielen Bewunderern herumlief, sondern dicht bei ihren Eltern stand. Alle an der Reling schauten gespannt zu, wie die anderen an den schaukelnden Strickleitern hinunterkletterten und dann in die Boote stiegen, die von den hohen Wellen immer wieder an die Bordwand geschlagen wurden. Trotz der Helfer in den Booten und an den Strickleitern dauerte das alles unendlich lang. Und es wurde immer heller. Jetzt konnten alle sehen, wie hoch die Wellen waren, die an das Schiff und gegen die kleinen Boote schlugen. Julek und Teresa machten sich allmählich wirklich Sorgen um Robert, da entdeckten sie plötzlich seinen Borsalino – er stieg eine Strickleiter hinunter und sprang in eines der Boote. Wie kam es, dass man ihm erlaubte unter den Ersten das Schiff zu verlassen? Das war ihnen ein Rätsel. Die Insassen der Boote griffen nach dem gespannten Tau und zogen die Boote aus eigener Kraft Richtung Küste. Trotz Sturm und Wellen kamen sie vorwärts, obwohl es sehr lange dauerte, so jedenfalls schien es den anderen, die an der Reling standen und ihnen zuschauten. Plötzlich war, erst weit entfernt, ein seltsamer Summton zu hören, wie das Schwirren einer Mücke. Das Geräusch kam näher, und sie sahen, dass es sich um ein kleines Flugzeug handelte.

»Die Engländer«, sagte jemand.

Das Flugzeug kreiste über dem Schiff.

»Sie haben uns entdeckt«, rief jemand verzweifelt.

Nach allem, was sie durchgemacht hatten, war es jetzt umso schlimmer, so nah vor der Küste entdeckt zu werden. Julek und Teresa wurden von der allgemeinen Verzweiflung angesteckt, doch dann war plötzlich ein lautes Knirschen zu hören und alle fielen gegeneinander.

»Sie haben das Ankertau durchgeschnitten«, sagte ein junger Mann, der in ihrer Nähe stand. »Sie wollen so dicht wie möglich zur Küste fahren und das Schiff auf Grund laufen lassen. Vielleicht schaffen wir es noch, bevor die Engländer kommen.«

Das Schiff duckte sich unter einer Sturmböe, dann machte es einen Satz vorwärts. Schreie waren zu hören. Das Schiff fuhr direkt auf die Küste zu. Alle klammerten sich an die Reling oder sie hielten sich aneinander fest. Dann war ein Krachen zu hören, das Schiff fuhr nicht mehr, es neigte sich langsam zur Seite. Die Wellen waren jetzt ganz nahe, sie donnerten knapp unterhalb der Reling gegen die Schiffswand.

»Wir sitzen auf einer Sandbank fest«, sagte ein junger Mann.

»Sie können uns nicht mit den Booten an Land bringen«, sagte ein anderer.

»Julek, was wird denn nun aus uns?«

»Mach dir keine Sorgen«, sagte Julek. »Sie wissen, was sie tun.«

Teresa glaubte ihm. »Sie« waren die Unsichtbaren überall. Dort an der Küste, an dem gespannten Tau, auch hier an Deck. »Sie« hatten ihnen während der ganzen

Fahrt Mut gemacht, ihnen Sicherheit verliehen, hatten sie unter ihre schützenden Flügel genommen. Jetzt kamen sie ans Licht und spannten das Tau zwischen Schiff und Strand fester. Jetzt sah man sie überall, dunkle, verschwommene Gestalten, die sich am Tau entlang vorwärts bewegten und manchmal unter den Wellen verschwanden, um dann wie Rettungsringe an denselben Stellen wieder aufzutauchen.

»Ins Meer springen! Ins Meer springen!«, rief plötzlich jemand mit lauter Stimme. »Springt ins Meer und haltet euch am Tau fest!«

Das Schweigen, das bisher an Deck geherrscht hatte, wurde von einem vielstimmigen Lärm abgelöst. Hysterische Schreie waren zu hören.

»Wir werden alle ertrinken!«

»Was ist mit dem Gepäck?«

Jemand versuchte die Aufgeregten zu beruhigen. »Unsere Leute stehen das ganze Tau entlang, es wird alles gut gehen.«

Die Jugendlichen fingen an zu springen, während die älteren Männer, zum Teil Familienväter und mit vielen Päckchen beladen, zögerten und nicht wussten, was sie machen sollten.

»Werft das Gepäck weg!«, riefen ihnen die Helfer zu. »Werft das Gepäck ins Meer! Wir bringen es ans Ufer.«

Doch die Leute hatten Angst ihre Habseligkeiten im Stich zu lassen. Einige junge Männer rissen den Zögernden die Gepäckstücke aus der Hand und warfen sie hinunter ins Wasser, trotz der erschrockenen Schreie und der Proteste.

»Lasst doch eure *pekelech*!«, rief einer wütend.

Von Deck aus konnte man nicht erkennen, ob die hinuntergeworfenen Gepäckstücke wirklich von den Helfern aufgefischt wurden. Sie schoben die Flüchtlinge weiter, von einem ausgestreckten Arm zum nächsten, bis zur Küste. Jemand begann zu schreien: »Meine Sachen! Sie werden abgetrieben! Meine Sachen!« Doch seine Stimme ging im Tosen der Wellen und des Windes unter.

Riwka war die Erste von ihnen, die den Sprung wagte. Die beiden Schwestern taten es ihr nach. »Los, kommt!«, riefen sie Julek und Teresa zu. Julek zögerte. Er hatte Angst um Teresa. Neben ihnen stritt ein älteres Ehepaar. Der Mann versuchte die Frau zum Sprung zu überreden, doch sie weigerte sich, ihre Koffer dem Meer zu überlassen. Ein Stück weiter weg spielte sich eine ähnliche Diskussion zwischen den Eltern des zehnjährigen Mädchens ab. »Ich bin nicht nach Erez-Israel gekommen, nach diesem schrecklichen Krieg, damit das Kind hier ertrinkt!«, schrie die Mutter.

»Sie wird nicht ertrinken, Schula, sie wird nicht ertrinken! Es gibt das ganze Tau entlang Leute!«

Plötzlich riss sich das Mädchen von ihren Eltern los und sprang ins Wasser. Ihre Eltern schrien erschrocken auf und folgten ihr sofort, mit dem Gepäck in den Händen. Doch die Helfer nahmen ihnen das Gepäck ab und schoben sie weiter. Ihre größte Sorge galt den Menschen, nicht dem Gepäck.

»Komm, Teresa«, sagte Julek und nahm sich die Decke ab.

Erst jetzt, als Teresa ihn losließ, merkte Julek, dass sie sich die ganze Zeit an ihn geklammert hatte. Er sprang als Erster. Nicht die Welle, die ihn sofort überspülte, erschreckte ihn am meisten, sondern die Kälte, die ihn wie ein Schlag traf. Jemand packte ihn am Arm und zog ihn zu dem nassen Tau. Julek klammerte sich daran und schaute sich zugleich um, ob Teresa ihm gefolgt war. Er wollte auf sie warten, aber die Leute, die nach ihm kamen, drängten ihn vorwärts. Die Helfer schwammen jemandem nach, der das Tau losgelassen hatte und abgetrieben worden war. Dann hielt einer von ihnen die Kleine, die zuvor ihre Eltern zum Springen gezwungen hatte, am Arm. Er setzte sie sich auf den Rücken und zog sich am Tau entlang zum Strand. Das Mädchen hielt sich mit aller Kraft an ihm fest, sie würgte ihn fast, und Julek beobachtete mit klappernden Zähnen, wie der junge Mann versuchte ihren Griff zu lockern und ihre Hände von seinen Augen und seinem Hals zu nehmen. Julek hielt sich dicht hinter diesem jungen Mann und folgte ihm Schritt um Schritt.

»Wie weit ist es bis zur Küste?«, fragte jemand schreiend.

»Nur hundert Meter«, kam als Antwort.

Und dann verlor Julek den Boden unter den Füßen,

und er versank mit dem Rettungsseil. Sofort wurde er hochgezogen und spürte auch wieder den Boden unter den Füßen. Er hustete und spuckte das Wasser aus, das er geschluckt hatte. Bald begriff er, dass er bei jeder neuen Welle, die über ihn schlug, die Luft anhalten und sich fest an das Seil klammern musste, um dann schnell zu atmen und sich am Tau entlang weiterzuziehen, bevor die nächste Welle kam. Er zitterte am ganzen Körper, und immer wieder flüsterte er Teresas Namen vor sich hin.

Die Sonne war schon aufgegangen, als er den Strand erreichte, ein Streifen heller Sand vor dem grünen Band einer Zitrusplantage. Jemand trieb ihn zur Eile an und befahl ihm quer über den Sand zu rennen, zu den Bäumen. »Der Autobus wartet dort! Lauft! Schneller! Die Engländer kommen!«

Julek blieb zähneklappernd stehen. Wo war Teresa? Er beschloss auf sie zu warten, egal was komme. Wenn sie geschnappt wurde, gab es für ihn keinen Grund, weiterzurennen. Dann wollte er mit ihr zusammen gefangen werden.

Einer nach dem anderen kamen die Leute aus dem Wasser, manche mit klatschnassem Rucksack oder Koffer, andere mit leeren Händen. Letztere liefen zu dem Haufen Gepäckstücke am Strand. Wer sein Gepäck nicht fand, rannte am Ufer entlang bis zu der Stelle, wo einige Sachen angespült worden waren. Julek rannte mit ihnen, von Angst geschüttelt. Er war sicher, dass Teresa ertrunken war, und in jedem angespülten Gegenstand meinte er ihre Leiche zu sehen.

»Teresa!«, schrie er.

»Lauf zu den Autos! Sie ist bestimmt schon dort!«, rief ihm eine bekannte Stimme zu.

»Aber sie ist nach mir gesprungen!«, antwortete Julek.

Die Sonne stieg schnell auf, und der Strand war nun gut zu überblicken. Das Schiff auf der Sandbank sah jetzt nicht mehr so weit entfernt aus, und die Menschen, die sich noch immer am Tau entlangzogen, bewegten sich schnell und geschickt auf den Strand zu. Ein paar Beduinen tauchten auf und die Helfer jagten sie weg, damit sie nichts von den Sachen nahmen.

»Die Engländer kommen! Schnell! Schnell!«, rief jemand auf Jiddisch.

Neben der Orangenplantage standen ein paar Autobusse und Julek rannte auf sie zu, mit den Augen nach Teresa suchend. Aber die Leute, die bereits in den Bussen saßen, waren nicht mehr zu erkennen, und die Zeit reichte nicht einzusteigen und nach ihr zu suchen. Julek gab es auf. Er würde sie später finden, wenn sie im Kibbuz ankamen. Er stieg in einen schon ziemlich vollen Autobus. Die anderen Leute waren ebenso nass wie er. Neben ihm saß einer der Helfer in blauer Arbeitskleidung. Sie fuhren los. Erst über eine Sandpiste zwischen den Bäumen, dann über eine Brücke aus Holzbrettern, die über einem Bach schwankte, bis sie schließlich eine Asphaltstraße erreichten. Nach kurzer Zeit stießen sie auf einen Kontrollposten der Briten. Julek erschrak, doch die Schranke war offen und niemand achtete auf sie. Rechts von der Straße sahen sie Militärzelte, links Baracken.

»Was ist das hier?«, fragte Julek und deutete hinaus.

»Ein Militärlager«, antwortete der Mann neben ihm.

»Warum fahren wir ausgerechnet hier vorbei?«, fragte Julek, stolz auf sein Hebräisch.

»Die Straße führt durch das Lager«, sagte der Erez-Israeli, dann fügte er hinzu: »Die erste Hürde haben wir geschafft, aber man weiß nie, wie lange sie in ihrer Dummheit brauchen, bis sie kapieren, was los ist. Stell dir vor, hier fährt jeden Morgen ein Autobus vorbei und jetzt fahren mehrere hintereinander. Aber wir wollen den Teufel nicht an die Wand malen.«

Der Teufel tat das Seine. Ihr Autobus war der Erste, der am anderen Ende des Lagers gestoppt wurde. Julek hoffte, dass Teresa sich in einem der Autobusse befand, die durchgekommen waren.

Die Engländer befahlen ihnen auszusteigen und brachten sie alle zu einem großen Appellplatz. Erst hier merkte Julek, dass sich viele Erez-Israelim unter ihnen befanden, Frauen und Männer aus den Siedlungen der Umgebung. Die Briten stoppten jetzt weitere Autobusse und Lastwagen. Auf dem Appellplatz wurden Lagerfeuer angezündet, und die Erez-Israelim tauschten mit den Flüchtlingen die Hemden. Ein junger Mann bot Julek sein trockenes Hemd an. Julek zögerte. Er fand es nicht anständig, dem anderen sein nasses, schmutziges Hemd zu geben. Der Junge erklärte ihm, dass sie die Kleidung tauschten, damit die Engländer die Neueinwanderer nicht so einfach erkennen und herauspicken konnten. Julek zögerte noch immer. Inzwischen war schon ein anderer Flüchtling zu ihnen getreten und hatte mit dem jungen Mann das Hemd getauscht. Julek beschloss sein Hemd an einem der Feuer zu trocknen, doch stattdessen ging er von einem Feuer zum anderen und suchte Teresa. Wieder überfielen ihn Sorgen und Verzweiflung. Teresa war nirgends. Zu seiner Freude fand er Riwka, doch sofort entstand ein Streit zwischen ihnen, weil sie ironisch fragte: »Und wo ist Teresa? Ertrunken?«

Doch dann beruhigte ihn Riwka und versicherte ihm, kein Einziger sei ertrunken, und Teresa sei es wohl gelungen, in einen der Autobusse zu steigen, die durchgekommen waren.

Mitten auf dem Platz saß eine Gruppe von Erez-Israelim und beriet viele Jugendliche, die sich um sie versammelt hatten. Eine der ersten Anweisungen galt den Leuten aus dem Land selbst: sofort die Pässe verbrennen. Dann fingen sie an um das Feuer herum zu tanzen, die Erez-Israelim und die gerade angekommenen Flüchtlinge, nicht nur um sich zu erwärmen, sondern auch um ihre Entschlossenheit zu demonstrieren, und dabei warfen die Erez-Israelim ihre Ausweise ins Feuer. Julek schloss sich den Tänzern an. Er hatte schon immer gerne getanzt, doch dieser Tanz hatte etwas Besonderes, sein wilder Rhythmus schweißte sie alle zu einem einzigen Körper zusammen, egal woher sie kamen oder welche Sprache sie sprachen, und Julek war stolz dazuzugehören. Während er tanzte, die Arme mit seinen Nachbarn verschränkt, stellte er sich vor, was die Engländer bei diesem Anblick der Überlebenden der Konzentrationslager wohl dachten, die eigentlich erschöpft und ausgelaugt auf dem Boden liegen müssten und stattdessen plötzlich anfingen zu tanzen. Zu singen und zu tanzen. Die Vorstellung, dass ihnen die Engländer verblüfft zusahen, steigerte Juleks Eifer.

Jemand rief: »Wo sind wir hier?«

Und die Tanzenden antworteten wie aus einem Mund: »In Israel.«

»Wer sind wir alle?«

»Israel!«

Der Tanz nahm kein Ende. Juleks Herz floss über beim Anblick der Menschen, die sie mit offenen Armen empfingen und sie auch jetzt nicht ihrem Schicksal überließen. Ob diese kühlen Engländer so etwas überhaupt verstanden?

Dann wurden alle zum Identifizieren zusammengetrieben. Die britischen Soldaten befahlen ihnen sich in einer Reihe aufzustellen. Sie mussten an einer Schranke aus Blechrohren vorbeigehen, und ein britischer Offizier versuchte, sie nach Ortsansässigen und Neueinwanderern zu sortieren, doch vergeblich. Ein anderer Offizier prüfte ihre Hemdkragen. Hinter Julek sagte jemand, der suche wohl den Schmutz von der zweiwöchigen Fahrt mit dem Schiff, ein anderer meinte, er suche die Zeichen der Kibbuzwäschereien, Namen oder Nummern, die hinten im Kragen eingestickt waren. Auf jede Frage, die ihnen gestellt war, sollten alle nur eines antworten: »Ich bin ein Jude aus Erez-Israel.«

Dann war das Identifizieren vorüber, und alle legten oder setzten sich auf den großen Platz und warteten. Julek saß neben Riwka und den beiden Schwestern. Im Laufe der Zeit sammelten sich noch andere Jugendliche aus der Villa um sie. Die meisten waren schon trocken, und gegen Mittag litten sie nur noch am Hunger.

»Sie lassen uns mit Absicht hungern«, sagte einer.

»Wie können sie nur so gemein sein«, sagte Riwka. »Da haben wir diesen schrecklichen Krieg überlebt, und nun … Sollen sie uns doch endlich in Ruhe lassen!«

Nach einiger Zeit kamen britische Offiziere und das Identifizieren begann erneut. Wieder mussten sich die paar hundert Menschen in einer Reihe aufstellen, und wieder gelang es den Briten nicht, ihre Identität festzustellen. Die Kleidungsstücke hatten sie untereinander getauscht. Die Ausweise waren verbrannt, und weil sie den ganzen Morgen nichts zu essen bekommen hatten, sahen alle blass und müde aus, nicht nur die Flüchtlinge.

»Ich bin ein Jude aus Erez-Israel«, sagte Julek jedes Mal, wenn nach seiner Herkunft und seiner Staatsangehörigkeit gefragt wurde.

Stunden vergingen.

»Sie warten darauf, dass wir zusammenbrechen«, sagte jemand.

Erst am späten Nachmittag brachte man ihnen Tee mit Milch und Kekse, die gleichen, die sie auf dem Schiff bekommen hatten. Von Zeit zu Zeit lief Julek von einer Gruppe zur anderen, obwohl er schon sicher war, dass es nicht nur Teresa, sondern auch Robert gelungen war, durch die britische Sperre zu kommen. Als er den jungen Mann traf, der neben ihm im Bus gesessen hatte, ließ er sich bei ihm nieder, als sei er ein alter Freund, und lauschte dem Gespräch, das der junge Mann mit einem anderen führte. Der andere hatte ein blasses Gesicht und sah aus wie einer, der vom Schiff gekommen war.

»Awner, ich muss unbedingt schnell zurück, wir haben nicht genug Leute im Kuhstall«, sagte der Blasse.

»In Ordnung«, sagte Juleks Bekannter aus dem Autobus.

»Heißt du Awner?«, fragte Julek, nachdem der Blasse zu dem britischen Offizier gegangen war um seine Freilassung zu erwirken.

»Ja, und wie heißt du?«

»Julek. Julian Goldenberg.«

»Du könntest deinen Namen ändern, hebräisieren. Vielleicht Juwal Sehawi«, meinte Awner.

Julek war überrascht. Er hatte an den Familiennamen »Sehawi« schon in Italien gedacht, doch es fiel ihm schwer, sich von seinem Vornamen zu trennen.

»Ist der junge Mann, der mit dir gesprochen hat, krank?«, fragte er.

»Krank? Warum?«

»Er lebt hier und ist so blass«, meinte Julek.

»Dein Hebräisch ist gut«, sagte Awner. »Wo hast du es gelernt?«

»In Italien. Im Vorbereitungslager für die Einwanderung.«

»Er arbeitet im Kuhstall«, erklärte Awner nun. »Die Melker sind immer blass, sie arbeiten nachts.« Er lachte, nickte ihm zu und ging.

»Von welchem Kibbuz bist du?«, rief ihm Julek nach.

»Vom Kibbuz Schibolet.«

12
Besuch im Lager

Melanie wachte nachts auf, weil es so kalt war. Abends hatte Henia gesagt, es sei hier nicht kalt, deshalb gäbe es auch keine Öfen in den Zimmern. Melanie stand auf. Sie fand noch zwei dünne Decken, zog sich die Strümpfe an und ging zurück ins Bett. Bald darauf wurde sie von Henia geweckt, die in der Tür stand und sie rief.

»Henia, was ist los?« Dann fiel es Melanie wieder ein, sie setzte sich im Bett auf und fragte: »Sind sie angekommen?«

»Ja. Und sie werden zu uns gebracht. Komm schnell zum Speisesaal.«

»Ja, ich beeile mich.«

Melanie zog sich schnell an. Nach einigem Zögern ließ sie ihre Tasche und ihren Hut im Zimmer. Dann, nach kurzem Nachdenken, versteckte sie die Tasche unter der Matratze und rannte zum Speisesaal. Wie sie hier leben, dachte sie, sie schließen noch nicht mal die Türen ab.

Die Flüchtlinge kamen nass und erschöpft an, aber alle waren freudig erregt. Sie schauten sich mit großen Augen um. Viele trugen Päckchen und nasse Rucksäcke. Henia und ein paar andere Kibbuzmitglieder brachten ihnen Tee und die üblichen »Kekse«, Brot mit Marmelade. Melanie prüfte die Gesichter der Jugendlichen, eines nach dem anderen, dann noch einmal, aber Julek war nicht dabei. Sie fragte nach ihm. Die Neuankömmlinge kannten ihn nicht.

»Sind das alle?«, fragte Melanie enttäuscht.

»Nein, natürlich nicht«, antwortete Henia. »Das sind nur die aus den ersten beiden Autobussen. Insgesamt sind es Hunderte. Jemand hat gesagt, ungefähr achthundert. Das Schiff ist auf eine Sandbank gelaufen, und die Briten haben sie aus der Luft entdeckt. Im Moment weiß keiner, ob die anderen schnell genug runtergekommen sind, bevor die Briten auftauchten. Diese hier sind jedenfalls in Sicherheit.«

Inzwischen kam ein Fotograf. Er baute seine große hölzerne Kamera auf drei Beine und breitete das schwarze Tuch darüber. Er wollte Fotos für die Ausweise machen.

Melanie bot sich an, bei der Versorgung der Flüchtlinge zu helfen, und Henia teilte sie in die Arbeitsgruppe ein. Auch Me'ir, der Taxifahrer, war in den Speisesaal gekommen und wollte sich nützlich machen.

Nach einiger Zeit kam eine neue Gruppe. Melanie fing wieder an zu suchen und sich nach ihrem Neffen zu erkundigen. In der dritten Gruppe antwortete ihr ein Jugendlicher, auffallend wegen des Hutes, den er trug, und weil er außer einem Koffer und einem Rucksack ein in eine Decke gewickeltes Musikinstrument bei sich hatte, alles so trocken wie er selbst. Er kümmerte sich hingebungsvoll um ein total durchnässtes junges Mädchen.

Mit beiden Händen hielt er eine Decke und schützte die Kleine vor Blicken, als sie ihre nasse Kleidung gegen trockene tauschte, die sie von einer Kibbuznikit bekam, und dann wickelte er sie noch in die Decke ein, setzte sie auf einen Stuhl und drückte ihr eine Tasse heißen Tee in die Hand. Sie sprachen Polnisch miteinander. Melanie fragte sie, ob sie einen Julian Goldenberg kannten. Das Mädchen sprang auf, die Tasse kippte um und der Tee ergoss sich über den Tisch.

»Kennst du ihn?«

Der junge Mann sagte: »Sie kennt ihn, das heißt, ein naher Freund von uns heißt Julek Goldenberg. Er wird bestimmt bald kommen, hoffe ich. Warum fragen Sie nach ihm? Er hat nie etwas davon gesagt, dass er hier im Land jemanden hat …«

»Ich komme aus London«, erklärte Melanie. »Wartet hier auf mich. Ich komme gleich wieder.«

Melanie rannte zum Zimmer von Henia und Jankele und kam ganz außer Atem wieder zurück, mit ihrer Handtasche. Sie erkannten Julek sofort.

»Sie sind aus London?«, fragte das Mädchen. »Er hat mir wirklich erzählt, dass er eine Tante in London hat. Das sind Sie?«

»Ja, das bin ich. Ich heiße Melanie.«

»Er hat von einer Tante Malka gesprochen«, sagte das Mädchen enttäuscht.

»Stimmt, meine Liebe, ich heiße Malka. Und du?«

»Ich heiße Teresa und ich bin Juleks Freundin. Und

ich mache mir solche Sorgen ...« Teresa wollte aus der leeren Tasse trinken.

»Mach dir keine Sorgen, er wird schon noch kommen«, beruhigte sie der Junge. »Du hast deinen Tee ausgegossen.«

Sie hielt ihm mit einer mechanischen Bewegung die Tasse hin und er goss ihr frischen Tee ein.

»Du meinst, du bist *die* Freundin von Julek?«

»Ja«, sagte Teresa entschieden.

Melanie konnte sich nicht beherrschen, sie strich dem Mädchen über die nassen Haare.

»Ich heiße Robert«, sagte der Junge. »Und ich freue mich sehr Sie kennen zu lernen. Julek und ich sind Freunde noch aus der Zeit im Konzentrationslager.«

Melanie drückte ihm die Hand.

»Woher haben Sie gewusst, dass Julek mit diesem Schiff ankommt?«, wollte er wissen.

Sie setzte sich zu ihnen und erzählte ihnen, wie sie die Spur ihres Neffen entdeckt hatte und wie sie hinter ihm hergefahren und immer zu spät gekommen war. Dabei strich sie eine Scheibe Brot nach der anderen für Teresa. Nach der zweiten hörte Teresa auf zu essen. Robert hingegen hatte einen gesunden Hunger. Inzwischen waren sie an der Reihe fotografiert zu werden. Die Personalausweise des »Government of Palestine« wurden auf der Stelle von den Organisatoren ausgeteilt, jeder bekam seinen, nachdem er fotografiert und registriert war. Als Wohnsitz wurden die verschiedenen Kibbuzim angegeben, in die sie bald geschickt werden sollten. Als Teresa fotografiert war und sich eintragen ließ, wollte Schlomo, der die Liste führte, ihren Namen hebräisieren. Derselbe Schlomo, dem Melanie ihren Pass gegeben hatte.

Teresa weigerte sich ihren Namen zu ändern.

»Wenigstens deinen Vornamen«, drängte Schlomo. »Hier in Erez-Israel fangen wir alle ein neues Leben an, wir streichen alles, was mit der Diaspora zusammenhängt.«

»Aber ich möchte es nicht«, protestierte Teresa.

Schlomo sagte: »Zum Beispiel Tirza. Was hältst du davon?«

»Tirza? Gut, von mir aus«, stimmte Teresa widerwillig zu.

»Und die Adresse?«

Nun mischte sich Melanie ein. »Ich hätte gerne, dass sie hier bleibt, im Kibbuz Schibolet.«

Schlomo nickte zustimmend.

Robert bekam zwei Namen zur Auswahl, Rami und Re'uwen, er entschied sich für letzteren. Doch auch er wollte seinen Familiennamen behalten.

»Adresse?«, fragte Schlomo.

»Tel Aviv«, sagte Robert zu Schlomos Erstaunen.

»Was meinst du damit? «

»Die Stadt Tel Aviv«, sagte Robert.

»Wir können dir keinen Ausweis für Tel Aviv geben, nur einen für die Siedlungen hier im Bezirk. Außerdem hat jeder, der in Tel Aviv wohnt, eine Adresse mit Straßennamen und Hausnummer.«

»In Ordnung«, sagte Robert. »Dann soll bei mir auch Kibbuz Schibolet eingetragen werden.«

»Meinst du damit, dass du hier bei uns bleiben willst?«

»Nein«, sagte Robert.

Schlomo zögerte.

Melanie verstand nicht, was da vor sich ging. Nachdem man es ihr erklärt hatte, mischte sie sich wieder zu Gunsten Roberts ein. Sie fürchtete damit Schlomos Dankbarkeit ein wenig zu sehr auszunützen, doch er erfüllte ihr auch diesen Wunsch. Als sie wieder am Tisch saßen, fragte sie Robert, was er vorhabe. Er kenne jemanden in Tel Aviv, erklärte Robert und er habe so seine Pläne. Dann fragte er Melanie, wie sie zum Kibbuz gekommen war, und als sie das Taxi erwähnte, fragte er sofort, ob er mit ihr fahren dürfe.

»Ich fahre nach Jerusalem«, sagte Melanie.

Robert nickte. »In Ordnung. Von dort aus komme ich schon nach Tel Aviv. Ich habe das Gefühl, dass man von hier aus nirgendwohin fahren kann.«

»Ich nehme dich gerne mit«, sagte Melanie. »Du kannst auch eine Nacht in meinem Hotel übernachten.«

Es dauerte nicht lange, da kam die Nachricht, dass die Engländer alle anderen geschnappt hatten. Teresa sorgte sich nun noch mehr um Julek, und auch Henia fragte sich, was mit Jankele war. Die Mannschaft, die die Flüchtlinge hergebracht hatte, löste sich langsam auf, und Henia ging zu ihrem Arbeitsplatz. Melanie versprach sie später im Hühnerstall zu besuchen, doch zuerst wollte sie sich anschauen, wo Teresa wohnen würde. Robert suchte sich einen Platz nicht weit vom Taxi und wartete. Eine der Frauen führte Teresa und Melanie zu einer Ansammlung von weißen Zelten und deutete auf eines, in dem Teresa mit zwei weiteren neu angekommenen Mädchen wohnen sollte. Melanie fand sofort den Wasserhahn und das Fass mit dem Kies, und wie eine alte Kibbuznikit erklärte sie Teresa, wie man hier lebte, doch wieder erwartete sie eine Überraschung. Die Toiletten bestanden hier aus zwei Kabinen in einem kleinen Häuschen mit Blechdach. Es standen allerdings keine Toiletten darin, sondern in dem Betonboden war für diesen Zweck ein Loch, darunter befand sich direkt die Grube. Beide, sie und Teresa, wichen zurück, aber dann ging Teresa hinein und verriegelte die Tür. Als sie wieder herauskam, meinte sie leichthin: »Nun, wenigstens erspart man sich die Mühe, an der Wasserspülung zu ziehen.«

Sie gingen zum Zelt zurück, und Teresa hängte ihre nassen Sachen aus dem Rucksack an eine Wäscheleine, die vor dem Zelt gespannt war.

»Welche Pläne hat Julek eigentlich?«, fragte Melanie.

»Er glaubt an die Zukunft im Kibbuz. Als wir noch in der Villa waren, habe ich ihn heftig mit den Freunden diskutieren gehört. Er möchte wirklich hier wohnen, er ist davon überzeugt, dass dies die richtige Lebensweise ist.«

»Und was ist mit dir?«

»Ich möchte mit Ihnen sprechen, Frau Melanie«, sagte Teresa.

»Du brauchst mich nicht zu siezen, Teresa«, sagte Melanie.

»Ja, aber das ist schwer auf Polnisch.«

Ihre beiden Zeltgenossinnen ordneten ihre Sachen in kleine Schränke, die neben ihren Betten standen, und Melanie schlug Teresa ein vertrauliches Gespräch bei einem kleinen Spaziergang vor.

Sie gingen eine Weile schweigend nebeneinander her, Melanie wartete geduldig.

»Bist du Christin?«, fragte Teresa schließlich erregt.

»Nein, ich habe mich nicht taufen lassen, falls du das meinst. Ich sehe, dass Julek mehr von mir weiß, als ich angenommen hatte. Ich war überzeugt, man hätte den Kindern in der Familie gesagt, ich sei nach London gefahren und dort gestorben.«

»Er hat mir erzählt, dass sein Vater über dich gesprochen hat, als sie im Lager waren.«

»Das heißt also, dass Artur im Konzentrationslager gestorben ist ...«, sagte Melanie und schwieg lange. Dann fuhr sie fort: »Du hast mich gefragt, ob ich Christin bin. Nun, ich lebe wie unsere Freunde, die fast alle Protestanten sind. Sie sind eben Engländer. Aber jeder bewahrt seine Tradition, manche mehr, manche weniger. Ich zünde manchmal Kerzen für Schabbat* an, oder ich gehe mit meinem Mann am Sederabend* zu jüdischen Freunden. Mein Mann trägt dann eine Kipa* und ist sehr stolz darauf.«

»Entschuldige, dass ich frage … Habt ihr Kinder?«

»Nein, leider nicht. Aber wer weiß …« Melanie lächelte, als sie an ihren gestrigen Entschluss dachte.

»Und wenn ihr Kinder hättet, wären sie dann Juden oder Christen?«

»Ich weiß es nicht.«

Sie schwiegen. Teresa war anzusehen, dass sie mit sich kämpfte. Sie versuchte zu sprechen, doch etwas hielt sie zurück. Schließlich platzte sie damit heraus: »Ich hatte vor hier in Erez-Israel Nonne zu werden. Ich habe die Kriegsjahre überlebt, weil man mich in einem Kloster aufgenommen hat. Ich bin dort Christin geworden, weil ich die Mutter Oberin sehr lieb hatte. Und ich habe ein Gelübde abgelegt, dass ich, wenn ich gerettet würde, ins Kloster eintrete. Das war, nachdem meine ganze Familie umgebracht worden war.«

Teresa erzählte und Melanie hörte zu. Es war das zweite Mal in vierundzwanzig Stunden, dass sie eine persönliche Geschichte aus den Jahren des Schreckens in Europa hörte. Plötzlich dachte sie an die Hunderte von ähnlichen Geschichten all der Leute, die mit diesem Schiff gekommen waren und sich jetzt in einem britischen Militärlager befanden, unter ihnen Julek. Diese

Geschichten, die sie eigentlich schon kannte und über die sie oft genug mit ihrem Mann und seinen Freunden gesprochen hatte, den Regierungsbeamten in London, bekamen für sie nun eine fast schmerzhafte Realität. Plötzlich freute sie sich, dass sie ihren Pass der Untergrundbewegung gegeben hatte.

»Hast du jemandem erzählt, dass du Christin geworden bist?«

»Nein«, sagte Teresa, »nur Julek.«

»Und was hat er gesagt?«

»Ich soll es niemandem erzählen, dann wäre es wie nie geschehen.«

»Das ist der richtige Rat«, sagte Melanie. »Ach, es tut mir so Leid, dass er nicht zehn Jahre alt ist.«

Teresa verstand nicht, was sie meinte.

»Dann hätte ich ihn einfach mit nach London genommen«, erklärte Melanie. »Sogar wenn er noch ein bisschen älter wäre. Aber er ist schon fast erwachsen. Ich erinnere mich, dass ich selbst siebzehn war, als ich … Erzähl mir doch ein bisschen über ihn, bitte.«

Teresas Gesicht wurde plötzlich hell.

Sie erzählte, wie sie sich zum ersten Mal getroffen hatten. Und wie ihr allmählich klar geworden war, dass sie nicht nach Erez-Israel fuhr um in ein Kloster einzutreten. Wie ihr Zorn auf die Nonnen gewachsen war, die sie für ein paar Säcke Mehl und ein bisschen Geld hergegeben hatten. Gleich wollte sie die Nonnen wieder verteidigen, aber Melanie merkte, dass Teresa tief verletzt war, als sei sie, nach dem Tod ihrer Eltern, zum zweiten Mal verlassen worden.

Melanie verstand, was sich in diesem schönen jungen Mädchen abspielte. Sie erinnerte sich noch, wie sie selbst in diesem Alter gewesen war, dachte an die Unwissenheit von Jugendlichen und auch von Erwachsenen, wenn es um die Beziehung zwischen Mann und Frau ging. Sie setzte sich auf eine Bank auf der Wiese vor dem Speisesaal, unter einer breiten Akazie, zog Teresa neben sich und begann zu erzählen, von ihrer eigenen Kindheit, die sie in einem Schtetl verbracht hatte, in dem es viele arme Bauern gegeben hatte. Sie erzählte auch, wie sie James kennen gelernt hatte, und von ihrer Liebe. Von dem verzauberten Moment, als sie abends zusammen unter einem Regenschirm gegangen waren und James sich plötzlich zu ihr gewandt und sie geküsst hatte. Das war das erste Mal gewesen.

»Hast du auch gedacht, dass …«

»Ja und nein.« Melanie lachte. »Ich hatte schon verheiratete Freundinnen. Ich war dreißig und ich hatte schon viele Bücher gelesen. Und trotzdem bin ich im ersten Moment erschrocken, weil es genau das war, was ich mir als Kind vorgestellt hatte.«

Melanie schwieg. Sie streckte den Arm aus und legte ihn um Teresas Schultern.

Teresa schmiegte sich an sie, wie ein kleines Mädchen sich an die Mutter schmiegt.

Kein Wunder, dachte Melanie. Sie wusste, dass sie,

auch wenn sie weit weg war, in London, diesen Kindern, die sie plötzlich gefunden hatte, nahe bleiben würde.

Sie saßen noch eine Weile beieinander. Teresa erzählte Melanie von Julek und wollte wissen, wie er als kleiner Junge gewesen war, wollte vom Schtetl hören, in dem er aufgewachsen war, von seinen Schwestern und seinen Eltern. Sie erzählte Melanie auch, dass Julek vor einiger Zeit in sein Heimatschtetl zurückgefahren war und das Haus einem Mann verkauft hatte, der bereits darin wohnte.

»Ich habe gewusst, dass sie mich betrügen«, sagte Melanie zornig.

Dann kam Henia von der Arbeit und sie gingen gemeinsam in den Speisesaal. Inzwischen waren im Abstand von wenigen Stunden noch zwei kleinere Gruppen Neueinwanderer angekommen. Bei der letzten war ein Mann vom Kibbuz. Schmunzelnd erzählte er Henia, dass die beiden Gruppen aus Leuten bestanden, die von den Engländern für Einheimische gehalten wurden.

»Was ist mit Jankele?«, fragte Henia.

»Einer von uns beiden musste dort bleiben. Und weil heute Abend gemolken werden muss, bin ich fort, und Jankele ist bei den Neuen geblieben, um sich um sie zu kümmern.«

»Und wenn man sie nach Zypern bringt?«, fragte Henia.

»Er wird sie begleiten, aber er wird nicht dort bleiben müssen, er ist zu alt.« Der Mann lachte.

»Ich kann jeden Tag das Kind bekommen«, sagte Henia, nachdem er sich entfernt hatte. »Ich möchte, dass Jankele dann hier ist.«

»Warum ist dieser Mann nicht dort geblieben?«

Henia seufzte. »Seine Frau ist auch schwanger, genau wie ich.«

Sie beendeten das Essen schweigend. Henia stand auf, um wieder zur Arbeit zu gehen, und Melanie hatte großes Mitleid mit ihr, als sie sah, wie die Freundin schwerfällig neben ihr hertappte. Sie bat Henia mit ihr noch kurz zum Sekretariat zu gehen und zu erklären, dass sie in Jerusalem anrufen wolle. Das Gespräch werde sie selbstverständlich bezahlen.

Der Sekretär half ihr, so gut er konnte. Er drehte mit großer Geduld die Kurbel am Gerät, um eine Verbindung zur Telefonzentrale zu bekommen. Endlich klappte es. Melanie wollte eigentlich Major Scott bitten, sofort zum Militärlager der Engländer zu kommen, doch er war nicht im Büro, und seine Sekretärin wusste nicht, wohin er gegangen war. Melanie kehrte wieder zum Speisesaal zurück und beriet sich mit Schlomo. Er glaubte nicht, dass man sie in das Lager lassen würde, auch wenn sie ihren Pass noch hätte. Doch er empfahl ihr es zu versuchen. Er gab ihr den Pass, und sie versprach ihn noch heute zurückzubringen.

Sie fuhr mit dem Taxi und saß hinten, wie es sich für eine englische Lady geziemte. Am Tor des Militärlagers hielt sie ihren Pass hin, und man ließ sie problemlos hinein. Die Wachhabenden dachten natürlich, dass sie nur die Straße benutzen wollte. Als sie im Bereich des Militärlagers war, bat sie Me'ir anzuhalten. Sie stieg neben einer Baracke aus, in der sich, ihrer Meinung nach, das Büro befinden musste. Wieder hielt sie jedem, der ihn sehen wollte, ihren Pass hin und wurde an einen der höheren Offiziere verwiesen. Sie klopfte an die Tür und betrat sein Büro. Er war überrascht, lehnte aber mit aller Höflichkeit ihr Ansinnen ab, die Gefangenen zu sehen. Nichts half ihr. Er blieb fest. Schließlich sagte er etwas, was sie sofort überzeugte. »Möchten Sie Ihren Neffen nach London mitnehmen?«, fragte er.

»Nein, ich möchte, dass er hier bleibt, in Palästina. Ich glaube, dass es das ist, was er will. Dafür hat er gekämpft.«

»Wenn Sie ihn jetzt identifizieren, muss ich ihn sofort nach Zypern schicken, Lady Faulkner«, sagte er und lächelte. »Ich schlage vor, wir lassen die Dinge laufen, und wenn unsere Maßnahmen hier abgeschlossen sind, mit welchem Ergebnis auch immer, dann werden Ihr Mann oder Major Scott die richtige Lösung finden.«

»Aber ich möchte ihn sehen! Nur sehen!«

»Ich verspreche Ihnen, dass er nicht aussieht wie auf dem Foto. Sie sind alle verwildert, schmutzig und unrasiert und tragen bunt zusammengetauschte Kleidung, so dass wir wirklich nicht wissen, wer wer ist. Es ist wie in der berühmten Geschichte von Kipling, wenn Sie wissen, welche ich meine.«

Das war ein Hinweis auf ihre ausländische Herkunft, aber natürlich kannte sie den englischen Schriftsteller und seine Bücher. Das brachte den Offizier vielleicht dazu, seine Meinung zu ändern, denn er führte sie zu einer Baracke, die nicht weit von dem Platz entfernt war, an dem sich die Flüchtlinge und ihre Helfer befanden. Hunderte von Menschen drängten sich auf dem großen Exerzierplatz zusammen, manche saßen an ihr Gepäck gelehnt, andere lagen auf dem Boden. Es gab einige Lagerfeuer, und manche der Gefangenen trockneten ihre noch immer nassen Kleidungsstücke am Feuer. Der Platz war mit Stacheldraht eingezäunt und wurde von vielen Soldaten bewacht. Melanie versuchte, das Fenster der Baracke zu öffnen, um besser zu sehen, doch es klemmte. Der Offizier half ihr und machte es weit auf. Plötzlich, ohne es geplant zu haben, beugte sie sich vor und schrie laut: »Julek! Julek! Julek!«

Die Gefangenen, die weiter entfernt waren, reagierten nicht, vermutlich hörten sie sie überhaupt nicht. Aber andere, die näher an der Baracke waren, hoben die Köpfe und starrten sie an. Der Offizier nahm sie höflich am Arm, um sie vom Fenster wegzuführen, aber als er ihren Widerstand fühlte, ließ er sie los.

»Ich suche Julian Goldenberg!«, schrie Melanie aus voller Kraft. »Seine Tante Malka sucht ihn!«, fügte sie auf Jiddisch hinzu. »Gibt es jemanden, der so heißt?«

Nicht nur die Gefangenen schauten zu ihr hin, sondern auch ihre Bewacher und die Dienst habenden Offiziere. Der Offizier zog sie vom Fenster weg und schloss es. Sie entschuldigte sich, dieser Aufschrei sei ungeplant gewesen, aus dem Moment heraus entstanden. Er akzeptierte ihre Erklärung.

»Ich hoffe, Sie bekommen keine Schwierigkeiten mit dem Lagerkommandanten«, sagte Melanie auf dem Rückweg zum Auto.

»Ich bin der Lagerkommandant«, sagte er, dann fügte er hinzu: »Sie sollten wissen, dass wir heute Morgen zwei Soldaten verloren haben. Sie ertranken bei dem Versuch, einen Teil der Flüchtlinge, die noch nicht vom Schiff gesprungen waren, zurückzuhalten. Das Meer war heute sehr stürmisch, aber ich versichere Ihnen, dass keinem einzigen Flüchtling etwas zugestoßen ist.«

»Aber ich habe gehört, die Soldaten hätten geschossen«, sagte Melanie.

»Stimmt. Sie hatten den Befehl, vor den Flüchtlingen in den Boden zu schießen, um ihre Flucht zu verhindern. Ich möchte Ihnen etwas sagen. Ich muss den Gesetzen gehorchen und die Befehle meiner Regierung erfüllen, ohne Rücksicht darauf, was ich selbst denke, aber ich empfinde alle Achtung für diese Menschen. Ich schätze sie und ihre Widerstandskraft, damit meine ich sowohl die Flüchtlinge als auch die hier lebenden Juden.«

Sie reichte ihm zum Abschied die Hand und sagte, sie müsse zum Kibbuz zurück, um jemanden abzuholen, der nach Jerusalem fahren wolle. Dann erkundigte sie sich, ob die Gefangenen auch morgen noch hier sein würden.

»Ich habe bisher keine weiteren Anweisungen bekommen«, sagte er. »Aber selbst wenn ich es wüsste, hätte ich es Ihnen nicht sagen dürfen.«

Melanie fuhr zum Kibbuz Schibolet zurück und ging zum Hühnerstall, um sich von ihrer Freundin zu verabschieden. Henia versprach ihr auf Teresa aufzupassen.

Melanie fand Teresa im Zelt. »Ich fahre nach Jerusalem«, sagte sie. »Ich habe dort einen Bekannten, einen englischen Major, der mir helfen wird Julek zu finden.«

»Kann er dir helfen, ihn dort rauszubekommen?«

»Ich hoffe«, sagte Melanie. »Ich verspreche dir, alles zu tun, um ihn dir zurückzubringen, Teresa.«

Teresa legte die Arme um Melanie und küsste sie.

Me'ir, der Fahrer, wartete am Auto und Robert saß schon auf dem Rücksitz. Melanie bat Robert sich vorn neben Me'ir zu setzen. Erst als sie selbst hinten ins Auto gestiegen war, spürte sie, wie müde sie war.

13

Die Abschiebung

Als es anfing zu dämmern, brachten ihnen die Briten Kannen mit dünnem Kaffee und Konserven, und alle setzten sich zum Essen. Kurze Zeit später war der Motorlärm vieler Lastwagen zu hören. Der Lärm kam näher, und die Fahrzeuge blieben entlang der Straße in einer langen Reihe stehen. Julek zählte sie. Fünfundzwanzig Lastwagen, deren Ladeflächen mit Planen verhängt waren. Die hintere Plane war offen. Auf jedem Lastwagen standen zwei bewaffnete Soldaten, einer hinten und einer vorn, zwischen der Ladefläche und der Fahrerkabine.

Alle nahmen ihr Gepäck und stiegen auf. Die Soldaten befestigten die hinteren Planen, und die Kolonne der Lastwagen setzte sich in Bewegung. Sie fuhren eine Stunde, zwei Stunden, die Fahrt zog sich immer mehr in die Länge. Schließlich riss jemand einen Schlitz seitlich in die Plane, und einer der Helfer sagte, sie würden südwärts fahren.

»Über den Jordan hinüber?«, fragte jemand.

»Ich glaube, dass sie versuchen die jüdischen Siedlungen zu umfahren, um einen Aufstand zu verhindern. Bestimmt werden wir schließlich am Hafen von Haifa ankommen und alle nach Zypern gebracht. Übrigens, eure Landung war großartig. Nach dem Schiff ›Schabatai Losinski‹ seid ihr die Ersten, denen es gelungen ist, die Blockade zu durchbrechen und an Land zu kommen.«

Julek drängte sich zu dem Riss in der Plane und starrte eine Weile hinaus auf die Landschaft. Der Mond beleuchtete die Bäume, die stillen Hügel, zwischen denen da und dort ein kleines Licht hervorblitzte, und erst jetzt drang plötzlich die Erkenntnis zu ihm durch, dass er auf den Straßen von Erez-Israel fuhr. Auch wenn man ihn abschieben würde, jetzt war er hier. Für einige Momente war es ihm egal, was weiter geschehen würde, und das Glück, seinem Ziel so nahe gekommen zu sein, erfüllte ihn tief.

»Beit Nebala«, sagte einer der Helfer.

Der andere, der vorhin davon gesprochen hatte, dass die jüdischen Siedlungen umfahren würden, sagte nun: »Sie bringen uns über die Straße von Latrun nach Genin. Bei Faradis biegen wir dann rechts ab nach Haifa. Aus ihrer Sicht ist es die günstigste Route.«

»Das ist schon die zweite Kreuzung, an der ein gepanzertes Auto mit einem Maschinengewehr steht«, bemerkte der Erste.

Julek saß an der Seitenwand, neben Riwka und den beiden Schwestern. Sein Kopf war auf Riwkas Schoß gesunken, er schlief. Im Traum sah er, wie Teresa von den hohen Wellen zwischen dem gekenterten Schiff und dem Strand weggerissen wurde, und er wollte ihr nachspringen, um ihr zu helfen, doch Riwka hielt ihn mit aller Kraft fest und verhinderte Teresas Rettung. Er begann zu schreien und wachte für einen Moment auf, als er hin und her geschüttelt wurde. Erst dachte er, er sei noch immer auf dem Schiff, doch das Motorgeräusch des Lastwagens erinnerte ihn sofort daran, wo er war. Wieder schlief er ein.

Er erwachte, als der Lastwagen mit einem heftigen Ruck stehen blieb. Draußen begann es hell zu werden.

»Wie viel Uhr ist es?«, fragte er.

Jemand sagte, es sei schon nach vier.

»Vier Uhr morgens«, fügte er hinzu. »Du hast gut geschlafen, nicht wahr?«

»Ja, ich habe geschlafen. Aber wo sind wir?«, fragte Julek verwirrt.

»Am Hafen.«

»Was für ein Hafen?«

»Von Haifa«, antwortete Riwka. Sein Kopf lag immer noch auf ihrem Schoß.

Julek richtete sich auf. Nun war er hellwach.

Die Soldaten öffneten die Plane und ein kalter Luftzug drang herein. Julek leckte sich die Lippen, er spürte das Salz des Meeres, das so nahe war. Und dann kam über Lautsprecher der Befehl: »Aussteigen! Alle aussteigen!«

Erst wurde der Befehl auf Englisch gegeben, dann auf Hebräisch mit Akzent. Er wurde mit einem Chor von Pfui-Rufen aus allen Lastwagen quittiert.

Keiner stieg aus. Jemand rief: »Nicht aussteigen! Wehrt euch! Leistet passiven Widerstand! Das gilt für alle, in allen Lastwagen!«

»Passiver Widerstand!«, ging es von einem zum anderen, und alle wussten, was gemeint war.

Sie legten sich flach auf den Boden und hielten sich einer am anderen fest. Britische Soldaten sprangen auf die Ladefläche, zogen einen nach dem anderen mit Gewalt hoch und drängten sie hinaus. Wer sich weigerte, den trieben sie mit ihren kurzen Bajonetten vorwärts, wobei sie sich bemühten nur die Hinterteile zu treffen. Nachdem Julek einen solchen Stich erwischt hatte und vorwärts gestoßen wurde, stieg er vom Lastwagen. Er fand sich am Kai wieder, neben Bahngleisen. Der Boden war voller Dreck und Schlamm.

Von allen Seiten waren Schreie zu hören, und Julek merkte, dass die Stiche mit dem Bajonett nur eine Vorgehensweise der Mannschaft war, die sie ausgeladen hatte. Trotz des Schmerzes, den er nun deutlich fühlte, waren ihm die Stiche lieber als die Schläge mit Gewehrkolben und Knüppeln und das Zerren an den Haaren, das er auf den anderen Lastwagen sah. Die Soldaten zogen oder prügelten die Leute einfach heraus. Es war ein seltsames Schauspiel vor dem schwarzen und grauen Hintergrund der Carmelberge, die sich dunkel gegen den heller werdenden Himmel und die schwachen Lichter des Hafens abhoben. Kräne tauchten aus dem Nebel auf, der Rumpf des Schiffes, das sie wegbringen sollte. Es war ein großes Frachtschiff, dessen Deck von einem hohen Zaun umgeben war, ähnlich wie ein Zaun um einen Tennisplatz.

»Das Schiff dient dazu, Flüchtlinge wegzuschaffen«,

sagte ein Einheimischer, der nach ihm aus dem Lastwagen gestiegen war. Dann fügte er hinzu: »Man muss es in die Luft sprengen.«

Julek sagte: »Verglichen mit dem Schiff, auf dem wir gekommen sind, ist es riesig.«

»Die ›Empire Royal‹«, sagte der andere. »Ein zwanzig Jahre alter Frachter, zehntausendfünfhundert Tonnen.«

Die Lastwagen standen in einer Reihe auf dem beiderseits mit Stacheldraht eingezäunten Kai. Die Gefangenen saßen oder lagen, nachdem man sie gewaltsam ausgeladen hatte, neben den Lastwagen. Viele britische Soldaten liefen zwischen ihnen herum, und viele andere standen zur Bewachung hinter dem Stacheldraht. Julek legte sich auf den Boden, den Kopf auf den Ellenbogen gestützt. Die Kälte tat ihm weh, und er freute sich, dass Teresa schon an einem sicheren Ort war.

Da liege ich also auf der Erde des Landes, nach dem ich mich so sehr gesehnt habe, dachte Julek, und Mitleid mit sich selbst stieg in ihm auf, die einzig mögliche Entschädigung für das bittere Gefühl, bald nicht mehr hier zu sein. Aber es wird ihnen nichts helfen, dachte er, ich komme zurück! Und nicht nur wegen Teresa.

Die britischen Soldaten bildeten nun Gruppen von vier oder sechs und begannen, die Gefangenen zwischen den Stacheldrahtzäunen hindurch zum Schiff zu ziehen und sie sozusagen einzuladen. Sie packten jeden Einzelnen an Händen und Füßen, und wenn derjenige klein und leicht war, trugen sie ihn einfach. Die anderen, schwereren, zerrten und zogen sic über den schmutzigen Kai. Die Prozedur dauerte sehr lange. Während Julek auf der Erde lag und darauf wartete, dass er an die Reihe kam, versuchte er zu rechnen. Seiner Schätzung nach waren sie etwa tausend Gefangene. Er wusste nicht, wie vielen Leuten vom Schiff es gelungen war, sich in Sicherheit zu bringen, bevor die Engländer kamen. Angenommen, es hatten hundert geschafft, dann waren es zusammen mit den hundert, die gestern freigelassen worden waren, zweihundert. Das hieß, dass sich ihnen etwa vierhundert Leute aus den jüdischen Siedlungen angeschlossen hatten. Leute, die ihre Familien verließen, ihre Höfe, ohne Lohn, ohne zu fragen, für wie lange sie von zu Hause weg sein würden, taten mit Hingabe und Begeisterung das, was sie für richtig hielten. Das war erstaunlich.

Der Transport der Gefangenen zum Schiff wurde nun brutaler. Nur die wenigen Kinder, die unter ihnen waren, wurden glimpflicher behandelt. Die Soldaten verloren die Geduld, und die Flüchtlinge und ihre Helfer hielten sich an allem fest, was ihnen in die Hand kam. Julek setzte sich auf. Er sah, wie ein junges Mädchen an den Füßen vorwärts gezogen wurde, und ihr Kopf schlug auf die Laufplanke. Da und dort hob ein Soldat das Gewehr und schlug mit dem Kolben auf sein Opfer ein. Die Atmosphäre heizte sich immer mehr auf. Rufe von Flüchtlingen waren zu hören:

»Gestapo!«

»Nazis!«

»SS-ler!«

Ein älterer Mann wandte sich auf Englisch an die Soldaten, und obwohl Julek nicht verstand, was er sagte, wusste er, dass der Mann sie zurechtwies. Ein paar Soldaten senkten die Köpfe, aber andere wurden blass vor Wut und schlugen noch heftiger auf die Verweigerer ein.

Jetzt versuchten ein paar Soldaten Riwka aufzustellen. Sie wehrte sich mit aller Kraft. Ein Soldat packte sie an den Haaren und zog sie hinter sich her, während sie vor Schmerzen laut schrie. Bella und Frieda, die sehr leicht waren, wurden einfach von den Soldaten aufgehoben und getragen. Auch Julek war nicht schwer, obwohl er ein relativ großer Junge war. Vier Soldaten konnten ihn leicht hochheben und über die Laufplanke an Deck tragen. Ob er auch so beherrscht gewesen wäre, wenn sie Teresa vorwärts gezerrt hätten, vielleicht sogar so brutal, wie sie es mit Riwka getan hatten? Wieder war er froh, dass Teresa nicht hier war. Aber warum hatte er nichts unternommen, als sie Riwka an den Haaren gezogen hatten? Es musste ihr sehr weh getan haben. Er beschloss, sie zu suchen und während der ganzen Überfahrt bei ihr zu bleiben. Vielleicht konnte er ihr helfen.

Auf Deck stand ein Offizier und versuchte noch einmal, die Erez-Israelim von den illegalen Einwanderern zu unterscheiden. Viele Leite schickte er zum Landungssteg zurück. Vielleicht musterte er sie nach der Hautfarbe aus, oder weil sie Kleidungsstücke trugen, deren Anblick ihm vertraut war, oder auch aus Gründen, die Julek nicht erraten konnte. Einen Moment lang stieg Hoffnung in ihm auf. Etliche junge Männer, die am Kopf oder am Körper Wunden davongetragen hatten, als sie mit den Engländern kämpften, wurden zurückgeschickt, außerdem Kranke und hochschwangere Frauen. Doch Julek musste nun dafür bezahlen, dass er gezögert hatte, dem jungen Mann sein nasses, schmutziges Hemd zu geben. Der Offizier warf einen Blick in den Kragen seines Hemdes und schickte ihn ins Schiff.

Etwa dreihundert Personen verließen das Schiff wieder, aber nur etwa hundert von ihnen waren wirklich Leute aus den jüdischen Siedlungen. Dem britischen Offizier fiel es offenbar sehr schwer, die Einheimischen zu identifizieren, zumal die Helfer alles getan hatten, um so auszusehen wie die Flüchtlinge. Sie wussten, dass jeder von ihnen auf Zypern seine Identität nachweisen konnte und dass sie dann nach Erez-Israel zurückfahren durften.

Julek erhielt eine Decke, ein Essgeschirr aus schwerem Metall und einen Blechlöffel, dann wurde er hinuntergebracht in einen großen Laderaum mit nacktem Boden und nackten Wänden. Klopfzeichen an der Wand teilten ihnen mit, dass sich ein Teil der Leute im Laderaum nebenan befand. Einer der Helfer übernahm sofort die Aufgabe, mit Hilfe von Morsezeichen Verbindung mit den anderen aufrechtzuerhalten, damit die Aktionen zwischen den beiden Gruppen abgestimmt werden konnten. Julek suchte Riwka und die beiden Schwestern, doch er fand sie nicht. Vielleicht sind sie freigelassen worden, dachte er, oder sie sind im anderen Laderaum.

Es war schon nachmittags, als sie Motorgeräusche hörten. Das Schiff zitterte, als die Schiffsschraube anfing, sich zu drehen, und die Ankerkette klirrte, als sie hochgekurbelt wurde. Das Schiff setzte sich in Bewegung. Erst am Tag davor, vor dem Morgengrauen, waren sie vor der Küste von Erez-Israel angekommen, aber das schien Julek nun schon lange zurückzuliegen. Er erinnerte sich, wie aufgeregt er war, als sie sich nachts der Küste genähert hatten, er erinnerte sich auch an die Augen der Menschen, die Angst gehabt hatten ins Wasser zu springen, in die tosenden Wellen, und an die aufmunternden Zurufe der Helfer. Die Kälte fiel ihm ein, die seinen Körper hatte zittern lassen wie bei einem Fieberanfall, auch als er schon längst am Strand war. Er dachte an die erschrockenen Gesichter der Leute, die sich an das Tau klammerten, und an die Enttäuschung anderer, deren Habseligkeiten von den Wellen mitgerissen wurden. Die Erez-Israelim hatten nicht verstanden, warum die Flüchtlinge so an ihren Habseligkeiten hingen, an ihren »*pekelech*« hatten sie gesagt, mit Verachtung in der Stimme. Das lag vielleicht daran, dass die Einheimischen zumeist Kibbuznikim waren, auch konnten sie sich wohl nicht vorstellen, dass die Flüchtlinge sonst nichts mehr besaßen. Viele hatten keine Familie mehr, alle kein Zuhause. Sie hingen an ihren Sachen, als seien die ein Teil von ihnen.

Mitten im Raum war eine große Öffnung, die in einen anderen, tiefer gelegenen Laderaum führte, aber die Leitern, mit denen man hätte hinuntersteigen können, waren entfernt worden. Es gab nur noch eine Leiter nach oben, zu der Öffnung über ihnen. Als die letzten Leute hereingebracht worden waren, wurde die Öffnung mit einem Gitter verschlossen. Die Leute breiteten ihre Decken aus und legten sich müde und schmutzig auf den Boden. Die Engländer ließen von oben Eimer mit Trockenrationen herunter, und die Gefangenen teilten die nur allzu bekannten Schiffskekse untereinander auf.

Als sich das Schiff auf offener See befand, erlaubten ihnen die britischen Soldaten, in Gruppen von fünf, manchmal auch zehn Personen an Deck zu kommen, um auf die Toilette zu gehen und um ihr Geschirr mit Trinkwasser zu füllen. Die Leute, die schon oben gewesen waren, berichteten, das Schiff würde überhaupt nicht nach Zypern fahren, sondern vor Tel Aviv die Küste entlang. Niemand wusste eine Erklärung dafür. Sie erzählten auch, das Schiff würde von zwei Zerstörern begleitet. Julek wollte Tel Aviv sehen. Er stieg mit nach oben und ging erst einmal auf die Toilette. Als er herauskam, sah er in der Ferne die Stadt mit den weißen Häusern, das malerische Jaffo mit den Minaretten und den Moscheen. Der Soldat, der an der Schranke wachte, erlaubte ihnen einen Moment stehen zu bleiben und zu schauen. Zu beiden Seiten des Schiffes fuhr ein Zerstörer. Mit ihren Kanonen sahen sie sehr bedrohlich aus.

Plötzlich verringerte das Schiff die Fahrt, die Motoren erloschen. Julek, der noch immer an Deck stand, hörte genau das metallische Geräusch der Kette, als der Anker ausgeworfen wurde. Was passierte nun? Der Soldat befahl ihnen hinunterzugehen.

Niemand verstand, was los war, aber sie konnten ohnehin nichts anderes tun als warten. Die Leute setzten sich in Gruppen zusammen und fingen an, die Konserven und die Kekspackungen untereinander aufzuteilen. Während sie noch damit beschäftigt waren, erbebte das Schiff plötzlich, als habe es sich in die Luft erhoben. Julek verlor das Gleichgewicht und wäre hingefallen, hätte er nicht so nahe an der Wand gestanden.

»Was war das?«, schrie jemand voller Panik.

»Die Erez-Israelim haben das Schiff gesprengt«, rief ein anderer erfreut. »Sie werden uns nicht wegbringen können.«

Das Schiff hörte auf zu zittern, aber nichts passierte. Die Briten machten keine Anstalten, sie aus dem Laderaum zu holen. Nach einer Weile erhielten sie einen Morsespruch von nebenan.

»Unterseeische Bomben.«

Das Schiff und die beiden Zerstörer ankerten über zwei Stunden vor der Küste von Tel Aviv, und von Zeit zu Zeit warfen sie unterseeische Bomben ab, vermutlich um Taucher der jüdischen Widerstandsbewegung daran zu hindern, Minen unter dem Schiff anzubringen. Vielleicht war eine Anweisung aus London gekommen, dass sie bleiben sollten? Vielleicht hatten die Briten plötzlich ihre Politik geändert? Leute, die von oben, von der Toilette, zurückkamen, berichteten, dass das Schiff jetzt westwärts fuhr und man nichts mehr von der Küste sehen konnte. Die Soldaten ließen Töpfe mit heißer Suppe herunter, die nach diesem schweren Tag wahrhaft paradiesisch schmeckte. Nach einiger Zeit kam ein Sturm auf und schüttelte das Schiff, und Julek wurde seekrank. Als er den Brechreiz fühlte, versuchte er noch an Deck zu gelangen, schaffte es aber nicht. Er war nicht der Einzige, der krank wurde. Die Fahrt wurde zu einer Tortur, und nur das Wissen darum, dass sie nicht lange dauern würde, tröstete die Leute.

Der Laderaum wurde von schwachen, von der Decke baumelnden Glühbirnen beleuchtet. Julek lag die meiste Zeit auf der Decke in seiner Ecke. Dreimal stieg er unter dem Vorwand zur Toilette zu müssen an Deck, um ein bisschen frische Luft zu schnappen. Der Anblick des bewölkten Himmels und des Mondes, der manchmal hinter einer Wolke hervorschaute, brachte ihn dazu, dass er von plötzlicher Sehnsucht nach Teresa erfüllt wurde, einer so heftigen Sehnsucht, dass es fast schmerzte. Deshalb zog er es jedesmal vor, schnell wieder in den stickigen, dämmrigen Laderaum hinunterzusteigen und sich auf seiner Decke zusammenzurollen.

14
Bewundernswerter Kampfgeist

Major Scott erwartete Melanie im Foyer des Hotels »Eden« in Jerusalem. Sie hatte während der ganzen Fahrt geschlafen, trotz der kurvenreichen Strecke und trotz der lautstarken Diskussionen zwischen Me'ir und Robert.

Einmal, als sie wach wurde, hatte sie wissen wollen, um was es ging.

»Um Zionismus«, hatte Me'ir geantwortet.

Melanie entschuldigte sich bei Major Scott und bestellte erst einmal ein Zimmer für Robert. Sie bot ihm auch Geld an, für eine Busfahrkarte nach Tel Aviv, aber Robert lehnte es ab. Er wollte auch für das Hotelzimmer selbst bezahlen, doch das ließ Melanie nicht zu.

»Glaub mir«, sagte sie, »ich habe viel mehr Geld als du. Ich weiß nicht, was du vorhast, aber bestimmt wirst du dein Geld brauchen.«

Robert bedankte sich und ging in sein Zimmer und Melanie setzte sich zu Major Scott.

»Wir müssen nach Haifa fahren«, sagte Scott. »Ich habe schon ein Zimmer im ›Zion‹ für Sie bestellt, das ist ein ziemlich gutes Hotel. Ich hätte zwar das ›Lew Hakarmel‹ vorgezogen, aber ich dachte, es sei besser, näher am Hafen zu sein.«

»Also werden die Flüchtlinge abgeschoben?«

Er berichtete, dass er die Anweisung aus London bekommen habe, alle illegalen Einwanderer zum Hafen von Haifa zu bringen und von dort mit der »Empire Royal« nach Zypern. Die Lastwagen seien in diesem Moment schon auf dem Weg nach Haifa, sagte er, auf Umwegen, um den jüdischen Siedlungen auszuweichen. Alles geschehe unter der Aufsicht des Militärs, und sie würden gegen Morgen in Haifa ankommen.

»In Ordnung, wir fahren«, entschied Melanie sofort. »Ich packe nur schnell ein paar Sachen ein. Soll ich mir ein Taxi bestellen?«

»Nein, ich nehme Sie mit.«

»Während alle auf das Schiff gehen, werde ich an der Gangway stehen und versuchen ihn zu erkennen.«

Da gebe es ein Problem, meinte Scott. Die Leute würden sich vielleicht widersetzen, man könne im Voraus nicht wissen, was passieren werde. Der Kommandant der Streitkräfte habe es abgelehnt, Melanie die Erlaubnis zum Betreten des Hafens zu geben. »Ich hatte keine Wahl«, entschuldigte sich Scott. »Ich musste ihm die Wahrheit sagen, sonst hätte er gar nichts erlaubt. Das Problem ist, dass ich nur die Kommandanten kenne, und die können es sich nicht erlauben, etwas gegen das Gesetz zu unternehmen, das würde sie ihren Rang kosten. Ein kleiner Angestellter hingegen wäre vielleicht eher bereit ein Auge zuzudrücken und uns den Jungen herauszuschmuggeln.«

»Diese Politik ist ein Skandal«, stellte Melanie fest. »Mir fehlen die Worte dafür!«

»Ich stimme Ihnen zu«, sagte Scott. »Aber so sind die Anweisungen.«

»Und warum fahren wir dann nach Haifa? Vielleicht sollte ich lieber gleich nach Zypern …«

»Während der Einschiffung wird noch einmal versucht zu unterscheiden, wer Flüchtling ist und wer nicht. Ich weiß, dass es einem der Teil der Flüchtlinge gelingen wird, als Erez-Israelim durchzugehen. Diese werden dann sofort zu ihren Wohnorten gebracht, zu den verschiedenen Kibbuzim. Der Kommandant hat zugesagt, dass Sie in jeden Lastwagen schauen dürfen, der den Hafen verlässt. Und ich muss ihm nicht sagen, ob Sie ihn gefunden haben. Wenn wir ihn nicht unter diesen Leuten finden, wissen wir wenigstens, dass er nach Zypern fährt.«

Nun erzählte ihm Melanie, dass sie in dem britischen Militärlager war, man ihr aber nicht erlaubt habe, zu den Gefangenen zu gehen. »Auch dort hatten sie Schwierigkeiten mit dem Identifizieren«, sagte sie.

Scott nickte. »Ich weiß. Es ist wirklich schwer, zwischen den Leuten zu unterscheiden, vor allem, weil viele von den Einheimischen noch gar nicht so lange hier leben und auf völlig legalem Weg hergekommen sind. Sie sprechen nur gebrochen Hebräisch oder sogar überhaupt noch nicht. Und sie haben alle ihre Ausweise verbrannt.« Er fügte noch hinzu: »Ja, ich weiß, dass der Kibbuz, den Sie besucht haben, dort in der Gegend ist.« Aber er stellte keine Fragen.

Melanie schrieb eine Nachricht für Robert, packte ihren Koffer und fuhr mit Scott nach Haifa.

Um sechs Uhr morgens wurde sie vom Klingeln des Telefons geweckt, und um sieben befand sie sich schon mit Scott am Hafeneingang. Überall waren Soldaten zu sehen. Melanie und Scott warteten über vier Stunden, dann wurden die ersten Freigelassenen herausgebracht. Sie waren alle schmutzig und ungekämmt, und viele trugen Verbände, aber Julek war nicht unter ihnen.

Melanie blieb mit Scott am Hafen, bis das Schiff abgelegt hatte.

»Und jetzt?«, fragte sie.

»Das liegt an Ihnen, gnädige Frau«, antwortete Scott.

»Was passiert in Zypern? Wird man dort wieder versuchen sie auseinander zu sortieren?«

Beide fingen an zu lachen.

»Ja, da bin ich sicher. Wir gehen davon aus, dass über ein Drittel der Leute Erez-Israelim sind, wir wissen nur nicht, welche. Aber erst, wenn niemand mehr freigelassen wird, werden sich die meisten zu erkennen geben und verlangen, nach Hause gebracht zu werden. Die Lagerverwaltung auf Zypern möchte sie allerdings gar nicht erst ins Lager lassen, denn ein Teil der Erez-Israelim wird sich nicht zu erkennen geben und im Lager bleiben, und das sind dann diejenigen, die nur Schwierigkeiten machen.«

»Warum haben sich die Leute nicht gleich hier zu erkennen gegeben?«

»Jeder Flüchtling, der fälschlich als Einheimischer reingelassen wird, braucht keinen Quotenplatz.«

»Können Sie es einrichten, dass ich bei der Identifizierung dabei bin?«

»Auf Zypern? Ich kann es versuchen.«

»Der Junge weiß nichts von mir. Ich möchte ihn nur sehen. Ich nehme an, dass er beim Identifizieren wieder nicht durchkommt und dort bleiben muss, und dann kann ich wenigstens Verbindung mit ihm aufnehmen.«

»Mir stehen noch fünf Tage Urlaub zu«, sagte Scott. »Bitte verfügen Sie über mich.«

»Es tut mir Leid, dass Sie auf diese Art Ihre Urlaubstage verbringen, ich habe nicht gewusst …«

»Nein, nein, das ist ein Freundschaftsdienst für den Herrn Richter. Allerdings muss ich zum verabredeten Zeitpunkt wieder bei der Arbeit sein.«

Melanie erzählte Scott nun von Teresa. »Sie verstehen, Major Scott, jetzt geht es nicht mehr nur darum, dass ich ihn treffen will. Ich will ihn dort rausholen. Die beiden müssen unbedingt wieder zusammenkommen. Ich hoffe, Sie helfen mir dabei. Kann der Generalgouverneur ihm keine Sondererlaubnis zur Einwanderung erteilen?«

»Natürlich kann er das. Eine Sondergenehmigung, die nichts mit der Quote zu tun hat. Doch damit würde der Junge für die jüdische Untergrundbewegung suspekt. Man würde ihn verdächtigen, für uns zu spionieren oder so etwas und das ist gefährlich. Ein Teil der Leute aus dem Untergrund sind Fanatiker, und sie zögern nicht, diejenigen zu erschießen, die sie des Verrats verdächtigen. Und sie hassen uns wirklich. Denken Sie an die Bombe, die im Regierungsflügel des ›King David‹ explodiert ist.«

»Ja, ich weiß und ich rechtfertige diese Tat nicht. Aber sie hassen euch mit Recht.«

»Sind Sie etwa keine Angehörige des Empire, Lady Faulkner?«

»Doch, ich hatte es einen Moment vergessen. Ich schäme mich für die Abschiebungspolitik Seiner Majestät. Das heißt, für die Politik von Attlee und Bevin, diesen – verzeihen Sie – Dummköpfen.«

»Die Regierung Seiner Majestät muss das Gleichgewicht zwischen der jüdischen und der arabischen Bevölkerung Palästinas wahren«, wiederholte Scott eine der abgedroschenen Phrasen der britischen Regierung.

Melanie wischte seine Bemerkung mit einer abschätzigen Handbewegung weg.

»Lady Faulkner, Sie können auf Zypern bleiben und sich den Vertretern der Sochnut als Jüdin vorstellen. Diese Vertreter haben gute Kontakte zu den Lagern und sie wohnen im Hotel ›Savoy‹, in Famagusta. Man wird schon einen Weg finden, um Sie hinein zu bringen, damit Sie Ihren Neffen treffen können. Etwas, was ich als Engländer nicht erreichen kann. Es gibt dort eine völlige Trennung der Zuständigkeiten. Und es hat schon Unruhen und Brandstiftungen gegeben, und ich habe keine Lust, dass so etwas wieder passiert.«

»Wie lange wird er Ihrer Meinung nach dort bleiben?«

»Nach der Anzahl der Menschen, die sich jetzt schon in den Lagern befinden, wird er erst in ein paar Monaten in die Quote gelangen.«

»Wie hoch ist eigentlich die Quote, von der Sie die ganze Zeit sprechen?«

»Die Quote für Einwanderer beträgt tausendfünfhundert im Monat.«

»Meinen Sie, dass die Vertreter der Sochnut in seinem Fall die Sache beschleunigen können?«

»Nein. Sowohl wir als auch die Juden achten sorgfältig auf die korrekte Reihenfolge. Ich erinnere mich an einen Fall, als eine Vertreterin der Sochnut versuchte einen Verwandten vorzuziehen. Die Sochnut hat sie sofort nach Hause zurückgeschickt.«

»Wenn es so ist, werden Sie mir helfen müssen, ihn dort herauszuschmuggeln. Ich muss das Versprechen halten, das ich Teresa gegeben habe.«

Scott lachte. »Auch wenn ich dafür degradiert werde?«

»Major Scott«, sagte Melanie mit einem entschlossenen Unterton in der Stimme, »ich fahre nach Zypern und ich hole ihn da raus, egal, was passiert. Es reicht mir langsam, immer vergeblich hinter ihm her zu fahren. Die Zeit zum Handeln ist gekommen und ich werde handeln, auf jede nur mögliche Art. Ich hole ihn dort raus, auch wenn es in einem Koffer sein müsste. Eine englische Lady kann, wenn sie eine Urlaubsreise in den Nahen Osten unternimmt, mit einem sehr großen Koffer für ihre Garderobe unterwegs sein.«

»Lady Faulkner, ich werde Sie nicht im Stich lassen. Ich stehe zu Ihrer Verfügung, solange es mich nicht meinen Kopf kostet und solange ich nicht mein Vaterland verraten muss.« Er lächelte. »Ich bewundere es, dass Sie auf die neue Situation statt mit Verzweiflung mit Kampfgeist reagieren.«

Sie drückten sich die Hände wie zwei Untergrundkämpfer, die sich gerade für ein gewagtes Unternehmen verbündet hatten.

Melanie ging zurück zum Hotel. Als sie das Zimmer betrat, rief Scott sie schon an.

»Was ist los?«

»Es gibt einen Konflikt zwischen der Verwaltung auf Zypern und der Verwaltung hier«, erzählte er. »Dort wollen sie keine Bürger von Palästina, die kein Visum haben, und hier wollen sie die Flüchtlinge loswerden. Aber ich glaube nicht, dass die fehlenden Visen das Problem sind, sondern dass sie dort Angst vor den Unruhestiftern aus Erez-Israel haben ...«

»Wenn das Schiff nicht nach Zypern fährt, wohin fährt es dann?«

»Sie fahren die Küste entlang.«

»Warum sind sie nicht im Hafen geblieben?«

»Wir haben Angst vor Unruhen. Ich rufe Sie jedenfalls sofort an, falls die Entscheidung getroffen wird, das Schiff zurückzubeordern.«

»Vielen Dank, Major Scott. Ich bin Ihnen wirklich sehr, sehr dankbar.«

Melanie ging ins Bett. Sie schlief bis zum Abend. Scott rief nicht an, und in den Nachrichten der BBC wurde von der Abschiebung von siebenhundert Juden ohne Staatsbürgerschaft mit dem Schiff Seiner Majestät »Empire Royal« berichtet. Erst jetzt rief sie James an und erzählte ihm alles, was ihr in den letzten zwei Tagen passiert war.

»Warum bleibst du nicht einfach in Jerusalem, bis die Flüchtlinge an einem festen Ort sind, auf Zypern oder anderswo, und dann ...«

»Das verstehst du nicht«, sagte Melanie. »Bis jetzt habe ich ihn meinetwegen gesucht, für mich, jetzt weiß ich schon, wer er ist, auch wenn ich ihn noch immer nicht gesehen habe. Außerdem muss ich ihn seiner Freundin Teresa zurückbringen, ich bin ihr im Kibbuz begegnet und habe es ihr versprochen.«

»Weißt du was, Melanie, ich denke schon seit einiger Zeit, dass deine ganze Sucherei nicht nur ...«

Sie ließ ihn den Satz nicht zu Ende sagen. Sie wusste sofort, was er meinte.

»Henia hat genau dasselbe gesagt.«

Auf der anderen Seite der Leitung blieb es still.

»James, bist du noch dran?«

»Ja«, sagte James. »Ich bin nicht weggelaufen.«

»James, ich liebe dich.«

15
Julek hilft sich selbst

Es war für alle eine harte Nacht gewesen. Als es dämmerte, berichteten die Toilettengänger, dass die zyprische Küste schon zu sehen sei. Kannen mit süßem Tee wurden von Deck heruntergebracht, Tee mit Milch, die wie Milchpulver schmeckte. Julek trank ein wenig. Das Meer war ruhiger geworden, er kam wieder zu Kräften. Ununterbrochen wurde an die Wand zwischen den beiden Laderäumen geklopft. Es ging darum, wie sie sich nach der Ankunft verhalten wollten. Julek schloss sich den Jugendlichen an, die sich mit den Vorbereitungen beschäftigten.

Die größte Angst war, dass die Soldaten Bomben mit Tränengas oder Reizgas in die Laderäume werfen könnten, um die Leute zum Aussteigen zu zwingen. Die Organisatoren befahlen den Jugendlichen, möglichst viel Wasser zu holen und die großen Gefäße, in denen sie Essen bekommen hatten, zu füllen. Eifrig machten sie sich ans Werk. Julek ging mehrmals hinauf, ignorierte die erstaunten Blicke der Soldaten an Deck und brachte Wasser. Die Absicht war, jede Tränengasbombe, die heruntergeworfen würde, sofort in tropfnasse Decken zu wickeln und sie hinunter in den unteren Laderaum zu werfen. Jemand hatte eine lange Eisenstange gefunden und so entstand ein zweiter Plan. Aus großen, kräftigen jungen Männern wurde eine Mannschaft zusammengestellt, die versuchen sollte, mit Hilfe der Eisenstange die große Metalltür zu dem leeren Laderaum nebenan aufzustoßen, so wie man im Mittelalter Burgtore aufgestoßen hatte.

Es dauerte noch zwei Stunden, bis das Schiff vor Anker ging und schaukelnd vor dem Hafen von Famagusta liegen blieb. Die »Toilettenspione« berichteten, der Hafen wirke sehr klein und es habe nicht den Anschein, als könne das große Schiff dort einlaufen. Offenbar wolle man sie mit Hilfe von Booten an Land bringen, es seien Dutzende von kleinen Booten zu sehen, die sich dem Schiff näherten.

Ein Offizier steckte den Kopf oben durch die Öffnung und befahl den Leuten auszusteigen. Sie reagierten mit Buhrufen und entschiedener Weigerung. Dann müsse man sie eben mit Gewalt heraufholen, drohte der Offizier, und tatsächlich stiegen sechs Soldaten, mit Stahlhelmen auf den Köpfen und mit Gummiknüppeln bewaffnet, zu ihnen herunter. Sie schnappten zwei Personen und wollten sie offenbar die Leiter hinaufdrängen. Ohne dass dies vorher verabredet war, warf jemand sein Essgeschirr nach den Soldaten. Im nächsten Augenblick flogen Dutzende von Essgeschirren durch die Luft. Die Soldaten ließen alles im Stich und flohen nach oben, wobei sogar einige Stahlhelme und Knüppel zurückblieben.

Nun erschien wieder der Offizier und drohte, wenn

die Leute nicht freiwillig nach oben kämen, sehe er sich gezwungen Tränengasbomben zu werfen. Sie weigerten sich entschieden. Von oben wurde Tränengas heruntergeworfen, nicht nur einzelne Bomben, sondern ganze Bündel, und sofort danach wurde die Öffnung mit Brettern abgedichtet, um die Luftzufuhr zu verhindern. Doch sie hatten die Decken bereits in Wasser getaucht, jetzt schnappten sie mit den nassen Decken die Bomben, wickelten sie ein und warfen sie durch die Öffnung in den darunter liegenden Laderaum. Zugleich packten einige Männer die Eisenstange, um sie gegen die Eisentür zum nächsten Laderaum zu rammen. Sie stellten sich in der entferntesten Ecke des Raumes auf, die Stange in den Händen. Dann rannten sie los und donnerten die Stange gegen die verschlossene Tür. Das wiederholten sie mehrere Male und am Schluss brach die Tür auf. So bekamen sie doch noch frische Luft.

Dennoch wurde es einer Reihe von Leuten schlecht, unter ihnen ein paar Ältere und Schwangere. Aber noch bevor sie den Entschluss fassten aufzugeben, wurde aus dem anderen Laderaum gemorst, dass sie dort nachgeben und hinaufsteigen wollten. Bei den anderen befanden sich viel mehr ältere Leute und auch Kinder, die zu ersticken drohten. Die Briten öffneten den Ausstieg, und die Gefangenen begannen die Leitern hochzusteigen, erst Frauen, Kinder und ältere Leute, vor allem jene, die vom Rauch besonders betroffen waren. Mit roten Augen stieg Julek hinauf und atmete tief ein.

Auf Deck erwartete sie ein hochgewachsener Mann mit einem Schnurrbart, der sich als Vertreter der Sochnut für die Lager auf Zypern vorstellte. Die Erez-Israelim unter ihnen kannten ihn mit Namen. Der Mann sagte, sie sollten das Schiff ruhig verlassen und zum Lager fahren. Jetzt waren alle erleichtert. Die Leute stiegen erstaunlich geordnet in die Boote und erreichten nach wenigen Minuten das Land. Dort warteten mehrere Krankenwagen mit offenen Türen, doch als sich herausstellte, dass niemand ernsthaft verletzt war, fuhren sie davon. Ruhig stiegen die Leute auf Lastwagen und wurden zum Lager gefahren. Dort warteten wieder Stacheldrahtzäune auf sie. Das Lager, in das sie kamen, war vergleichsweise klein. Sie hörten, dass sie hier nur einige Tage bleiben würden. Das Lager war von den großen in der Umgebung abgetrennt und das einzige, in dem die Engländer frei aus- und eingingen. Am Tor standen zwei Panzerfahrzeuge mit Maschinengewehren. Als die Gefangenen aus den Lastwagen stiegen und durch das Tor gingen, fing es an zu regnen.

Alle Flüchtlinge mussten sich in einer Reihe aufstellen, und jeder bekam eine Decke und Essgeschirr, dann wurden sie zu Zelten gebracht, in denen Feldbetten standen – ein Brett, das auf Eisenfüße geschraubt war, darauf eine Matratze. Ein Grieche kam mit einem Kleinlaster und brachte Essen in großen Gefäßen. Julek und einige andere meldeten sich freiwillig zum Küchendienst. Sie verteilten das noch heiße Essen – eine dünne Suppe,

Kartoffeln und eine undefinierbare Beilage –, dazu geschnittenes Brot.

Der Vertreter der Sochnut, der sie angewiesen hatte, das Schiff ruhig und geordnet zu verlassen, war noch immer bei ihnen und half ihnen nach Kräften. Als sich ein großer, dicker Mann bei ihm über das Essen beklagte, antwortete er, im Lager, in das sie anschließend gebracht würden, sei es besser, weil dort zu den von den Briten verteilten Rationen zusätzlich eine Ration vom Joint ausgeteilt würde. Der Mann beruhigte sich.

Julek bezog ein Zelt zusammen mit Riwka, Bella, Frieda und noch einigen Freunden von der Villa. Nachdem sie sich eingerichtet und gegessen hatten, legten sie sich hin. Julek wollte gerade die Augen zumachen, da trat einer der Erez-Israelim ins Zelt.

»Wir haben erfahren, dass wir zwei Tage hier bleiben, dann wird noch einmal eine Identifikation stattfinden«, sagte er. »Wir haben beschlossen, dass in jedem Zelt einer von uns sein wird, der euch so viel wie möglich über den Kibbuz beibringt, aus dem er kommt, damit bei der Identifizierung möglichst viele als Erez-Israelim durchgehen und später keinen Platz auf der Liste für eine erlaubte Einreise brauchen.« Er stellte sich vor: »Ich heiße Gabi und ich komme vom Kibbuz Giw'at Brenner.«

Vielleicht habe ich ja doch noch eine Chance, überlegte Julek und stellte sich Teresas lächelndes Gesicht vor. Er würde lernen, was man ihm beibrachte, dann würde er es bestimmt schaffen. Teresa, sagte er innerlich, noch ein paar Tage, dann komme ich.

»Wird dadurch auch der Ort festgelegt, zu dem wir in Erez-Israel gehen?«

»Vermutlich«, antwortete der Mann. »Alle hier im Zelt, die es schaffen, kommen erst mal in den Kibbuz Giw'at Brenner.«

»Dann möchte ich in ein anderes Zelt«, sagte Julek und begann sein Zeug zusammenzupacken. Riwka schaute ihm mit großen, traurigen Augen zu.

»Du machst eine Dummheit, Julek«, sagte Frieda, die offenbar sofort verstanden hatte, um was es ging.

Doch Julek ließ sich nicht beirren. Als er fertig war, verabschiedete er sich von den anderen und verließ das Zelt. Riwka rannte ihm nach.

»Riwkale«, sagte er, »es tut mir leid, aber es ist wegen Teresa.«

»Glaubst du wirklich, dass wir sie weiter ärgern, wegen … wegen diesem Blödsinn mit ihrem Christentum?«

»Nein. Schon gar nicht, wenn sie sich davon befreit. Aber du weißt … ich mag dich sehr gern …«

Riwka weinte leise. Ohne dass sich ihr Gesichtsausdruck veränderte, liefen ihr die Tränen über die Wangen. Julek umarmte sie und sie klammerte sich fest an ihn. Er verstand sofort, dass er etwas Falsches gemacht hatte. Mit großer Anstrengung befreite er sich aus ihren Armen, hob seine Sachen auf und ging. Sie rief ihm etwas nach, aber er hörte nicht hin, sondern ging schnell weiter zu einem anderen Teil des Lagers. Er suchte in einigen Zelten nach einem freien Platz, bis er endlich einen fand. Er stellte seine Sachen ab.

»Kann ich mich euch anschließen?«, fragte er.

Ein Teil der Leute kannte ihn, aber Julek erinnerte sich nicht an sie. Sie waren aus der neuen Gruppe, die kurz vor ihrer Abfahrt in die Villa gekommen war, der Gruppe von Teresa.

Julek ordnete sein Bett. Er war noch nicht fertig, da kam ein Erez-Israeli herein und sagte dasselbe, was Julek schon im vorigen Zelt gehört hatte. Er stellte sich als Jankele aus dem Kibbuz Schibolet vor. Anders als die übrigen Erez-Israelim war er schon ein älterer Mann, vielleicht noch älter, als man nach seinem offenen, gebräunten Gesicht vermutet hätte.

Als Erstes forderte Jankele alle auf ihre Vornamen zu hebräisieren. Das dauerte einige Zeit. Manche akzeptierten den neuen Namen, den man ihnen vorschlug, ohne zu zögern, andere wollten unbedingt einen, der so ähnlich klang wie ihr alter. Ein junges Mädchen weigerte sich schlichtweg ihren Namen zu ändern. Jankele beharrte nicht darauf, er warnte sie nur, dass sie es bei der Identifikation schwerer haben würde.

»Bei der Identifikation bin ich bereit, einen anderen Namen zu sagen«, meinte sie.

Julek erinnerte sich an den Namen, den ihm die Erez-Israelim in dem britischen Militärlager vorgeschlagen hatten, und beschloss ihn anzunehmen, sowohl den Vornamen als auch den Nachnamen.

»Juwal Sehawi«, sagte er, als er nach seinem Namen gefragt wurde.

»Schön«, sagte Jankele und wandte sich dem nächsten zu.

In Gedanken wiederholte Julek seinen neuen Namen immer und immer wieder, trotzdem hörte er sich sehr fremd an.

Gleich nach der Namensuche begann das Lernen. Es dauerte zweieinhalb Tage. Bis auf kurze Pausen für Essen und andere Bedürfnisse lernten alle ununterbrochen die Details auswendig, die ihnen dabei helfen konnten, nach Erez-Israel gelassen zu werden. An beiden Tagen wurden sie in aller Frühe von Jankele geweckt, und abends ließ er sie bis spät in die Nacht lernen. Langsam wurde ihnen der Kibbuz Schibolet so vertraut, als hätten sie wirklich dort gelebt. Sie wussten den Namen des Sekretärs und den des Kassenwarts. Jeder wählte sich einen bestimmten Arbeitsbereich des Kibbuz aus und lernte den Namen des Verantwortlichen und die der anderen Arbeiter.

»Wissen denn die Engländer all das?«, fragte jemand erstaunt.

»Nein, aber sie erhalten Unterricht, bevor sie hierher kommen, genau wie wir. Und es gibt viele Dinge, über die der britische Nachrichtendienst genau Bescheid weiß. Sie wissen zum Beispiel ganz bestimmt die Namen der Sekretäre beziehungsweise der Muchtare, wie sie sie nennen, und sie wissen sicherlich auch, auf welcher Seite sich das Meer befindet, wenn man vom Kibbuz nach Tel Aviv fährt, außerdem die Namen der anderen Siedlungen in der Umgebung und vieles mehr. Natürlich nicht alle, aber viele wissen es.«

»Wird uns auch ein jüdischer Offizier verhören?«

»Ich nehme an, dass wenigstens einer dabei ist, einer von der Polizei.«

Julek prägte sich jede Einzelheit ins Gedächtnis. Wie man nach Tel Aviv fuhr, wo sich das Meer befand, wie viele Autobusse der Gesellschaft »Drom Jehuda« am Tag fuhren, wann der erste und wann der letzte. Er wiederholte den Namen »Drom Jehuda« mehrere Male, auch den der Autobusgesellschaft in Tel Aviv, »Hama'awir«. Er lernte, wie viel eine Fahrkarte nach Tel Aviv kostete und welche Farbe sie hatte, dass Eis einen halben Grusch kostete und man noch einen Bon für Sodawasser bekam und dass »Leder« einen Mil kostete.

»Was ist das, ›Leder‹?«, fragte er.

»Leder macht man aus getrockneten und gepressten Aprikosen. Es sieht aus wie ein orangefarbenes Blatt, von dem man sich Stücke abreißt und isst«, erklärte Jankele, der über eine unerschöpfliche Geduld verfügte.

Julek lernte, wie viel Zentimeter Regen im Winter im Kibbuz fiel – im Sommer regnete es nie! –, wie lange man zu Fuß nach Gedera brauchte, wie die Siedlungen in der Umgebung hießen. Er merkte sich

Namen wie Gan Jawne, Be'er Towja, Chefez Chajim, Be'eri, Kfar Warburg, Kwuzat Schiler, Chulda. Er lernte, wie ein Sekretär gewählt wurde und was zu den Aufgaben der Vollversammlung gehörte. Wer für die Sicherheit im Kibbuz zuständig war und wer als Hilfspolizist diente.

»Chaim, unser Hilfspolizist, ist sehr groß, einen Kopf größer als ich, und deshalb nennen wir ihn Chaim-anderthalb«, erzählte Jankele und alle lachten.

Julek-Juwal lernte, wie viele Kühe im Kuhstall standen und wie viele Hühner sich im Hühnerstall befanden. Er lernte Einzelheiten über die Möbelfabrik und die Gießerei, die dem Kibbuz Schibolet gehörten.

»Euch«, betonte Jankele, »sie gehören euch!«

Julek lernte auch, dass der Kibbuz einhundertfünfzig Mitglieder hatte, Chawerim und Chawerot, und vierzig Kinder. Er lernte, dass man zum Frühstück Brot aß, irgendwelches Gemüse, ein halbes Ei (Ein halbes Ei? Julek vergewisserte sich, dass er es nicht falsch verstanden hatte) und dass zu den Zwischenmahlzeiten jeder Margarine und Marmelade auf einem Tellerchen bekam. Außerdem trank man Tee. Zum Mittagessen gab es Suppe, Brei, Frikadellen, gekochtes Gemüse und manchmal Obst zum Nachtisch. Zum Abendessen weißen Käse oder ein Drittel Schnittkäse. Er lernte auch, dass ein Sehawi im Ziergarten arbeitete.

»Er ist dein Onkel, Juwal Sehawi«, sagte Jankele plötzlich, und Julek verstand erst nicht, warum Jankele ihn anschaute, bis er sich an seinen neuen Namen erinnerte. Die anderen lachten.

Aus irgendeinem Grund dachte Julek in diesem Moment an Riwka und fühlte sich sehr unbehaglich. Ich hätte mich noch deutlicher abgrenzen müssen, dachte er, nicht nur wegen Teresa, sondern auch ihretwegen. Er wusste jedoch, dass es ihm tief innen angenehm war, dass sie ihn umwarb. Er hätte die Dinge schon längst klarstellen müssen, hatte es aber aus egoistischen Gründen nicht getan. Gut, dass sich endlich die Gelegenheit dazu ergeben hatte. Jankele riss ihn mit einer Frage aus seinen Grübeleien und Julek machte sich wieder ans Lernen.

In der Nacht vor dem schicksalhaften Tag regnete es, doch als sie am Morgen hinausgingen, zum Frühstück, war der Himmel wieder blau. Ringsum sah alles frisch gewaschen aus. Julek hatte ein gutes Gefühl. Er glaubte fest, dass er es schaffen würde. Kaum hatten sie ihr Frühstück aufgegessen, kamen die Engländer. Die Soldaten stellten drei lange Tische nebeneinander auf und brachten Stühle. Hinter dem Tor standen zwei Lastwagen und die beiden Panzerfahrzeuge, die sie auch die letzten Tage schon dort gesehen hatten. Die Leute packten ihr Zeug zusammen, samt Decken und Essgeschirr, und an den langen Tischen nahmen sechs Uniformierte Platz. Jankele sagte, das seien Nachrichtenoffiziere und ein Mann von der Polizei, dem Akzent nach wohl ein Jude. Im letzten Moment wurden zwei weitere Stühle gebracht. Ein englischer Offizier und eine Dame kamen in einem kleinen Militärfahrzeug angefahren, stiegen aus und setzten sich ebenfalls an den Tisch. Die Frau war nicht mehr ganz jung, in Zivil, vermutlich eine Engländerin, und trug einen lilafarbenen Hut.

»Seht ihr dort die Frau mit dem Hut?«, fragte Jankele. »Ich habe sie schon einmal gesehen, als wir im Militärlager in Nizanim festgehalten wurden. Das heißt, ich habe eine Frau mit so einem Hut gesehen.« Er versuchte genau zu sein. »Es war gegen Abend, kurz bevor wir mit den Lastwagen weggebracht wurden. Ich habe auf dem Appellplatz gesessen und eine Baracke gegenüber angestarrt. Dort ging plötzlich hinter einem Fenster das Licht an, und eine Frau mit genau so einem Hut hat den Kopf herausgestreckt und geschrien: ›Julek! Julek! Julek!‹ Ich könnte schwören, es ist dieselbe Frau. Interessant …«

»Das war der Name, den sie gerufen hat?«, fragte Julek erschrocken.

»Ja, warum?«

»Ich heiße Julek.«

»Sie hat auch einen Familiennamen gerufen«, erinnerte sich Jankele, nachdem er kurz nachgedacht hatte. »Einen Moment, sag nichts.« Er strengte sein Gedächtnis an. »Ja, es war etwas wie Goldman, Goldberg oder so ähnlich.«

»Ich heiße Julek Goldenberg«, sagte Julek aufgeregt.

»Hast du irgendeine Verwandte im Land? Eine mit

›Beziehungen‹ zu Engländern?«, fragte Jankele in scharfem Ton.

»Nein, aber ich habe eine Tante in England, eine englische Jüdin«, verteidigte sich Julek.

»Vielleicht sucht sie dich?«

»Sie kann nicht wissen, dass ich hier bin, dass ich überhaupt lebe, und ich weiß nur ihren Vornamen und dass sie in London wohnt. Früher habe ich auch ihren Familiennamen gewusst, aber ich habe ihn vergessen.«

Jankele schlug Julek plötzlich auf die Schulter und rief: »Henias Freundin!«

Er erzählte Julek, dass seine Frau eine Freundin in London habe, Melanie oder so ähnlich. Eine englische Lady, eine Jüdin, die noch vor dem Krieg einen englischen Goj geheiratet habe. Sie sei eine Studienkollegin seiner Frau gewesen, in Warschau.

»Sie sollte am selben Abend bei uns in Schibolet ankommen, als ich weggerufen wurde, um Flüchtlingen an Land zu helfen«, sagte Jankele. »Vielleicht ist es diese Frau?«

Julek wollte schon hinüberrennen, doch Jankele packte ihn und hielt ihn zurück.

»Wenn du deine Identität jetzt verrätst, wirst du sehr lange hier bleiben.«

Julek blieb stehen. Die Gedanken jagten durch seinen Kopf. Er versuchte einen Blick auf das Gesicht der Frau zu erhaschen, doch sie war zu weit entfernt, und der Hut verdeckte einen Teil ihrer Stirn. Er wusste, dass sie in

Polen gewesen war und nach Angehörigen gesucht hatte, und stellte sich vor, dass sie auch alle Listen durchgegangen war. Doch wie konnte sie hierher gekommen sein? Woher sollte sie von ihm wissen? Das war so gut wie ausgeschlossen. Nach seiner Rückkehr aus Polen hatte er ab und zu an sie gedacht und versucht sich an ihren Familiennamen zu erinnern, doch vergeblich. Der Name war ihm sofort wieder entfallen, nachdem sein Vater ihn ausgesprochen hatte. Doch jetzt war sie hier in seiner Nähe. Aber wie hatte sie nur herausbekommen, dass er hier war?

»Sie heißt Tante Malka, aber es kann nicht wahr sein«, sagte Julek.

»Ich sage dir doch, sie hat deinen Namen geschrien und dann noch etwas auf Jiddisch. Ja, es war Jiddisch, sie ist also bestimmt Jüdin.«

»Ich darf mich nicht zu erkennen geben, ich muss zurück nach Erez-Israel. Meine Freundin ist schon dort, ich muss auch hin.«

»Jetzt mach dir keine Sorgen, das ist die Hauptsache. Sonst fällst du bei der Prüfung durch. Die Frau wirst du hinterher noch ausfindig machen können. Sie selbst wird den Weg zu dir finden. Und wenn sie wirklich deine Tante ist … Nun gut, wir können nur hoffen, dass sie dich jetzt und hier nicht identifiziert.«

»Wie werde ich eigentlich meine Freundin in Erez-Israel finden? Sind die Leute auf viele verschiedene Orte verteilt worden?«

»Die jüdische Bevölkerung ist klein, bestimmt ist sie in einem der Kibbuzim in unserer Nähe. Hör zu, Juwal, wenn du es schaffen willst, vergiss jetzt alles andere. Mach dir den Kopf frei. Du weißt alles, und ich zweifle nicht daran, dass du durchkommst. Selbstsicherheit ist das Wichtigste. Manchmal sagt man bei solchen Befragungen Blödsinn, aber wenn du den Blödsinn selbstsicher vorbringst, glaubt dir der Prüfer. Verstehst du, für dich ist er derjenige, von dem jetzt alles abhängt, aber du bist für ihn nur einer unter vielen. Vielleicht will er die Arbeit schnell hinter sich bringen, oder er hat schon die Nase voll davon. Wenn man dich hier lässt, kannst du auf der Stelle zu dieser Frau gehen. Aber ich bin sicher, sie glauben dir, dass du Juwal Sehawi bist ... Wieso bist du eigentlich so braun gebrannt?«

»Vielleicht von der Zeit an Deck«, sagte Julek gleichgültig und schaute zu der Frau mit dem Hut hinüber.

Jankele lächelte ihm zu. »Wenn du es schaffst, verspreche ich dir, dass ich dir helfe mit der Frau Kontakt aufzunehmen. Je länger ich darüber nachdenke, umso sicherer bin ich, dass sie die Freundin meiner Frau ist. Du brauchst dir also keine Sorgen zu machen. Konzentriere dich jetzt nur noch auf die eine Sache.«

»Fährst du zurück?«

»Ja, ich bin zu alt. Ich habe die Erlaubnis bekommen meine Identität preiszugeben. Wann hat dich diese Tante eigentlich zum letzten Mal gesehen?«

»Als ich ... Ich glaube, ich war sieben oder acht.«

»Gut, dann kann sie dich jetzt nicht auf Anhieb erkennen, das ist dein Glück.«

Julek hörte nicht auf, sich Sorgen zu machen. Und wenn sie ihn trotzdem erkannte? Dann würde man ihn hier auf Zypern festhalten. Er entschied seine Identität zu verleugnen, was auch geschah. Zugleich hatte er Angst, seine Tante wieder aus den Augen zu verlieren, falls sie es wirklich war. Seit Kriegsende war es das erste Mal, dass er die Chance hatte eine Angehörige zu treffen. Eine Frau, die seine Eltern gekannt hatte, das Haus, in dem er aufgewachsen war, die ganze Familie. Die sich an ihn erinnerte, als er ein kleiner Junge war. All diese Dinge waren verloren, wenn man sie nur für sich in der Erinnerung bewahrte, dann wurden sie unwirklich und schattenhaft. Doch wenn es noch jemanden gab, der sich erinnerte, auch wenn es nur ein einziger Mensch war, konnte man von einer Erinnerung zur anderen eine Brücke schlagen, und alles wurde wieder wirklich. Wenn sie tatsächlich seine Tante war, die auf irgendeine geheimnisvolle Weise herausgefunden hatte, dass er hier war, dann konnte er sie jetzt nicht mehr verlieren.

»Gibt es irgendeine englische Zeitung in Erez-Israel?«, fragte er Jankele.

»Ja, die *Palestine Post* und sie kostet fünfzehn Mil. Manchmal kaufe ich eine für den Lesesaal.« Jankele lachte. »Aber wenn du dich nicht an ihren Nachnamen erinnerst, welche Anzeige willst du dann hineinsetzen? Ich sage dir, das ist ganz bestimmt die Freundin meiner

Frau. Jetzt erinnere ich mich. Sie hat am Telefon erzählt, noch als sie aus Jerusalem angerufen hat, dass sie den Sohn ihres Bruders sucht, der mit einem illegalen Einwandererschiff ankommen müsste. Ich habe nicht richtig zugehört, als Henia mir von ihrer Freundin erzählt hat, aber ich bin jetzt sicher, dass sie es ist. Es kann niemand anders sein. Und wenn du zu deiner Freundin zurück willst, dann tu alles genau so, wie ich dir gesagt habe. Es wird dir nicht schwer fallen, deine Tante zu finden. Schwer ist jetzt nur, nach Erez-Israel zurückzukommen, verstanden?«

Julek nickte.

»Und antworte ohne zu zögern, direkt, auch wenn es nicht richtig ist.«

An diesem Morgen war Melanie sehr besorgt. Nachdem sie vor drei Tagen die Gesichter der Leute gesehen hatte, die den Hafen verließen, war ihre Sicherheit, Julek auf der Stelle erkennen zu können, ins Wanken geraten. Wieder und wieder hatte sie das Foto des Jungen und das ihres Bruders betrachtet. Zweifellos hatte sie den Jungen auf dem Zeitungsbild wegen seines besonderen Gesichtsausdrucks erkannt. Genau so ein Gesicht hatte ihr Bruder bei den wenigen Gelegenheiten gemacht, wenn der Vater einen Fotografen kommen ließ, um die Familienmitglieder verewigen zu lassen. Nein, sie war überhaupt nicht sicher, ob sie ihn erkennen würde. Scott erinnerte sie daran, dass sie sich beherrschen müsse und ihn auf keinen Fall in Anwesenheit der Nachrichtenoffiziere identifizieren dürfe, weil er sonst im Lager bleiben würde. Wenn sie ihn erkannte und wusste, wohin er gebracht wurde, wäre es ihr ein Leichtes, Verbindung mit ihm aufzunehmen, entweder mit seiner Hilfe oder mit Hilfe der Sochnut. Melanie wollte den Jungen nur sehen, sonst nichts. Sie wollte ihn endlich, endlich sehen.

»Glauben Sie nicht, man würde ihn doch Ihnen zuliebe freilassen?«, fragte Melanie.

»Nein, leider nicht.«

»Aber trotzdem lassen sie mich Ihnen zuliebe hier sitzen.«

»Das stimmt. Und sie werden versuchen, einen guten Eindruck auf mich zu machen und mir zu beweisen, dass sie ihre Arbeit gut machen. Man hat mich nach dem Namen des Jungen gefragt, den Sie suchen.«

»Was haben Sie gesagt?«

»Edmund Frida.«

»Warum?«

»Als ich in Oxford studierte, hatte ich einen Freund, der so hieß. Er war ein Jude aus Polen.«

»Glauben Sie, dass mein Neffe hier seinen richtigen Namen angibt?«

»Vielleicht den richtigen Familiennamen. Viele Einwanderer wählen sich schon einen hebräischen Vornamen, noch bevor sie nach Palästina kommen, und manche ändern auch ihren Familiennamen.«

»Wenn mich jemand von der Sochnut hier sieht, werden sie mir das verübeln und wohl nicht mehr mit mir sprechen wollen«, sagte Melanie besorgt.

»Ziehen Sie einfach in ein anderes Hotel, kleiden Sie sich anders – und vor allem, nehmen Sie den Hut ab, dann wird Sie niemand erkennen, Lady Faulkner, obwohl ich sicher bin, dass auch dann Ihre Schönheit die Aufmerksamkeit auf sich zieht.«

»Danke«, sagte Melanie überrascht. Bis jetzt hatte sie, was Frauen betraf, in Major Scott nur einen kühlen englischen Gentleman gesehen, vor allem wenn es um Frauen von siebenunddreißig ging.

Scott hatte sie mit einem kleinen Militärfahrzeug ins Lager gebracht. Man holte für sie und Scott noch zwei Stühle und stellte sie hinter die Reihe der Nachrichtenoffiziere, die sich entschuldigten, weil sie ihnen den Rücken zukehrten. Melanie musste sie davon überzeugen, dass es in Ordnung war, besonders die beiden, die direkt vor ihr saßen.

Sechs Prüfer gab es, einer von ihnen war ein Polizeioffizier. Scott sagte, er sei Jude. Einige Soldaten liefen zwischen den Tischen und den Flüchtlingen herum. Auf Befehl des Feldwebels begannen die Leute, sich in einer Reihe vor den Tischen aufzustellen und einzeln vor die Prüfer zu treten. Zu Melanies Erstaunen sprachen auch die Nachrichtenoffiziere Hebräisch. Scott meinte, ihr Hebräisch sei zwar sehr einfach, reiche aber für eine Befragung aus. Melanie verstand kein Wort, aber schon nach kurzer Zeit hatte sie begriffen, dass es bei den ersten beiden Fragen immer um den Namen und die Adresse ging. Nach jeder Befragung rief der Feldwebel: »One more!«

Die Angelegenheit zog sich endlos hin.

Die meisten der Geprüften kamen nicht durch. Nur wenige wurden freigelassen und wandten sich dem Ausgang zu. Dort warfen sie ihre Decken und die Essgeschirre auf den linken Lastwagen und stiegen auf den rechten. Obwohl es nur einem kleinen Teil der Flüchtlinge gelang, sich als Erez-Israelim auszugeben, füllte sich der Lastwagen immer mehr.

»Wohin werden sie gebracht?«, fragte Melanie.

»Zum Hafen, Lady Faulkner«, antwortete Scott.

Ihr war bereits aufgefallen, dass er sie besonders oft »Lady Faulkner« nannte, wenn andere Engländer in der Nähe waren.

»One more!«

Immer wieder, endlos.

Und plötzlich kam er. Melanie erkannte ihn sofort. Ihr war, als wäre ihr Bruder wieder lebendig geworden und käme mit langen, gemessenen Schritten auf sie zu. Der gleiche, so typische Gang. »Das ist er!«, flüsterte sie Scott ins Ohr. »Ich bin ganz sicher.«

Fast wäre sie vom Stuhl gesprungen, doch Scott legte ihr den Arm um die Schulter, und sie versuchte sich zu beruhigen und ihre Erregung zu beherrschen. Sie ließ den Blick nicht von dem Gesicht des Jungen, solange er befragt wurde. Er hingegen ignorierte sie völlig. Sein

Name war nicht Julian Goldenberg, sondern irgendein seltsamer hebräischer Name, den sie sich nicht hatte merken können. Doch den Namen des Kibbuz, den der Junge nannte, erkannte sie sofort: Schibolet. Er sagte es so überzeugend, dass ihr schon wieder Zweifel kamen. Vielleicht bildete sie sich alles nur ein? Schließlich gab es immer Leute, die sich ähnlich sahen, ohne dass sie miteinander verwandt waren. Aber sie schob diesen Gedanken sofort zur Seite. Sie wusste doch, dass ihr Neffe hier im Lager war. Er hieß Julek, und Teresa hatte er erzählt, dass er eine Tante in England habe. Auch wenn es dieser Junge hier nicht ist, so muss er doch irgendwann auftauchen, sagte sie sich. Doch ihr Herz sagte ihr, dass er es war und dass sie nur deshalb zweifelte, um sich vor einem eventuellen Schmerz zu schützen, falls sie enttäuscht wurde.

Julek beschloss sich an den jüdischen Polizeioffizier zu wenden. Er war sicher, dass sein Hebräisch gut genug war. Natürlich sprach er nicht so fließend wie ein Erez-Israeli, aber doch gut genug. Vielleicht so wie jemand, der schon ein oder zwei Jahre im Land lebte. Er warf der Frau, die hinter den Nachrichtenoffizieren saß, keinen Blick zu. Er hatte Angst, vor lauter Aufregung verwirrt zu werden, wenn er in ihr seine Tante erkannte.

»Name?«

»Juwal Sehawi.«

»Wo wohnst du?«

»Im Kibbuz Schibolet.«
»Wo arbeitest du?«
»In der Blumenpflanzung.«
»Wer ist dort der Verantwortliche?«
»Sachs.«
»Wie lange dauert es, wenn man die Allenby-Straße zu Fuß vom Anfang bis zum Ende geht?«
»Keine Ahnung. Ich laufe dort nie herum.«
»Wer ist Aba Chuschi?«
»Weiß ich nicht.«
»Wie viel kostet eine Fahrkarte nach Tel Aviv?«
»Eineinhalb Grusch.«
»Was für eine Farbe hat die Karte?«
»Grün.«
»Kennst du Chaim?«

Juleks Herzschlag setzte einen Moment aus. Jetzt! sagte er zu sich. Er hob den Blick. »Welchen?«, fragte er. »Chaim-anderthalb?«

»Geh, wirf deine Ausrüstung auf den einen Lastwagen und steige auf den anderen.«

Juleks Glück war unendlich. Am liebsten hätte er einen Luftsprung gemacht. Plötzlich erinnerte er sich an die Frau mit dem Hut. Er hob den Kopf, schaute sie an und erkannte sie. Ein schönes, junges Gesicht tauchte verschwommen in seiner Erinnerung auf: Tante Malka im Hof ihres alten Hauses, umgeben von Hühnern, Tante Malka auf dem Foto, das er im Buch seiner Mutter gefunden hatte. Ich schaue sie schon zu lange an, dachte er, und noch immer stand er dort ohne den Blick zu wenden.

Plötzlich fragte sie auf Jiddisch: »Wie heißt dein Vater?«

»Artur«, sagte er ohne nachzudenken und erschrak. Sofort ging er vom Tisch weg ohne sich noch einmal umzuschauen.

Die beiden Nachrichtenoffiziere, die vor Melanie saßen, drehten sich um und fragten gleichzeitig: »Ist das der Junge, den Sie suchen?«

»Nein«, sagte Melanie, bemüht, ihrer Stimme einen möglichst festen Klang zu geben. »Nein, leider nicht.«

Sie verlor jedes Interesse am Fortgang der Identifizierung. Nach einer Weile fragte sie Scott flüsternd, ob sie weggehen könnten. Scott schüttelte den Kopf.

»Wir werden bis zum Ende hier bleiben müssen, da hilft nichts.«

Der erste Lastwagen war schon fast voll. Julek stand am Rand und warf von Zeit zu Zeit einen Blick zu seiner Tante hinüber. Jetzt war er sicher, dass sie es war, seine Tante Malka. Er war nicht mehr allein auf der Welt. Er hatte zwar Teresa, doch eine Verwandte schützte vor einer anderen Art Alleinsein. Vor dem Alleinsein eines kleinen Kindes, das vielleicht jeder irgendwo in seinem Herzen trug.

Er sah Riwka, die bei der Befragung nicht durchkam, und dann sah er die beiden Schwestern. Bella schaffte es, Frieda nicht. Es kam zu einer Diskussion. Sie sagten, was jeder sehen konnte, dass sie Schwestern seien, daraufhin schickte der Befrager beide zurück. Julek bedauerte sie, aber vor allem tat es ihm um Riwka Leid. Vielleicht hätte er mit ihr im Zelt bleiben müssen. Schließlich hätte ihn niemand dazu zwingen können, mit ihr im selben Kibbuz zu bleiben, wenn Teresa woandershin gewollt hätte.

Der Lastwagen, auf dem sich ihr Neffe befand, fuhr los, und Melanie verabschiedete sich mit einem Blick. Ein anderer Lastwagen kam. Von Zeit zu Zeit machten die Befrager eine Kaffeepause, dann unterbrachen sie für das Mittagessen. Die Stunden krochen langsam dahin, und über ihren Köpfen wanderte die milde Märzsonne über den Himmel und würde bald untergehen. Endlich war alles vorbei. Die Offiziere erhoben sich, und die Soldaten wollten sich gerade daran machen, die Tische zusammenzulegen. In diesem Moment, wie auf ein Zeichen, stürzten viele Dutzend Leute herbei und gaben sich als Erez-Israelim zu erkennen. Die Offiziere zögerten, doch die Leute sprachen so überzeugend, bis sich die Offiziere fügten und wieder Platz nahmen. Diesmal ging es sehr schnell. Die meist jungen Leute, die sich zuvor nicht zur Prüfung gemeldet hatten, sprachen fließend Hebräisch, man hörte ihnen an, dass sie im Land geboren waren. Sie zögerten bei keiner Frage, die ihnen gestellt wurde. Unter ihnen befand sich nur ein einziger älterer Mann mit Namen Jankele Gadisch aus dem Kibbuz Schibolet. Melanie lächelte ihm zu und er erwiderte ihr Lächeln. Plötzlich streckte sie ihm über den Tisch hinweg die Hand hin, er nahm sie.

»Kennen Sie ihn, Lady Faulkner?«

»Ja. Er ist der Mann meiner Freundin aus dem Kibbuz Schibolet«, antwortete Melanie ohne zu zögern.

Alle Freigelassenen fuhren nun zum Hafen. Melanie und Scott gingen zu ihrem Auto und folgten der Kolonne. Schließlich überholten sie sie, trotz der engen, schlechten Straße, und kamen vor den anderen am Hafen an. Diesmal gab es keinen Stacheldraht und keine bewaffneten Soldaten. Melanie stand am Kai, neben Scott, und versuchte, Julek unter den Leuten an Deck zu finden, doch vergeblich. Als sie Jankele auf der Laufplanke sah, hielt sie ihn zurück und erzählte ihm, sie habe unter den Jugendlichen ihren Neffen entdeckt, nach dem sie gesucht habe. Er wusste natürlich, wen sie meinte.

»Er soll doch wenigstens an die Reling kommen«, bat Melanie erregt.

»Ich werde ihn suchen«, sagte Jankele. »Und auf Wiedersehen bei uns im Kibbuz.«

Melanie und Scott entfernten sich etwas von der Laufplanke und schauten hinauf. Die Letzten stiegen bereits ein, die Laufplanke wurde hochgezogen, die Leinen gelöst. Der Junge war noch immer nicht aufgetaucht.

»Ich weiß, dass ich jetzt beruhigt sein müsste«, entschuldigte sich Melanie bei Scott für ihre Ungeduld. »Aber am Schluss verliert man immer die Geduld. Ich möchte so gerne mit ihm sprechen, wenigstens ein Wort. Jetzt.«

Der Motorlärm wurde lauter, das Dröhnen der Schiffsschraube übertönte nun das Klatschen der Wellen. Die Schiffssirene heulte ein paar Mal auf, das Schiff entfernte sich langsam vom Kai. Plötzlich tauchte Jankele an der Reling auf, und mit ihm der schmale, große Junge. Melanie nahm den Hut ab und begann, damit aus aller Kraft zu winken.

»Ich bin's«, schrie Julek.

»Julek!«, schrie Melanie.

Der Junge hörte nicht auf zu winken und rief: »Tante Malka!«

Das war genug, um Melanie in Tränen ausbrechen zu lassen. Sie weinte und weinte und versuchte nicht einmal die Tränen zurückzuhalten. Die Leute an Deck sangen die »Hatikwa«, und Melanie stimmte ein, auch ohne dass sie die Worte kannte.

16
Fünf Briefe

15. Mai 1947
Kibbuz Schibolet

Liebe Mela,
ich habe deinen Brief bekommen und mich sehr darüber gefreut. Jankele unterrichtet die Neuen und hat großes Vergnügen an Juwal und Teresa. (Teresa beharrt hartnäckig auf ihrem Namen.)

Udi, unser kleiner Sohn, wächst sehr schnell. Wir sind so glücklich mit dem Baby. Um dir die Wahrheit zu sagen – ich habe sogar schon mit Jankele darüber gestritten –, es frisst mich förmlich auf, dass ich ihn abends im Babyhaus zu Bett bringen und ihn die ganze Nacht dort lassen muss. Ich weiß, dass er weint und gestillt werden will, und ich bin sicher, dass die Nachtwache nicht immer kommt, um mich zu rufen. Manchmal, weil sie zu faul ist und es vorzieht, ihm ein bisschen Zuckerwasser zu geben, und manchmal wegen des dummen Prinzips: Man darf die Mütter nicht aufwecken, damit sie am nächsten Tag Kraft zur Arbeit haben. Ich bin auch schon vor den Ausschuss gerufen worden, weil ich ihn einfach bei uns im Zimmer gelassen habe und er zwischen uns im Bett geschlafen hat. Das ärgert die anderen. Sie behaupten, das Schlafen im Babyhaus sei ein Fortschritt, und was sollten die anderen jungen Paare sagen. Es ist das erste Mal, dass mir Zweifel kommen, ob ich wirklich weiter hier leben will. Ich habe mit Jankele sogar über die Möglichkeit gesprochen den Kibbuz zu verlassen. Und ich muss dir sagen, seit Udis Geburt hat auch Jankele aufgehört ein so fanatischer Kibbuznik zu sein. Er ist plötzlich aus einem alten Junggesellen zum Vater geworden, und vieles, was ihn früher nicht gestört oder was er überhaupt nicht verstanden hat, sieht er jetzt in ganz anderem Licht.

Aber ich will dich nicht mit all diesen Dingen beschweren. Die Situation hier im Land ist sehr angespannt. Es gibt Probleme auf den Straßen, und ich fürchte, dass wir eines Tages, wenn die Engländer aus Erez-Israel weggehen, Krieg mit den Arabern bekommen. Du brauchst nur den Atlas aufzuschlagen, da siehst du all die arabischen Staaten um uns herum und alle halten zu den Palästinensern. Die jüdische Bevölkerung beträgt nur sechshunderttausend Menschen. Aber Jankele ist optimistisch. Er sagt, dass es noch nie in der Geschichte passiert ist, dass ein Volk, das die Freiheit will, diese nicht auch bekommt. Früher oder später wird es passieren. Ich hoffe, dass Jankele Recht behält mit seinem Optimismus und wir durchhalten. Er vertraut unseren politischen Führern und sogar unseren Untergrundorganisationen. Was soll ich dir sagen, er ist ein vertrauensvoller Mensch, mein Jankele, und ich bin so glücklich, dass ich in meinem Alter einen so liebevollen und treuen Mann gefunden habe.

Die Kinder werden dir selbst schreiben. Ich schicke dir liebe Grüße, auch von Jankele. Wann sehen wir dich wieder?

Deine Henia

P.S. Ich habe gerade die Zeitung gelesen und bin ganz aufgeregt. Vielleicht hat Jankele wirklich Recht. In der Zeitung steht, dass die Russen bereit sind, für die Beendigung des britischen Mandats und für die Errichtung eines jüdischen Staates zu stimmen. Der russische Außenminister Gromiko hat in einer Rede vor der UNO gesagt, sein Volk sei geneigt, das Verlangen der Zionisten zu verstehen. Es ist wirklich an der Zeit, nach all dem Leid und der Heimatlosigkeit, die unser Volk seit zweitausend Jahren erdulden muss.

*

2. Juni 1947

Liebe Melanie,
ich bin in der Gruppe der jungen Leute, die wie ich neu im Kibbuz sind, und wohne noch immer in dem Zelt, das du gesehen hast, als du hier warst. Wir arbeiten ziemlich viel und lernen wenig. Wir haben ein bisschen Unterricht in Hebräisch, und einen halben Tag in der Woche haben wir Schule, um unsere mangelnde Bildung zu verbessern.

Ich warte den ganzen Tag auf abends, wenn Julek von der Arbeit zurückkommt. Alle nennen ihn hier Juwal, außer mir. Ich mache mir Sorgen um ihn, weil er zur Sicherung des Autobusses eingeteilt ist. Es gibt auf dem Weg ein arabisches Dorf, das heißt Akir, und dort schießen sie immer wieder auf die jüdischen Autobusse. Aber ich bin auch sehr stolz, wenn ich ihn mit einem Gewehr in der Hand und dem Käppi der Hilfspolizisten sehe.

Ich habe hier viele neue Freunde und Freundinnen gefunden, und abends liegen wir auf dem Rasen vor dem Speisesaal und singen. Und dann gehe ich mit Julek in den Feldern spazieren, und manchmal scheint uns der große Mond von Erez-Israel. Ich liebe ihn so sehr. Ich meine Julek. Das weißt du ja. Ich glaube, dass wir heiraten, wenn ich groß bin – das ist eigentlich schon in zwei Jahren – und wenn er mich dann immer noch so liebt wie heute. Meinst du, dass du zu unserer Hochzeit herkommen kannst? Vor kurzem gab es hier im Kibbuz eine Hochzeit, die war sehr schön. Und wie würden wir ohne dich heiraten können? Ich denke die ganze Zeit an dich. Julek wird dir selbst schreiben. Ach ja, fast hätte ich es vergessen: Ich soll dir liebe Grüße von Robert ausrichten. Er kommt manchmal zu Besuch und bringt alle möglichen guten Sachen mit. Er hat sich einen Fotoapparat gekauft und uns alle fotografiert. Wir haben Abzüge gemacht und ich lege dir die Fotos bei. Julek wird auch noch ein paar Worte schreiben.

In Liebe,
deine Teresa

Liebe Melanie,
bei uns ist alles in Ordnung. Teresa hat gesagt, dass sie dir schon von meiner Arbeit berichtet hat. Du brauchst dir deshalb keine Sorgen zu machen. Das ist überhaupt nicht so gefährlich, wie es klingt, und es macht mir viel Spaß, manchmal in Tel Aviv zu sein. Wenn Teresa einen Tag frei hat, kommt sie mit mir, und wenn ich dann eine Pause habe, gehen wir auf der Allenby-Straße spazieren. Auf Zypern bin ich bei der Identifizierung gefragt worden, wie lange man braucht, die ganze Allenby zu Fuß zu gehen. Jetzt weiß ich es. Wir essen Eis bei »Wittman« und trinken Soda und am Schluss baden wir im Meer. Es ist bloß schade, dass Teresa nur so selten einen Tag frei bekommt. Sie wollte mir ihren Brief nicht zeigen. Sie hat gesagt, er wäre sehr persönlich. Ich kann mir vorstellen, was sie geschrieben hat. Ich meinerseits kann nur hinzufügen, dass ich sie sehr liebe. Teresa ist das schönste Mädchen, das ich je gesehen habe. Findest du das nicht auch? Ich hoffe, dass unsere Angelegenheiten mit den Briten und den Arabern endlich geregelt werden und wir einen eigenen Staat bekommen. Und vielleicht können wir dich eines Tages sogar in London besuchen. Wir schicken dir zwei Fotos, eines von uns beiden und eines, auf dem wir zusammen mit Robert sind. Er hat sie mit seinem Fotoapparat gemacht. Er hat auch darum gebeten, dass wir dir Grüße vom ihm ausrichten. Er ist noch immer in Tel Aviv und macht alle möglichen Geschäfte, aber er sagt nicht genau, was. Ich war ganz aufgeregt we-

gen der Fotos, die du mir geschickt hast. Papa sieht mir wirklich ähnlich. Das heißt, ich sehe ihm sehr ähnlich. Ich habe mich besonders über das Familienfoto gefreut. Mama sieht darauf aus, als wäre sie traurig. Warum? Papa macht ein feierliches Gesicht und die Mädchen sind fröhlich und lachen. So erinnere ich mich tatsächlich an sie. Glaub mir, ich hasse die Deutschen so sehr. Manchmal denke ich, wenn man mir eine Atombombe gäbe und mir sagte, ich könnte sie auf Berlin werfen, ich würde es tun. Aber dann fallen mir all die anderen ein, die keine Schuld haben, die Mütter und die Kinder, und plötzlich bin ich gar nicht mehr so sicher, dass ich es tun würde. Dann wieder packt mich die Wut und ich werfe die Bombe. Und anschließend denke ich wieder, dass alle Menschen so sind wie ich, sie fühlen etwas, sie lieben, sie glauben und sie können lachen und weinen. Wie kann man sie also umbringen? Wie haben die Deutschen uns das antun können? Ich verstehe es nicht.

Eben ist mir etwas eingefallen, was dir Teresa bestimmt nicht geschrieben hat. Als wir mit anderen Leuten aus dem Kibbuz einen Ausflug nach Jerusalem gemacht haben, haben wir auch eine große, berühmte Kirche besichtigt, und plötzlich war Teresa verschwunden. Ich bin sicher, sie hat sich in irgendeiner Ecke versteckt, um zu beten. Ich werfe ihr nichts vor. Ich denke, nicht alle Menschen haben die Fähigkeit zu beten, und ich beneide alle, die es können. Vielleicht klappt das nur, wenn man in der Kindheit dazu erzogen wird. Wer es als

Kind gelernt hat, in einer Synagoge zu beten, wird es immer nur in einer Synagoge können. Und wer dazu erzogen worden ist, in einer Kirche zu beten, kann es eben nur in einer Kirche richtig. Das heißt, nur dort öffnet sich das Herz für den, den alle Menschen Gott nennen. Glaubst du an Gott? Ich schon. Aber nicht genau an den Gott, an den mein Vater und mein Großvater geglaubt haben. Ich glaube, dass es etwas Höheres über uns gibt, etwas, das wir nicht verstehen und nie verstehen werden. Etwas, was unseren Verstand und unsere Vorstellungskraft übersteigt. Aber ich weiß nicht, wieviel wir diesem »Etwas« bedeuten, und ich finde es auch sinnlos, mir etwas vorstellen zu wollen, was ich nicht begreifen kann.

Teresa wundert sich über mich. Ich habe ihr gesagt, ich wollte nur zwei Zeilen dazuschreiben, und nun ist es ein langer Brief geworden. Aber jetzt höre ich auf.

In steter Liebe,
dein Julek

*

Montag, 4.8.1947
Hafen von Haifa

Liebe Teresa, lieber Julek,
dies ist ein Abschiedsbrief. Wenn ihr ihn bekommt, bin ich schon auf dem offenen Meer, auf dem Weg nach Amerika. Das reiche Amerika, das Land der unbegrenzten Möglichkeiten. Ich sehe schon, wie ihr mitleidig die Köpfe schüttelt über den Armen, der sich dem Gö-

tzen Mammon ergeben hat, dem goldenen Kalb. Für Menschen, die Liebe gefunden haben, ist es leicht, diejenigen zu kritisieren, die keine gefunden haben und sich deshalb, vielleicht vorläufig, einer anderen Sache hingeben …

In der kurzen Zeit, die ich im Kibbuz war, habe ich eines verstanden: Für mich ist das nicht der richtige Ort. Auch Tel Aviv ist nicht der Ort, wo ich neu anfangen will. Und ich denke noch etwas: Der Kibbuz ist auch kein Ort für Teresa. Vielleicht noch nicht mal für dich, Julek. Aber du wirst zurechtkommen. Teresa wird im Kibbuz leiden. Ich gebe zu, ich empfinde tatsächlich Gewissensbisse, dass ich dieses Land verlasse, mein Land, zu einem Zeitpunkt, wo jeder gebraucht wird. Es stimmt, ich bin ein Egoist. Ich habe das in sechs Jahren Konzentrationslager gelernt. Ich bin als Einziger von meiner Familie übrig geblieben, und ich habe vor reich zu werden, zu heiraten und viele Kinder aufzuziehen, Kinder, die sich keine Sorgen um das Morgen oder das Übermorgen machen müssen.

Ich habe lange mit mir gekämpft, bis ich diesen Entschluss gefasst habe. Auch als es mir schon gelungen war, die richtigen Beziehungen zu den richtigen Leuten zu knüpfen, war ich mir immer noch nicht sicher, ob ich wirklich wegfahren würde. Aber jetzt ist die Entscheidung gefallen.

Ich bin in Haifa, am Hafen, im Wartesaal. Eigentlich habe ich die gleiche Reise vor mir, wie wir sie vor einem halben Jahr zurückgelegt haben, eine Schiffsreise, jedoch unter ganz anderen Bedingungen. Ich fahre mit einem französischen Schiff namens »Champolion« nach Marseille. Das hört sich schön und viel versprechend an, nicht wahr? Von dort schiffe ich mich nach Amerika ein.

Mit diesem Brief verabschiede ich mich von euch mit vielen Umarmungen und Küssen. Ich hätte kommen müssen, um mich von Angesicht zu Angesicht zu verabschieden, aber das hätte mir zu weh getan. Und euch vielleicht auch. Lebt in Frieden, Julek und Teresa.

Euer
Robert

*

21. September 1947

Liebe Henia,
ich bin schwanger! Ich habe es drei Monate lang geheim gehalten. Aber der Arzt hat gesagt, es wäre alles in Ordnung. Wir sind so glücklich!

Nun etwas anderes. Ich habe mich sehr gefreut, als die Empfehlung der UN-Sonderkommission für die Palästinafrage verkündet wurde. James meint, dass diese Empfehlung von den meisten Mitgliedsländern der UNO akzeptiert werden wird. Den Briten wird nichts helfen, vor allem, weil die Amerikaner und die Russen in dieser Frage einer Meinung sind, obwohl sie sich sonst hassen und einander feindlich gegenüber stehen. Der Vorschlag wird sein, in Palästina zwei Staaten zu gründen, einen jüdischen und einen arabischen, die wirtschaftlich verbunden sind. Jerusalem soll für einen begrenzten Zeitraum eine internationale Stadt werden. Zweifellos wird somit das britische Mandat in Palästina ein Ende finden. Ich freue mich sehr, aber ich mache mir auch Sorgen.

Viele Küsse an alle

Melanie

Worterklärungen

»Altneuland«: Titel eines Romans von Theodor Herzl, in dem es um die Errichtung eines jüdischen Nationalstaates geht.

Anders-Einheit: Die Einheit des polnischen Generals Wladyslaw Anders (1892-1970) setzte sich aus polnischen Flüchtlingen und Kriegsgefangenen zusammen und kämpfte in Italien während des Zweiten Weltkriegs gegen die Deutschen.

Chawer, pl. Chawerim: (hebr.) Freund; auch: Genosse. Anrede für Mitglieder von Kibbuzim; (fem.:) pl. Chawera, Chawerot.

Diaspora: die Fremde, in der die Juden nach ihrer Vertreibung lebten.

Erez-Israel: für die Juden in der Diaspora jahrhundertelang die Bezeichnung für das Land der Väter im religiösen Sinn.

Goj, pl. Gojim: Nichtjude

Hagana: (hebr. Schutz, Verteidigung) jüdische Selbstschutzorganisation, zur Zeit des britischen Mandats illegal.

»Hatikwa«: zionistisches Lied, wurde später zur Nationalhymne des Staates Israel.

Joint: eine Organisation, die 1914 von amerikanischen Juden gegründet wurde, zur Unterstützung von Juden auf der ganzen Welt.

Jüdische Brigade: eine jüdische Einheit, die 1944 innerhalb der britischen Armee aufgestellt worden war. Nach dem Ende des Zweiten Weltkriegs organisierten die Mitglieder der Brigade die illegale Einwanderung nach Palästina.

Kapo: in den Konzentrationslagern Schimpfwort für Häftlinge, die, von den Deutschen eingesetzt, anderen Häftlingen vorstanden.

Keren-Kajemet: jüdischer Nationalfonds, der Spenden sammelte, um Land in Palästina zu kaufen.

Kibbuz, pl. Kibbuzim: landwirtschaftliche Siedlung in Israel, geprägt von gemeinsamer Arbeit und gemeinsamem Eigentum der Mitglieder.

Kipa: kleine runde Kopfbedeckung, die fromme Juden auch im Haus tragen.

Schabbat: Ruhetag, der 7. Tag der Erschaffung der Welt. Gilt bei den Juden als höchster Feiertag.

Schtetl: jüdische Siedlungen in Osteuropa, die mit dem Holocaust ihr Ende fanden.

Seder: gemeinsame Mahlzeit am 1. Abend des Pessachfestes, das zur Erinnerung an den Auszug aus Ägypten gefeiert wird.

Selektion: Das Wort bedeutet »Auswahl«. Bei den Selektionen in den Konzentrationslagern entschieden die Nazis, welche Menschen am Leben bleiben durften und welche getötet wurden.

Sochnut (Jewish Agency): offizielle Vertretung des Weltjudentums in Israel, damals noch Palästina.

Tuwim, Julian: polnischer Dichter jüdischer Herkunft (1894-1953).

UNRA: eine Organisation der Vereinten Nationen, die sich nach dem Krieg um die heimatlosen Flüchtlinge kümmerte.

Zionismus: von Theodor Herzl gegründete Bewegung, die die Gründung eines jüdischen Staates in Palästina zum Ziel hatte.

Klaus Kordon

Die roten Matrosen
oder Ein vergessener Winter
Roman. Gebunden, 524 Seiten (79714)

Berlin 1918/19. Nach vier Jahren Weltkrieg verweigern die Matrosen der kaiserlichen Marine in Kiel den Befehl zum Auslaufen und kommen nach Berlin. Die beiden Jungen Helle und Fritz freunden sich mit ihnen an, erleben die Revolution mit, den Sieg, die Niederlage.
»Dieser Roman, eine besondere Art der Geschichtsschreibung von unten, ist ein Glücksfall: Kordon verkündet keine Thesen, sondern beschreibt Menschen, ihre Gedanken und Gefühle, witzig, nachdenklich, einfach, aber nicht vereinfachend.« *Anne Linsel, DIE ZEIT*
Zürcher Kinderbuchpreis »La vache qui lit«, Preis der Leseratten, Roter Elefant

Mit dem Rücken zur Wand
Roman. Gebunden, 472 Seiten (79715)

Berlin 1932/33. Wohnungselend und Arbeitslosigkeit haben ihren Höhepunkt erreicht, die Weimarer Republik geht ihrem Ende entgegen. In dieser Zeit lebt Hans, begeisterter Turner, Hinterhofkind. Die politischen Auseinandersetzungen spiegeln sich auch in der Ackerstraße 37 bei der Familie Gebhardt wider – Hans muß sich immer wieder entscheiden, auch für oder gegen seine Freundin Mieze.
»Ein bewegendes Werk.« *Erika Dieterich, Allgemeine Zeitung*
Zürcher Kinderbuchpreis »La vache qui lit«, Preis der Leseratten, Silberner Griffel

Der erste Frühling
Roman. Gebunden, 524 Seiten (79716)

Berlin, Frühjahr 1945. Die zwölfjährige Änne, die bei den Großeltern wohnt, erlebt die letzten Monate des Krieges und wie die sowjetische Armee die Stadt besetzt. Eines Tages steht ein Mann vor der Tür, den sie noch nie gesehen hat; es ist ihr Vater, der das KZ überlebt hat.
»Minutiös wie eine alles erfassende Fotografie ... bebildert der Roman einen kleinen Zeitabschnitt und erzählt dabei große Geschichte.«
Katja N. Bode, az
»Ein wichtiges Buch voller Dramatik und Menschlichkeit, kompakt wie ein Zeitraffer und zugleich prall von Details.« *Darmstädter Echo*
Buxtehuder Bulle

Alle Romane mit einem Nachwort des Autors.